아름다운 우리

수필

1

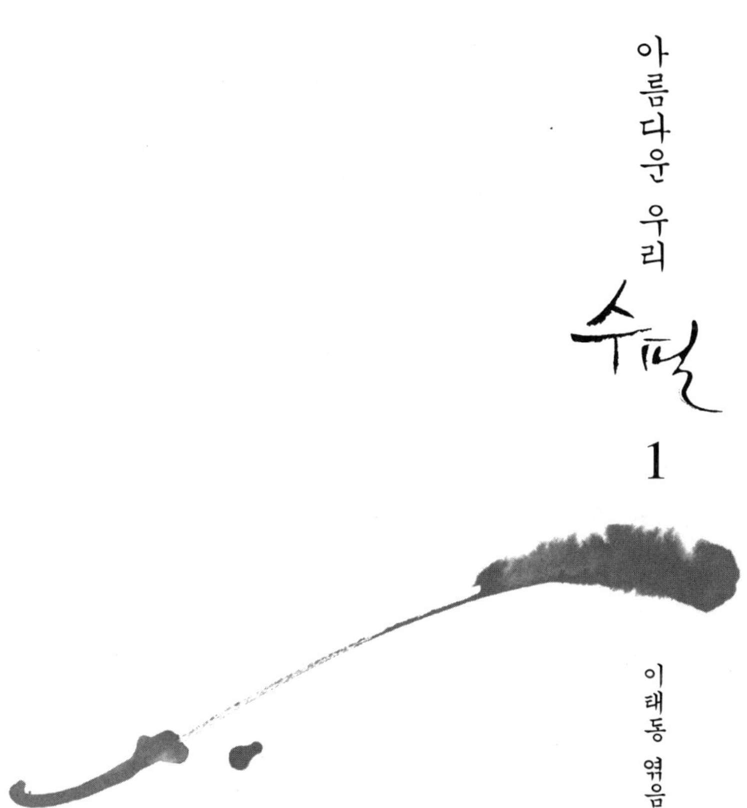

아름다운 우리 수필 1

이태동 엮음

문예출판사

책을 펴내며

대중매체의 역할과 그 중요성을 새로운 시각으로 분석한 고전(古典) 《구텐베르크 은하계》를 쓴 영문학자이자 언론학자인 마셜 맥루한이 "미디어가 메시지"라고 말한 이래 영상 매체가 활자매체를 누르고 물질만능의 소비사회가 정신적인 가치를 무너뜨리고 있는 것이 오늘의 현실이다. 이러한 사회 변화는 수세기에 걸쳐서 인류의 정신문화를 지탱하는 데 중심적인 역할을 해온 문학에도 적지 않은 영향을 끼쳐 위기상황으로 몰아가고 있다. 수필문학도 이러한 위기에서 결코 예외일 수가 없다.

문학사적으로 볼 때, 수필은 그렇게 화려하지는 못했지만, 어떤 의미에서 다른 장르보다 정직하고 우아하며 격조가 높은 장르이다. 서구 문학의 경우, 멀리는 프란시스 베이컨, 미셸 몽테뉴, 파스칼, 찰스 램, 에머슨, 가까이는 월터 페이터, 마르셀 프루스트, 버지니아 울프, 안톤 슈낙, 그리고 장 그리예 등은 이 장르를 통해 삶에 대한 그들의 느낌과 사상을 표현해서 예술적으로 큰 성취를 거두었다.

우리의 경우, 신문학(新文學)이 시작된 이래 적지 않은 문인들이 훌륭한 수필을 남겼고 지금도 써오고 있다. 그들에 의하면, 우리 수필은 다른 문학보다 더 개성적이며, 심경적(心境的)이며 경험적일 뿐만 아니라, 붓 가는 대로 자유롭게 쓰는 품격 있는 선비의 글이다. 그래서 우리 수필계의 거목(巨木)인 피천득은 수필에 대해 다음과 같이 쓰고 있다.

수필은 청자(靑磁) 연적(硯滴)이다. 수필은 난(蘭)이요, 학(鶴)이요, 청초하고 몸맵시 날렵한 여인이다. 수필은 그 여인이 걸어가는 숲 속으로 난 평탄하고 고요한 길이다. 수필은 가로수 늘어진 페이브먼트가 될 수도 있다. 그러나 그 길은 깨끗하고 사람이 적게 다니는 주택가에 있다. 수필은 청춘의 글은 아니요, 서른 다섯 살 중년 고개를 넘어선 사람의 글이요, 정열이나 심오한 지성을 내포한 문학이 아니요, 그저 수필가가 쓴 단순한 글이다. 수필은 흥미를 주지만 읽는 사람을 흥분시키지는 아니한다. 수필은 마음의 산책이다. 그 속에는 인생의 향취와 여운이 숨어 있는 것이다. 수필의 빛깔은 황홀

찬란하거나 진하지 아니하며, 검거나 희지 않고, 퇴락하여 추하지 않고, 언제나 온아우미(溫雅優美)하다.

수필에 대한 피천득의 이러한 말은 찰스 램과 같은 서양의 수필은, 물론 조선시대 선비들의 문집(文集) 등에 씌어진 여백이 있는 한문학(漢文學)에 깊이 천착한 후 자신의 창작 과정에서 얻은 진솔한 경험을 바탕으로 씌어진 듯하다.

그런데 그의 지적대로 수필이 "청자의 연적"처럼 높고 결곡한 운치를 가지려면, 끊임없는 독서와 사색을 통해서 미숙한 감정을 지성으로 표백해야 한다. 비록 피천득이 수필에 "심오한 지성"이라고 표현한 형이상학(形而上學)이 필요하지 않다고 하더라도, 그것은 "한 알의 밀알 꽃이 교회당을 가득 채우듯"이 삶이 지니고 있는 아름다운 "생활의 철학"은 담고 있어야만 한다. 만일 독자들이 글 속에서 일상적인 생활 속에서 발견하지 못하는 삶의 숨은 진실과 그 아름다움을 발견하지 못한다면 그것은 훌륭한 수필이 될 수 없다. 이것뿐이 아니다. 훌륭한 수필은 높은 수준의 주제의식과 거기에 걸맞는 잘 끌질된 문체, 삶의 정수(精髓)를 꿰뚫어 볼 수 있는 통찰력, 그리고 그것을 담아낼 수 있는 미학적 구성능력이 있어야만 할 것이다.

그러나 산업사회 이후, 특히 여가시간이 많은 최근에 와서 글을 쓰고자 하는 사람들마저 수필을 글쓰기 쉬운 장르라고 생각하고 가볍게 여기는 경향마저 없지 않다. 물론 이것은 아직 자격이 부족한 사람들이 수필가로 등단해서 글을 너무나 쉽게 써왔기 때문이다. 그러므로 이제 우리 수필도 김진섭, 피천득, 이양하의 수필 이후에도 많은 작품이 씌어졌기 때문에 문학사에서 소외받지 않고 고전으로 기록될 수 있도록 정전화(正典化, canonization)할 시점에 왔다고 생각한다. 물론 이러한 작업은 수필의 가치와 아름다움이 무엇인가를 독자들에게 새롭게 알려주기 위해 그 전범(典範)을 보여주고자 하는 목적도 함께 하고 있다.

이 작업을 수행하는 과정에서 수필만을 쓰는 사람의 작품만을 선택한 것이 아니라, 시인, 소설가, 그리고 문학평론가와 학자들이 쓴 작품도 포함시켰다. 실제로 이들의 글이 수필가들의 그것 못지않을 뿐만 아니라 더욱 아름답고 심원하기 때문이다. 지금까지 우리나라 수필계가 수필만 쓰는 사람들만 수용하려는 편협함과 왜소한 편견 때문에 더욱더 침체의 길을 걷지 않았는가 하는 느낌도 없지 않다.

그래서 수필가 피천득, 김태길 교수, 법정 스님과 소설가 박경리, 박완서를 비롯하여 문학평론가 이어령, 박이문 교수, 그리고 시인인 김남조, 김후란, 김초혜, 이해인 등 여러분들이 격려하는 마음으로 그들의 훌륭한 작품을 싣도록 허락해준 것은 우리 수필의 발전을 위해 실로 뜻 깊은 일이라 하지 않을 수 없다. 또한 역량 있는 몇몇 젊은 문인들이 보내준 신선한 산문들은 우리의 아름다운 수필이 어디로 가고 있고 또 어떻게 쓰여져야만 하는가를 의미 깊게 제시하고 있다.

끝으로 어려운 가운데서도 이 책의 출판을 기꺼이 맡아주신 문예출판사 전병석 사장과 편집부 여러분께 진심으로 감사한다.

2005년 2월

이태동

차례

수필과 그림

김태길

한 편의 수필을 쓰는 일과 한 폭의 그림을 그리는 일 사이에 근본적인 유사점이 있을 것 같은 생각이 든다. 그림에 대해서 아무것도 모르는 주제에 이런 말을 하는 것은 분수를 모르는 망발이 될지 모른다고 염려하면서도, 나는 어쩐지 수필과 그림 사이에 공통된 바탕이 있다는 생각을 버리지 못한다. 수필과 그림 사이에 근본적 유사점이 있다고 가정할 때 수필에 대해서 우리들이 가지고 있는 여러 가지 의문이 풀릴 것 같다는 생각 때문에 아마 나는 이 비유를 고집하는 것일지도 모른다.

화가가 선과 색채를 써서 대상의 모습을 그리듯이, 수필가는 산문 형식의 글로 대상의 모습을 그린다. 서투른 화가들은 대상의 겉모습을 그리기에 급급하고 높은 경지에 이른 화가들만이 대상의 깊은 속을 그리듯이, 수필을 쓰는 사람들도 그 수

준에 따라서 그들이 그리는 대상의 층이 얕기도 하고 깊기도 하다.

근래에는 마음의 세계를 대상으로 삼는 화가들도 많다고 들었으나, 전통적으로 화가들이 주로 그린 것은 바깥 세계에 속하는 대상이 아니었을까 한다. 이 점에 있어서 수필의 경우는 사정이 다르다고 말할 수 있을 것 같다. 수필가들도 바깥 세계에서 대상을 찾는 경우가 없지 않으나, 그보다는 마음의 세계를 그리는 경우가 더 많다고 생각되는 것이다. 시각에 나타나는 바깥 세계는 색채와 선으로 그리기가 쉽고 눈에 띄기 어려운 마음의 세계는 말로 그리기가 비교적 쉽다는 사정이 이러한 차이를 가져왔을 것이다.

말로써 마음의 세계를 그리는 것은 오직 수필가만이 아니다. 시인과 소설가도 마음의 세계를 그리고 심리학자들도 마음의 세계를 그린다. 마음의 세계를 그리는 여러 가지의 문필 활동 가운데 '수필'이라는 이름을 가진 것이 따로 있는 것은, 마음의 세계를 대상으로 삼는 글들 가운데 그렇게 부를 만한 특색을 가진 갈래가 생겼기 때문일 것이다.

여러 가지 종류의 글들이 있는 가운데서 '수필'이라는 이름을 가진 글의 특색을 정확하게 지적한다는 것은 그리 쉬운 일이 아니다. 그러나 말로써 정확한 설명을 하지는 못하더라도, 우리는 수필을 만났을 때 이것이 바로 수필이구나 하는 것을 대개는 알 수 있다. '난초'가 어떤 식물인지 말로써 설명하지는 못하더라도 화원에 가면 그것을 가려낼 수 있는 것과 비슷한 사정이다.

'수필'의 모든 특색을 정확하게 말하기는 어려우나 그 중요한 것들의 윤곽을 밝힐 수는 있을 것이다. 첫째로, 꾸며낸 이야기를 줄거리로 삼는 소설이나 희곡과는 달리, 수필은 본래 어떤 현실을 그리는 것을 원칙으로 삼는다. 둘째로, 운율적(韻律的) 표현 방식에 의존하는 시와는 달리, 수필은 산문의 표현 양식을 빌려서 체험 또는 마음의 세계를 묘사한다. 셋째로, 독자의 이해력에 호소하여 진리를 밝히는 것을 첫째 목적으로 삼는 논문과는 달리, 수필은 의식 또는 무의식중에 아름다움의 창조를 꾀하여 은연중 독자의 미감(美感)에 호소하는 일면을 가졌다.

더러 예외가 있을지 모르나, 대개의 수필은 필자 자신의 체험 또는 사색에 바탕을 두고 있다. 수필의 본질을 자아(自我)의 탐구와 표현에서 찾는 사람들이 많은 것도 그 때문이다. 바꾸어 말하면, 수필은 필자 자신의 내면세계와 불가분의 관계를 가졌다. 많은 경우에 수필은 필자의 자화상으로서의 성격을 가졌다.

유치원 아이들이 그린 것도 그림이라고 부른다면 그림은 아무나 그릴 수 있다고 말할 수 있으나, 어느 수준 이상의 그림만을 그림이라고 부른다면 그림은 아무나 그릴 수 없다고 보아야 한다. 수필의 경우도 아무나 쓸 수 있다는 말도 성립하고 아무나 쓸 수 없다는 말도 성립한다. 수필다운 수필을 쓰기는 그림다운 그림을 그리기보다도 더 어렵다. 자기 자신을 과시하거나 미화하고 싶은 생각 때문에 수필에 거짓이 섞이기 쉽다는 사실이 수필 쓰기를 그림 그리기보다도 어렵게 한다.

그림다운 그림을 그리자면 우선 기본기부터 익혀야 하듯이, 수필을 쓰기 위해서도 첫째로 기본기의 바탕부터 닦아야 한다. 서양화를 위한 기본기의 첫째가 데생이라면 수필을 위한 기본기의 으뜸은 문장력이다. 화가가 대상의 모습을 정확하게 묘사할 수 있는 표현력을 가지고 있어야 하듯이, 수필가도 심상(心象)에 떠오른 것을 정확하게 그릴 수 있는 문장력을 갖추어야 한다.

대상의 모습을 정확하게 그리자면 우선 관찰이 세밀하고 정확해야 한다. 봄 하늘에는 아지랑이가 끼게 마련이고 가을의 들판에는 허수아비가 서 있게 마련이라는 따위의 상투적 고정관념을 가지고 붓대를 움직인다면 화가도 수필가도 십중팔구 실패할 것이다. 특히 개성을 생명으로 삼는 수필에 있어서는 다른 사람들이 보지 못한 새로운 것 또는 새로운 측면으로 시선을 돌려야 하며, 새로운 것 또는 새로운 측면을 발견하자면 관찰이 세밀하고 정확해야 한다.

그러나 세밀하고 정확한 관찰망에 표착된 것을 남김 없이 모두 원고지에 옮겨 놓는다면 좋은 수필을 얻기는 어려울 것이다. 꽃을 그리는 화가가, 해부학자가 인체를 그리듯이 있는 그대로 모든 것을 그린다면 좋은 그림을 얻을 수 없듯이, 수필가도 마음에 떠오른 것을 모두 적어 넣는다면 아마 좋은 결과를 얻기 어려울 것이다. 버릴 것을 과감하게 버리는 동시에 강조할 것을 강조하는 선택의 안목은 수필의 경우에도 필수적이다.

버릴 것을 버리고 강조할 것을 강조하는 선택이 필요하다 함은 수필이라는 것이 저절로 되기보다는 만들어지는 무엇임을 의미한다. 붓 가는 대로 쓰는 것이 수필이라고 흔히 말하지만, 그것도 역시 필자의 주관을 따라서 만들어지는 일면을 가졌다. 그러나 그 꾸밈이 지나쳐서 부자연스러울 지경에 이르면 실패작을 면하기 어렵다.

수필은 전통적으로 자연스러움을 숭상해왔다. 꾸밈이 지나치면 품위가 떨어진다는 것이 많은 사람들의 공통된 의견이다. 물이 낮은 곳으로 흐르듯이 자연스럽게 전개되어야 독자에게 거부감을 일으키지 않는다. 그러나 자연스럽고 평범한 듯하면서도 그 가운데 뭔가 비범한 요소가 있어야 한다. 물에 물 탄 듯 술에 술 탄 듯 그저 덤덤하기만 하고 맺힌 곳이 없는 글은 좋은 글이 아니다. 꾸밈이 있더라도 겉으로 드러나지 않

고 자연스러운 가운데서도 맺힌 곳이 있어서 중심이 뚜렷한
글이 좋은 글이다.

　여기 아름다운 대상이 있고 그 대상을 탁월한 솜씨로 그린
다면 좋은 그림이 생길 것임에 틀림이 없다. 수필의 경우에도
훌륭한 대상을 탁월한 문장력으로 묘사할 때 좋은 글이 생기
리라는 것은 의심의 여지가 없다. 그런데 앞에서 말한 바와 같
이 수필에 있어서 표현의 대상이 되는 것은 궁극적으로 필자
자신이다. 수필가도 자연을 그리고 세상 이야기를 전하기도
하지만, 국외자로서 바깥 세상을 그리는 것이 아니라 자기 자
신이 그 대상 속에 깊숙이 뛰어듦으로써 결국은 자기 자신을
간접적으로 표현하는 결과가 되곤 한다.
　수필을 통하여 표현되는 대상이 궁극적으로 필자 자신이라
는 사실은 탁월한 인품을 가진 사람이 탁월한 수필을 쓰기에
유리한 위치에 선다는 뜻을 함축한다. 그림의 경우에도 그리
는 솜씨가 같을 경우에는 그려진 대상이 아름다울수록 좋은
작품을 얻기가 쉽거니와, 특히 수필의 경우에는 글을 쓰는 솜
씨보다 글 속에 나타난 사람의 깊이에 독자들의 관심이 쏠리
기 때문이다.
　탁월한 인품이 탁월한 수필을 위한 바탕이기는 하나, 필자
가 자기 자신의 인품이 탁월함을 나타내려고 의도적으로 붓을

돌릴 때 그 글은 반드시 실패하게 마련이다. 제가 잘났다는 것을 과시하고자 하는 순간 그 사람의 인품은 추하게 보인다. 인간이기에 누구나 갖게 마련인 한계나 결함을 솔직하게 인정하고 자신의 한계와 결함에서 오는 고민을 남의 일처럼 담담하게 그렸을 때, 독자들은 도리어 그 필자의 인품에 대해서 공감을 느낀다. 보통사람이 보통사람으로서 정직한 것도 탁월한 인품의 한 특색이며, 수필을 쓰기 위해서 반드시 성현 군자가 될 필요는 없을 것이다.

남달리 정서가 풍부하거나 감수성이 강한 것도 수필을 쓰는데 귀중한 자산이 될 것이고, 견문과 학식에 있어서 남보다 앞서 있는 것도 수필을 위해서 유리한 고지의 구실을 할 것이다. 그러나 인생의 고민을 혼자서 도맡은 것처럼 감상에 젖거나 자기의 견문과 학식이 대단하다는 것을 은근히 자랑하는 글은 품위가 떨어진다고 나는 생각한다. 한 걸음 물러서서 자기 자신을 냉정하게 바라보는 마음의 여유는 감수성이나 박식보다도 더 귀중한 수필가의 자산이다.

인품이 탁월한 것만으로 좋은 수필이 생기지는 않는다. 탁월한 인품을 탁월한 솜씨로 형상화했을 때 좋은 수필이 탄생한다. 머리에 떠오른 생각들을 아름답게 형상화하는 솜씨 가운데는 구상력(構想力)과 문장력(文章力)이 포함되거니와, 형식의 틀에 얽매이기를 좋아하지 않는 수필에서는 문장력이 차지

하는 비중이 더 크다고 말할 수 있을 것이다.

　어떤 문장이 좋은 문장이냐에 대해서는 여러 가지의 견해가 대립할 여지가 있으나, 한두 가지의 기본적 원칙은 말할 수 있을 것이다. 첫째로, 글은 그 뜻이 독자에게 잘 전달되어야 한다. 뜻의 전달이 잘 되지 않는 문장은 원칙적으로 좋은 문장이 아니다. 둘째로, 독자의 미적 심금(美的 心琴)에 와 닿는 문장은 좋은 문장이다. 초보적 독자들의 어린 미감(美感)이 아니라 독서의 경험이 많은 사람들의 성숙한 미감을 기준으로 삼을 일이다. 세상에서 흔히 말하는 '미문'은 그리 좋은 문장이 아니다.

　여운이 길고 함축성이 많은 수필이 좋은 수필이라고 나는 생각한다. 함축성을 위해서는 문장이 간결해야 한다. 군소리가 끼어들면 글이 죽는다.

제1부 ··· 사색

수 필

피천득 서울대 명예교수, 수필가

수필은 청자 연적이다. 수필은 난이요, 학이요, 청초하고 몸맵시 날렵한 여인이다. 수필은 그 여인이 걸어가는 숲 속으로 난 평탄하고 고요한 길이다. 수필은 가로수 늘어진 페이브먼트가 될 수도 있다. 그러나 그 길은 깨끗하고 사람이 적게 다니는 주택가에 있다.

수필은 청춘의 글은 아니요, 서른다섯 살 중년 고개를 넘어선 사람의 글이요, 정열이나 심오한 지성을 내포한 문학이 아니요, 그저 수필가가 쓴 단순한 글이다.

수필은 흥미를 주지만 읽는 사람을 흥분시키지는 아니한다. 수필은 마음의 산책이다. 그 속에는 인생의 향취와 여운이 숨어 있는 것이다.

수필의 색깔은 황홀 찬란하거나 진하지 아니하며, 검거나 희지 않고 퇴락하여 추하지 않고, 언제나 온아우미하다. 수필의 빛은 비둘기빛이거나 진줏빛이다. 수필이 비단이라면 번쩍거리지 않는 바탕에 약간의 무늬가 있는 것이다. 그 무늬는 읽는 사람의 얼굴에 미소를 띠게 한다.

수필은 한가하면서도 나태하지 아니하고, 속박을 벗어나고서도 산만하지 않으며, 찬란하지 않고 우아하며 날카롭지 않으나 산뜻한 문학이다.

수필의 재료는 생활 경험, 자연 관찰 또는 사회 현상에 대한 새로운 발견, 무엇이나 다 좋을 것이다. 그 제재(題材)가 무엇이든지 간에 쓰는 이의 독특한 개성과 그때의 무드에 따라 '누에의 입에서 나오는 액(液)이 고치를 만들듯이' 수필은 써지는 것이다. 수필은 플롯이나 클라이맥스를 필요로 하지 않는다. 가고 싶은 대로 가는 것이 수필의 행로(行路)이다. 그러나 차를 마시는 거와 같이 이 문학은 그 방향(芳香)을 갖지 아니할 때에는 수돗물같이 무미(無味)한 것이 되어버리는 것이다.

수필은 독백(獨白)이다. 소설가나 극작가는 때로 여러 가지 성격을 가져보아야 된다. 셰익스피어는 햄릿도 되고 플로니우스 노릇도 한다. 그러나 수필가 램은 언제나 찰스 램이면 되는 것이다. 수필은 그 쓰는 사람을 가장 솔직히 나타내는 문학 형식이다. 그러므로 수필은 독자에게 친밀감을 주며, 친구에게서 받은 편지와도 같은 것이다.

　덕수궁 박물관에 청자 연적이 하나 있었다. 내가 본 그 연적은 연꽃 모양을 한 것으로, 똑같이 생긴 꽃잎들이 정연히 달려 있었는데, 다만 그 중에 꽃잎 하나만이 약간 옆으로 꼬부라졌었다. 이 균형 속에 있는 눈에 거슬리지 않는 파격(破格)이 수필인가 한다.

　이 마음의 여유가 없어 수필을 못 쓰는 것은 슬픈 일이다. 때로는 억지로 마음의 여유를 가지려 하다가는 그런 여유를 갖는 것이 죄스러운 것 같기도 하여 나의 마지막 십분지 일 가지고 숫제 초조와 번잡에 다 주어버리는 것이다.

나 무

이양하 전 서울대 교수, 수필가

나무는 덕을 지녔다. 나무는 주어진 분수에 만족할 줄을 안다. 나무로 태어난 것을 탓하지 아니하고, 왜 여기 놓이고 저기 놓이지 않았는가를 말하지 아니한다. 등성이에 서면 햇살이 따사로울까, 골짜기에 내려서면 물이 좋을까 하여, 새로운 자리를 엿보는 일도 없다. 물과 흙과 태양의 아들로, 물과 흙과 태양이 주는 대로 받고, 득박(得薄)과 불만족을 말하지 아니한다. 이웃 친구의 처지에 눈떠보는 일도 없다. 소나무는 소나무대로 스스로 족하고, 진달래는 진달래대로 스스로 족하다.

나무는 고독하다. 나무는 모든 고독을 안다. 안개에 잠긴 아침의 고독을 알고, 구름에 덮인 저녁의 고독을 안다. 부슬비 내리는 가을 저녁의 고독도 알고, 함박눈 펄펄 날리는 겨울 아침의 고독도 안다. 나무는 파리 옴쭉 않는 한여름 대낮의 고독도 알고, 별 얼고 돌 우는 동짓날 한밤의 고독도 안다. 그러면서도 나무는 어디까지든지 고독에 견디고, 고독을 이기고, 고독을 즐긴다.

나무에 아주 친구가 없는 것은 아니다. 달이 있고, 바람이 있고, 새가 있다. 달은 때를 어기지 아니하고 찾고, 고독한 여름밤을 같이 지내고 가는, 의리 있고 다정한 친구다. 웃을 뿐 말이 없으나, 이심전심(以心傳心) 의사가 잘 소통되고 아주 비위에 맞는 친구다.

바람은 달과 달라 아주 변덕 많고 수다스럽고 믿지 못할 친구다. 그야말로 바람쟁이 친구다. 자기 마음 내키는 때 찾아올 뿐 아니라, 어떤 때에는 공연히 뒤틀려 우악스럽게 남의 팔다리에 생채기를 내놓고 달아난다. 새 역시 바람같이 믿지 못할 친구다. 자기 마음 내키는 때 찾아오고, 자기 마음 내키는 때 달아난다. 그러나 가다 믿고 와 둥지를 틀고, 지쳤을 때 찾아와 쉬며 푸념하는 것이 귀엽다. 그리고 가다 흥겨워 노래할 때, 노래 들을 수 있는 것이 또한 기쁨이 되지 아니할 수 없다. 나무는 이 모든 것을 잘 가릴 줄 안다. 그러나 좋은 친구라 하여 달만을 반기고, 믿지 못할 친구라 하여 새와 바람을 물리치는 일이 없다. 그리고 달을 유달리 후대(厚待)하고 새와 바람을 박대하는 일도 없다. 달은 달대로, 새는 새대로, 바람은 바람대로 다 같이 친구로 대한다. 그리고 친구가 오면 다행하게 생각하고, 오지 않는다고 하여 불행해하는 법이 없다.

같은 나무, 이웃 나무가 가장 좋은 친구가 되는 것은 두말할 것 없다. 나무는 서로 속속들이 이해하고 진심으로 동정(同情)하고 공감(共感)한다. 서로 마주 보기만 해도 기쁘고, 일생을 이웃하고 살아도 싫증나지 않는 참다운 친구다.

그러나 나무는 친구끼리 서로 즐긴다느니보다는, 제각기 하늘이 준 힘을 다하여 널리 가지를 펴고, 아름다운 꽃을 피우고, 열매를 맺는 데 더 힘을 쓴다. 그리고 하늘을 우러러 항상 감사하고 찬송하고 묵도(默禱)하는 것으로 일삼는다. 그러기에, 나무는 언제나 하늘을 향하여 손을 쳐들고 있다. 온갖 나뭇잎이 우거진 숲을 찾는 사람이, 거룩한 전당에 들어선 것처럼 엄숙하고 경건한 마음으로 절로 옷깃을 여미고, 우렁찬 찬가에 귀를 기울이게 되는 이유도 여기 있다.

나무에 하나 더 원하는 것이 있다면, 그것은 천명(天命)을 다한 뒤에 하늘 뜻대로 다시 흙과 물로 돌아가는 것이다. 그러나 사람은 가다 장난삼아 칼로 제 이름을 새겨보고, 흔히 자기 소용 닿는 대로 가지를 쳐가고 송두리째 베어가곤 한다. 나무는 그래도 원망하지 않는다. 새긴 이름은 도로 그들의 원대로 키워지고, 베어간 재목(材木)이 혹 자기를 해칠 도끼 자루가 되고 톱 손잡이가 된다 하더라도, 이렇다 하는 법이 없다.

나무는 훌륭한 견인주의자(堅忍主義者)요, 고독의 철인(哲人)

이요, 안분지족(安分知足)의 현인(賢人)이다.

불교의 소위 윤회설(輪回說)이 참말이라면, 나는 죽어서 나무가 되고 싶다. '무슨 나무가 될까?' 이미 나무를 뜻하였으니, 진달래가 될까 소나무가 될까는 가리지 않으련다.

권 태

이 상 작가

1

어서 차라리 어둬버리기나 했으면 좋겠는데 — 벽촌(僻村)의 여름날은 지리해서 죽겠을 만치 길다.

동에 팔봉산(八峰山), 곡선은 왜 저리도 굴곡이 없이 단조로운고?

서를 보아도 벌판, 남을 보아도 벌판, 북을 보아도 벌판, 아 — 이 벌판은 어쩌라고 이렇게 한없이 늘어놓였을꼬? 어쩌자고 저렇게까지 똑같이 초록색 하나로 되어먹었노?

농가가 가운데 길 하나를 두고 좌우로 한 10여 호씩 있다. 휘청거린 소나무 기둥, 흙을 주물러 바른 벽, 강낭대로 둘러싼 울타리, 울타리를 덮은 호박넝쿨, 모두가 그게 그것같이 똑같다.

어제 보던 댑싸리나무, 오늘도 보는 김 서방, 내일도 보아야 할 신둥이 검둥이.

해는 백도(百度) 가까운 볕을 지붕에도 벌판에도 뽕나무에도 암탉 꼬랑지에도 나려쪼인다. 아침이나 저녁 녘이나 뜨거워서 견딜 수가 없는 염서(炎暑) 계속이다.

나는 아침을 먹었다. 할 일이 없다. 그러나 무작정 널따란 백지 같은 '오늘'이라는 것이 내 앞에 펼쳐져 있으면서 무슨 기사(記事)라도 좋으니 강요한다. 나는 무엇이고 하지 않으면 안 된다. 무엇을 해야 할 것인가 연구해야 된다. 그럼 — 나는 최 서방네 집 사랑 툇마루로 장기나 두러 갈까. 그것 좋다.

최 서방은 들에 나갔다. 최 서방네 사랑에는 아무도 없나 보다. 최 서방의 조카가 낮잠을 잔다. 아하 — 내가 아침을 먹은 것은 열 시나 지난 후니까 최 서방의 조카로서는 낮잠 잘 시간임에 틀림없다.

나는 최 서방의 조카를 깨워 가지고 장기를 한판 벌이기로 한다. 최 서방의 조카로서는 그러니까 나와 장기 두는 것 그것부터 권태(倦怠)다. 밤낮 두어야 마찬가질 바에는 안 두는 것이 차라리 나았지 — 그러나 안 두면 또 무엇을 하나? 둘밖에 없다.

지는 것도 권태여늘 이기는 것이 어찌 권태 아닐 수 있으랴? 열 번 두어서 열 번 내리 이기는 장난이란 열 번 지는 이상으로 싱거운 장난이다. 나는 참 싱거워서 견딜 수 없다.

한 번쯤 져주리라. 나는 한참 생각하는 체하다가 슬그머니

위험한 자리에 장기 조각을 갖다 놓는다. 최 서방의 조카는 하품을 쓱 한번 하더니 이윽고 둔다는 것이 딴전이다. 으레 질 것이니까 골치 아프게 수를 보고 어쩌고 하기도 싫다는 사상(思想)이리라. 아무렇게나 생각나는 대로 장기를 갖다 놓고는 그저 얼른얼른 끝을 내어 져줄 만큼 져주면 이 상승 장군(常勝將軍)은 이 압도적 권태를 이기지 못해 제물에 가버리겠지 하는 사상이리라. 가고 나면 또 낮잠이나 잘 작정이리라.

나는 부득이 또 이긴다. 이제 그만두잔다. 물론 그만두는 수밖에 없다.

일부러 져준다는 것조차가 어려운 일이다. 나는 왜 저 최 서방의 조카처럼 아주 영영 방심 상태가 되어버릴 수가 없나? 이 질식할 것 같은 권태 속에서도 자세한 승부에 구속을 받나? 아주 바보가 되는 수는 없나?

내게 남아 있는 이 치사스러운 인간 이욕(人間利慾)이 다시없이 밉다. 나는 이 마지막 것을 면해야 한다. 권태를 인식하는 신경(神經)마저 버리고 완전히 허탈(虛脫)해버려야 한다.

2

나는 개울가로 간다. 가물로 하여 너무나 빈약한 물이 소리 없이 흐른다. 뼈처럼 앙상한 물줄기가 왜 소리를 치지 않나?

너무 덥다. 나뭇잎들이 축 늘어져서 허덕허덕하도록 더움

다. 이렇게 더우니 시냇물인들 서늘한 소리를 내어보는 재간도 없으리라.

나는 그 물가에 앉는다. 앉아서 자—무슨 제목으로 나는 사색해야 할 것인가 생각해본다. 그러나 물론 아무런 제목도 떠오르지는 않는다.

그렇다면 아무것도 생각 말기로 하자. 그저 한량없이 넓은 초록색 벌판, 지평선, 아무리 변화하여 보았댔자 결국 치열(稚劣)한 곡예(曲藝)의 역(域)을 벗어나지 않는 구름, 이런 것을 건너다 본다.

지구 표면적의 100분의 99가 이 공포의 초록색이리라. 그렇다면 지구야말로 너무나 단조 무미한 채색이다. 도회에는 초록이 드물다. 나는 처음 여기 표착(漂着)하였을 때 이 신선한 초록빛에 놀랐고 사랑하였다. 그러나 닷새가 못 되어서 일망무제(一望無際)의 초록색은 조물주의 몰취미(沒趣味)와 신경의 조잡성(粗雜性)으로 말미암은 무미 건조한 지구의 여백인 것을 발견하고 다시금 놀라지 않을 수 없었다.

어쩔 작정으로 저렇게 퍼러냐. 하루 온종일 저 푸른 빛은 아무것도 하지 않는다. 오직 그 푸른 것에 백치와 같이 만족하면서 푸른 채로 있다.

이윽고 밤이 오면 또 거대한 구렁이처럼 빛을 잃어버리고 소리도 없이 잔다. 이 무슨 거대한 겸손이냐.

이윽고 겨울이 오면 초록은 실색(失色)한다. 그것은 남루(襤褸)를 갈기갈기 찢은 것과 다름없는 추악한 색채로 변하는 것이다. 한겨울을 두고 이 황막(荒漠)하고 추악한 벌판을 바라보고 지내면서 그래도 자살 민절(自殺悶絶)하지 않는 농민들은 불쌍하기도 하려니와 거대한 천치다.

그들의 일생이 또한 이 벌판처럼 단조한 권태 일색으로 도포(塗布)된 것이리라. 일할 때는 초록 벌판처럼 더워서 숨이 칵칵 막히게 싱거울 것이요, 일하지 않을 때에는 겨울 황원(荒原)처럼 거칠고 구지레하고 싱거울 것이다.

그들에게는 흥분이 없다. 벌판에 벼락이 떨어져도 그것은 뇌성 끝에 가끔 있는 다반사에 지나지 않는다. 촌동(村童)이 범에게 물려가도 그것은 맹수가 사는 산촌에 가끔 있는 신벌(神罰)에 지나지 않는다. 실로 전신주 하나 없는 벌판에서 그들이 무엇을 대상으로 흥분할 수 있으랴.

팔봉산 등을 넘어 철골 전선주가 늘어섰다. 그러나 그 동선(銅線)은 촌락에 엽서 한 장을 내려뜨리지 않고 섰는 채다. 동선으로 전류도 통하리라. 그러나 그들의 방이 아직도 송명(松明)으로 어둠침침한 이상 그 전선주들은 이 마을 동구(洞口)에 늘어선 포플러 나무와 조금도 다름이 없다.

그들에게 희망이 있던가? 가을에 곡식이 익으리라. 그러나 그것은 희망은 아니다. 본능이다.

내일, 내일도 오늘 하던 계속의 일을 해야지. 이 끝없는 권태의 내일은 왜 이렇게 끝없이 있나? 그러나 그들은 그런 것을 생각할 줄 모른다. 간혹 그런 의혹이 전광(電光)과 같이 그들의 흉리(胸裏)를 스치는 일이 있어도 다음 순간 하루의 노역(勞役)으로 말미암아 잠이 오고 만다. 그러니 농민은 참 불행하도다. 그럼 — 이 흉악한 권태를 자각할 줄 아는 나는 얼마나 행복된가.

3

댑싸리나무도 축 늘어졌다. 물은 흐르면서 가끔 웅뎅이를 만나면 썩는다.

내가 앉아 있는 데는 그런 웅뎅이가 있다. 내 앞에서 물은 조용히 썩는다.

낮 닭 우는 소리가 무던히 한가롭다. 어제도 울던 낮 닭이 오늘도 또 울었다는 외에 아무 흥미도 없다. 들어도 그만 안 들어도 그만이다. 다만 우연히 귀에 들려왔으니 그저 들었달 뿐이다.

닭은 그래도 새벽, 낮으로 울기나 한다. 그러나 이 동리의 개들은 짖지를 않는다. 그러면 모두 벙어리 개들인가, 아니다. 그 증거로는 그 동리 사람 아닌 내가 돌팔매질을 하면서 위협하면 10리나 달아나면서 나를 돌아다보고 짖는다.

그렇건만 내가 아무 그런 위험한 짓을 하지 않고 지나가면 천 리나 먼 데서 온 외인 더구나 안면이 이처럼 창백하고 봉발(蓬髮)이 작소(鵲巢)를 이룬 기이한 풍모를 쳐다보면서도 짖지 않는다. 참 이상하다. 어째서 여기 개들은 나를 보고 짖지를 않을까? 세상에도 희귀한 겸손한 겁쟁이 개들도 다 많다.

이 겁쟁이 개들은 이런 나를 보고도 짖지를 않으니 그럼 대체 무엇을 보아야 짖으랴.

그들은 짖을 일이 없다. 여인(旅人)은 이곳에 오지 않는다. 오지 않을 뿐만 아니라 국도 연변(國道沿邊)에 있지 않는 이 촌락을 그들은 지나갈 일도 없다. 가끔 이웃 마을의 김 서방이 온다. 그러나 그는 여기 최 서방과 똑같은 복장과 피부색과 사투리를 가졌으니 개들이 짖어 무엇하랴. 이 빈촌에는 도적이 없다. 인정 있는 도적이면 여기 너무나 빈한한 새악씨들을 위하여 훔친 바 비녀나 반지를 가만히 놓고 가지 않으면 안 되리라. 도적에게는 이 마을은 도적의 도심(盜心)을 도적맞기 쉬운 위험한 지대리라.

그러니 실로 개들이 무엇을 보고 짖으랴. 개들은 너무나 오랫동안 — 아마 그 출생 당시부터 — 짖는 버릇을 포기한 채 지내왔다. 몇 대를 두고 짖지 않는 이곳 견족(犬族)들은 드디어 짖는다는 본능을 상실하고 만 것이리라. 인제는 돌이나 나무 토막으로 얻어맞아서 견딜 수 없을 만큼 아파야 겨우 짖는다.

그러나 그와 같은 본능은 인간에게도 있으니 특히 개의 특징으로 쳐들 것은 못 되리라.

개들은 대개 제가 길리우고 있는 집 문간에 앉아서 밤이면 밤잠 낮이면 낮잠을 잔다. 왜? 그들은 수위(守衛)할 아무 대상도 없으니까다.

최 서방네 집 개가 이리로 온다. 그것을 김 서방네 집 개가 발견하고 일어나서 영접한다. 그러나 영접해 본댔자 할 일이 없다. 양구(良久)에 그들은 헤어진다.

설레설레 길을 걸어본다. 밤낮 다니는 길, 그 길에는 아무것도 떨어진 것이 없다. 촌민들은 한여름 보리와 조를 먹는다. 반찬은 날된장 풋고추다. 그러니 그들의 부엌에조차 남는 것이 없겠거늘 하물며 길가에 무엇이 족히 떨어져 있을 수 있으랴.

길을 걸어본댔자 소득이 없다. 낮잠이나 자자. 그리하여 개들은 천부의 수위술(守衛術)을 망각하고 낮잠에 탐닉(耽溺)하여 버리지 않을 수 없을 만큼 타락하고 말았다.

슬픈 일이다. 짖을 줄 모르는 벙어리 개, 지킬 줄 모르는 게으름뱅이 개, 이 바보 개들은 복날 개장국을 끓여 먹기 위하여 촌민(村民)의 희생이 된다. 그러나 불쌍한 개들은 음력도 모르니 복(伏)날은 몇 날이나 남았나 알 길이 없다.

4

이 마을에는 신문도 오지 않는다. 소위 승합 자동차라는 것도 통과하지 않으니 도회의 소식을 무슨 방법으로 알랴?

오관(五官)이 모조리 박탈(剝奪)된 것이나 다름없다. 답답한 하늘, 답답한 지평선, 답답한 풍경, 답답한 풍속 가운데서 나는 이리 디굴 저리 디굴 굴고 싶을 만치 답답해 하고 지내야만 된다. 아무것도 생각할 수 없는 상태 이상으로 괴로운 상태가 또 있을까. 인간은 병석에서도 생각한다. 아니, 병석에서는 더욱 많이 생각하는 법이다.

끝없는 권태가 사람을 엄습하였을 때 그의 동공은 내부를 향하여 열리리라. 그리하여 망쇄(忙殺)할 때보다도 몇 배나 더 자신의 내면을 성찰(省察)할 수 있을 것이다.

현대인의 특질이요 질환인 자의식(自意識) 과잉은 이런 권태치 않을 수 없는 권태 계급의 철저한 권태로 말미암음이다. 육체적 한산, 정신적 권태, 이것을 면할 수 없는 계급이 자의식 과잉의 절정을 표시한다.

그러나 지금 이 개울가에 앉은 나에게는 자의식 과잉조차도 폐쇄되었다.

이렇게 한산한데, 이렇게 극도의 권태가 있는데 동공(瞳孔)은 내부를 향하여 열리기를 주저한다.

아무것도 생각하기 싫다. 어제까지도 죽는 것을 생각하는 것 하나만은 즐거웠다. 그러나 오늘 그것조차가 귀찮다. 그러면 아무것도 생각하지 말고 눈뜬 채 졸기로 하자.

더워 죽겠는데 목욕이나 할까? 그러나 웅뎅이 물은 썩었다. 썩지 않은 물을 찾아가는 것은 귀찮은 일이고 —.

썩지 않은 물이 여기 있다기로서니 나는 목욕하지 않았으리라. 옷을 벗기가 귀찮다. 아니 그보다도 그 창백하고 앙상한 수구(瘦軀)를 백일 아래 널어 말리는 파렴치를 나는 견디기 어렵다.

땀이 옷에 배면? 밴 채 두자. 그렇다 하더라도 이 더위는 무슨 더위냐. 나는 내가 있는 집으로 돌아와서 세수를 하기로 한다. 나는 일어나서 오던 길을 돌치는 도중에서 교미(交尾)하는 개 한 쌍을 만났다. 그러나 인공의 기교가 없는 축류(畜類)의 교미는 풍경이 권태 그것인 것 같이 권태 그것이다.

동리 아해들에게도 젊은 촌부들에게도 흥미의 대상이 못 되는 이 개들의 교미는 또한 내게 있어서도 흥미의 대상이 되지 않는다.

함석 대야는 그 본연의 빛을 일찍이 잃어버리고 그들의 피부색과 같이 붉고 검다. 아마 이 집 주인 아주머니가 시집올 때 가지고 온 것이리라.

세수를 해본다. 물조차가 미지근하다. 물조차가 이 무지한 더위에는 견딜 수 없었나 보다. 그러나 세수의 관례대로 세수를 마친다.

그리고 호박넝쿨이 축 늘어진 울타리 밑 호박넝쿨의 뿌리 돋친 데를 찾아서 그 물을 준다. 좀 생기를 내라고 땀내 나는 수건으로 얼굴을 훔치고 툇마루에 걸터앉았자니까 내게 세수할 때 내 곁에 늘어섰던 주인집 아이들 넷이 제각기 나를 본받아 그 대야를 사용하여 세수를 한다.

저 애들도 더워서 저러는구나, 하였더니 그렇지 않다. 그 애들도 나처럼 일거수 일투족을 어찌했으면 좋을까 하고 있는 권태들이었다. 다만 내가 세수하는 것을 보고 그럼 우리도 저 사람처럼 세수나 해볼까 하고 따라서 세수를 해보았다는 데 지나지 않는다.

5

원숭이가 사람의 흉내를 내는 것이 내 눈에는 참 밉다. 어쩌자고 여기 아이들이 내 흉내를 내는 것일까? 귀여운 촌동(村童)들을 원숭이를 만들어서는 안 된다.

나는 다시 개울가로 가본다. 썩은 물 늘어진 대싸리 외에 아무것도 없다. 그러나 나는 거기 앉아서 이번에는 그 썩는 중(中)의 웅덩이 속을 들여다본다.

순간 나는 진기한 현상을 목도(目睹)한다. 무수한 오점이 방향을 정돈해가면서 움직이고 있는 것이다. 이것은 생물임에 틀림없다. 송사리떼임에 틀림없다.

이 부패한 소택(沼澤) 속에 이런 앙증스러운 어족이 서식하리라고는 나는 참 꿈에도 생각하지 못했다.

요리 몰리고 조리 몰리고 역시 먹을 것을 찾음이리라. 무엇을 먹고 사누. 버러지를 먹겠지, 송사리보다도 더 작은 버러지라는 것이 있을까.

잠시를 가만있지 않는다. 저물도록 움직인다. 대략 같은 동기와 같은 모양으로들 그러는 것 같다. 동기(動機)! 역시 송사리의 세계에도 시급한 목적이 있는 모양이다.

차츰차츰 하류를 향하여 군중적으로 이동한다. 저렇게 하류로 하류로만 가다가 또 어쩔 작정인가. 아니 그들은 중로에서 또 상류를 향하여 거슬러 올라올는지도 모른다. 그러나 당장 하류로 향하여 가고 있는 것이 확실하다. 하류로 하류로!

5분 후에는 그들의 모양이 보이지 않을 만치 그들은 멀리 하류로 내려갔다. 그리고 웅덩이는 아까와 같이 도로 썩은 물의 웅덩이로 조용해지고 말았다.

나는 그 자리에서 일어나서 풀밭으로 가보기로 한다. 풀밭에는 암소 한 마리가 있다.

고 웅덩이 속에 고런 맹랑한 현상이 잠복해 있을 수 있다니 — 하고 나는 적잖이 흥분했다. 그 현상도 소낙비처럼 지나가고 말았으니 잊어버리고 그만두는 수밖에.

소의 뿔은 벌써 소의 무기는 아니다. 소의 뿔은 오직 안경의 재료일 따름이다. 소는 사람에게 얻어맞기로 위주니까 소에게는 무기가 필요 없다. 소의 뿔은 오직 동물학자를 위한 표지(標識)이다. 야우(野牛) 시대에는 이것으로 적을 돌격한 일도 있습니다 ― 하는 마치 폐병(廢兵)의 가슴에 달린 훈장처럼 그 추억성(追憶性)이 애상적이다.

암소의 뿔은 수소의 그것보다도 더 한층 겸허하다. 이 애상적인 뿔이 나를 받을 리 없으니 나는 마음놓고 그 곁 풀밭에 가 누워도 좋다. 나는 누워서 위선 소를 본다.

소는 잠시 반추(反芻)를 그치고 나를 응시한다.

'이 사람의 얼굴이 왜 이리 창백하냐. 아마 병인인가 보다. 내 생명에 위해(危害)를 가하려는 거나 아닌지 나는 조심해야 되지.'

이렇게 소는 속으로 나를 심리(審理)하였으리라. 그러나 5분 후에는 다시 반추를 계속하였다. 소보다도 내가 마음을 놓는다.

소는 식욕의 즐거움조차를 냉대할 수 있는 지상 최대의 권태자다. 얼마나 권태에 지질렀길래 이미 위에 들어간 식물을 다시 게워 그 시금털털한 반소화물(半消化物)의 미각을 역설적으로 향락하는 체해 보임이리오?

소의 체구가 크면 클수록 그의 권태도 크고 슬프다. 나는 소앞에 누워 내 세균(細菌)같이 사소한 고독을 겸손해 하면서 나도 사색의 반추는 가능할는지 몰래 좀 생각해본다.

6

길 복판에서 6, 7인의 아이들이 놀고 있다. 적발 동부(赤髮銅膚)의 반나군(半裸群)이다. 그들의 혼탁한 안색, 흘린 콧물, 둘른 베, 두렝이 벗은 웃통만을 가지고는 그들의 성별(性別)조차 거의 분간할 수 없다. 그러나 그들은 여아가 아니면 남아요, 남아가 아니면 여아인 결국에는 귀여운 5, 6세 내지 7, 8세의 '아이들'임에도 틀림없다. 이 아이들이 여기 길 한복판을 선택하여 유희하고 있다.

돌멩이를 주워 온다. 여기는 사금파리도 벽돌 조각도 없다. 이 빠진 그릇을 여기 사람들은 버리지 않는다.

그러고는 풀을 뜯어 온다. 풀 — 이처럼 평범한 것이 또 있을까. 그들에게 있어서는 초록빛의 물건이란 어떤 것이고 간에 다시 없이 심심한 것이다. 그러나 하는 수 없다. 곡식을 뜯는 것도 금제(禁制)니까 풀밖에 없다.

돌멩이로 풀을 짓찧는다. 푸르스레한 물이 돌에 가 염색된다. 그러면 그 돌과 그 풀은 팽개치고 또 다른 풀과 돌멩이를 가져다가 똑같은 짓을 반복한다. 한 10분 동안이나 아무 말이 없이 잠자코 이렇게 놀아본다.

10분 만이면 권태가 온다. 풀도 싱겁고 돌도 싱겁다. 그러면 그 외에 무엇이 있나? 없다.

그들은 일제히 일어선다. 질서도 없고 충동의 재료도 없다. 다만 그저 앉았기 싫으니까 이번에는 일어서보았을 뿐이다.

일어서서 두 팔을 높이 하늘을 향하여 쳐든다. 그리고 비명에 가까운 소리를 질러본다. 그러더니 그냥 그 자리에서들 껑충껑충 뛴다. 그러면서 그 비명을 겸(兼)한다.

나는 이 광경을 보고 그만 눈물이 났다. 여북하면 저렇게 놀까. 이들은 놀 줄조차 모른다. 어버이들은 너무 가난해서 이들 귀여운 애기들에게 장난감을 사다줄 수가 없었던 것이다.

이 하늘을 향하여 두 팔을 뻗치고 그리고 소리를 지르면서 뛰는 그들의 유희가 내 눈에는 암만해도 유희같이 생각되지 않는다. 하늘은 왜 저렇게 어제도 오늘도 내일도 푸르냐, 산은, 벌판은 왜 저렇게 어제도 오늘도 푸르냐는 조물주에 대한 저주의 비명이 아니고 무엇이랴.

아이들은 짖을 줄조차 모르는 개들과 놀 수는 없다. 그렇다고 모이 찾느라고 눈이 벌건 닭들과 놀 수도 없다. 아버지도 어머니도 너무나 바쁘다. 언니 오빠조차 바쁘다. 역시 아이들은 아이들끼리 노는 수밖에 없다. 그런데 대체 무엇을 가지고 어떻게 놀아야 하나, 그들에게는, 장난감 하나 없는 그들에게는 영영 엄두가 나서지를 않는 것이다. 그들은 이렇게 불행하다.

그 짓도 5분이다. 그 이상 더 길게 이 짓을 하자면 그들은 피로할 것이다. 순진한 그들이 무슨 까닭에 피로해야 되나? 그들은 위선 싱거워서 그 짓을 그만둔다.

그들은 도로 나란히 앉는다. 앉아서 소리가 없다. 무엇을 하나. 무슨 종류의 유희인지 유희는 유희인 모양인데 — 이 권태의 왜소 인간(矮小人間)들은 또 무슨 기상 천외의 유희를 발명했나. 5분 후에 그들은 비키면서 하나씩 둘씩 일어선다. 제각각 대변을 한 무데기씩 누어 놓았다. 아 — 이것도 역시 그들의 유희였다. 속수 무책의 그들 최후의 창작 유희였다. 그런 그 중 한 아이가 영 일어나지를 않는다. 그는 대변이 나오지 않는다. 그럼 그는 이번 유희의 못난 낙오자임에 틀림없다. 분명히 다른 아이들 눈에 조소(嘲笑)의 빛이 보인다. 아 — 조물주여, 이들을 위하여 풍경과 완구를 주소서.

7

날이 어두웠다. 해저(海底)와 같은 밤이 오는 것이다. 나는 자못 이상하다.

가만히 생각해보면 나는 배가 고픈 모양이다. 이것이 정말이라면 그럼 나는 어째서 배가 고픈가. 무엇을 했다고 배가 고픈가.

자기(自己) 부패 작용이나 하고 있는 웅뎅이 속을 실로 송사리떼가 쏘다니고 있더라. 그럼 내 장부(臟腑) 속으로도 나로서 자각할 수 없는 송사리떼가 준동(蠢動)하고 있나 보다. 아무렇든 나는 밥을 아니 먹을 수는 없다.

밥상에는 마늘장아찌와 날된장과 풋고추 조림이 관성의 법칙처럼 놓여 있다. 그러나 먹을 때마다 이 음식이 내 입에 내 혀에 다르다. 그러나 나는 그 까닭을 설명할 수 없다.

마당에서 밥을 먹으면 머리 위에서 그 무수한 별들이 야단이다. 저것은 또 어쩌라는 것인가. 내게는 별이 천문학의 대상이 될 수 없다. 그렇다고 시상의 대상도 아니다. 그것은 다만 향기도 촉감도 없는 절대 권태의 도달할 수 없는 영원한 피안이다. 별조차가 이렇게 싱겁다.

저녁을 마치고 밖으로 나와 보면 집집에서는 모깃불의 연기가 한창이다.

그들은 마당에서 멍석을 펴고 잔다. 별을 쳐다보면서 잔다. 그러나 그들은 별을 보지 않는다. 그 증거로는 그들은 멍석에 눕자마자 눈을 감는다. 그러고는 눈을 감자마자 쿨쿨 잠이 든다. 별은 그들과 관계 없다.

나는 소화를 촉진시키느라고 길을 왔다 갔다 한다. 돌칠 적마다 멍석 위에 누운 사람의 수가 늘어간다.

이것이 시체와 무엇이 다를까? 먹고 잘 줄 아는 시체 — 나는 이런 실례로운 생각을 정지해야만 되겠다. 그리고 나도 가서 자야겠다.

방에 돌아와 나는 나를 살펴본다. 모든 것에서 절연된 지금의 내 생활—자살의 단서조차 찾을 길이 없는 지금의 내 생활은 과연 권태의 극(極) 그것이다.

그렇건만 내일이라는 것이 있다. 다시는 날이 새지 않는 것 같기도 한 밤 저쪽에 또 내일이라는 놈이 한 개 버티고 서 있다. 마치 흉맹(凶猛)한 형리처럼—나는 그 형리를 피할 수 없다. 오늘이 되어버린 내일 속에서 또 나는 질식할 만치 심심해야 되고 기막힐 만치 답답해 해야 된다. 그럼 오늘 하루를 나는 어떻게 지냈던가. 이런 것은 생각할 필요가 없으리라. 그냥 자자! 자다가 불행히—아니 다행히 또 깨거든 최 서방의 조카와 장기나 한판 두자. 웅뎅이에 가서 송사리를 볼 수도 있고—몇 가지 안 남은 기억을 소처럼 반추하면서 끝없는 나태를 즐기는 방법도 있지 않으냐.

불나비가 달려들어 불을 끈다. 불나비는 죽었든지 화상을 입었으리라. 그러나 불나비라는 놈은 사는 방법을 아는 놈이다. 불을 보면 뛰어들 줄도 알고—평상(平常)에 불을 초조히 찾아다닐 줄도 아는 정열의 생물이니 말이다.

그러나 여기 어디 불을 찾으려는 정열이 있으며 뛰어들 불이 있느냐. 없다. 나에게는 아무것도 없고 아무것도 없는 내 눈에는 아무것도 보이지 않는다.

암흑은 암흑인 이상 이 좁은 방 것이나 우주에 꽉 찬 것이나 분량상 차이가 없으리라. 나는 이 대소 없는 암흑 가운데 누워서 숨쉴 것도 어루만질 것도 또 욕심나는 것도 아무것도 없다. 다만 어디까지 가야 끝이 날지 모르는 내일 그것이 또 창밖에 등대하고 있는 것을 느끼면서 오들오들 떨고 있을 뿐이다.

모순의 수용

박경리 소설가

초(楚)나라 무기 상인이 "이 창은 어떠한 방패도 뚫을 수 있으며 이 방패는 어떠한 창도 막을 수 있다"고 했는데 그 말에서 연유한 것이 모순(矛盾)이다. 모순은 논리적으로 성립이 안 될 때 상대방을 공박하는 용어로서 매우 생광스럽게 쓰이지만 어쨌든 강한 부정적 의미를 지니고 있다. 그러나 논리의 한계에 대해서 간과하고 있는 것도 생각해보아야 할 일이며, 따라서 모순의 양면성도 당연히 추구해보아야 하지 않을까.

논리적이다 할 것 같으면 아시다시피 생각을 조리 있게 언어로써 표현하는 것을 이르는데, 기실 언어 그 자체에는 항상 미진하고 애매하다는 약점이 도사리고 있다. 미진하다는 것은 근원적으로 인간들은 자기 자신 속에 갇혀 있다 할 수도 있고 논리의 허약함을 드러낸 것이기도 하다. '버선목이라 뒤집어

보이겠느냐.' 하며 옛날 우리들 할머니, 어머니들이 갇힌 진실을 절묘하게 비유한 바 있었지만 결국 인간은, 또한 생명 일체는 공동체인 동시에 영원한 개체로서 고독하며 모순에 가득 찬 존재인 것을 부인 못 한다. 미진하고 애매한 언어, 그것은 손에 잡히지 않는 진실과도 같은 것이며 언어와 진실의 관계는 동전의 앞뒷면과 같은 것이기도 하다. 논리의 표현이 언어에 의한 것이라면 논리의 바탕은 보편성과 개념이다. 그리고 논리로 반죽해낸 것이 합리주의라 할 수 있겠고 우리는 오늘날 그것을 기반으로 하여 삶의 거반을 지탱하고 있으며 합리주의의 강점 또한 거기에 있는 것이다. 그러나 최대다수의 행복을 지향하는 미덕을 인정하지만 전부는 아니다. 절대적인 것도 물론 아니다. 궁극적으로 시간은 끝이 없고 공간은 무한대이며 사물의 본질은 여전히 비밀스럽다.

생명의 내부, 자기 자신의 의식조차 그 흐름의 편린을 건져내기가 어려운, 이것이 삶의 한가운데에 서 있는 우리들의 모습인 것이다. 시인(詩人)이 찾아 헤매는 언어는 다름 아닌 진실이며 그것과의 만남을 위해 몸부림치지만 막막한 피안, 삶 자체가 미완성인 것과 같이 시인의 노래도 그러하다. 해서 인간의 역사는 진행하는 것이며 진행이야말로 존재를 인식하는 것이기도 하다.

20세기가 지나가고 21세기가 들어서는 시점에서 합리주를 전적으로 부정하는 사람은 별로 없을 성싶다. 시행착오로 나타난 폐단, 그러니까 핵을 수반한 전쟁에의 위협이라든지 퇴적되는 쓰레기며 땅이 죽어가고 수질 오염과 수원(水源)의 고갈 현상, 생태계의 파괴와 오존층의 손상, 이러한 지구의 어려움을 극복하는 것도 결자해지(結者解之)라, 합리주의에 의한 방안밖에는 달리 없기 때문이다. 그러나 그 같은 것은 일단 접어두고, 근본적인 문제는 논리 밖으로 나갈 수 없으며, 주체적인 것, 필연성에 합당한 범주에서 벗어날 수 없으며, 사사오입식(四捨五入式)의 생략으로 정리해야 하는 합리주의가 하나의 틀이라는 점이다.

그러나 눈이 부실 만큼 증가하고 복잡해지고 다양해진 오늘의 사정을 생각할 때 틀 속의 내용이 과연 온전하겠는가. 앞서 말한 지구가 당면한 어려움도 포함이 되겠지만 여하튼 틀 속의 내용물이 폭주하게 되면 혼란, 불균형, 폭발적인 것으로 변하게 마련인데 그렇게 되면 사물의 단순화가 필요해진다. 물기를 짜내어 중량을 줄이게 되고 두꺼운 것은 보다 얇게, 복잡한 것에는 생략으로 대응하고. 인간이라고 예외는 아닐 것이다.

공간과 시간에 영향받지 않는 사물이란 존재하지 않기 때문이다. 물기를 빼서 건조해진 사고(思考), 부피가 얇아진 사고, 생략된 엉성한 사고, 여기서 연상되는 것이 비인간화, 인간 기계화, 인간성의 압사(壓死) 혹은 박제품. 과장이라 할지 모르지만 그렇지 않다. 실제 우리는 지금 그것을 예감하며 황량한 기계문명 속에 머무르고 있는 것이다. 교육제도의 개혁이 촉진되고 인성교육을 부르짖고 있는 것도 그 위기감 때문일 것이다.

창조란 무엇일까. 말할 것도 없이 새로운 것을 태어나게 하는 일이며 그것은 풍요하게, 자유롭게 생각하는 생명만이 가질 수 있는 능력이다. 창조란 어디서 어떻게 이뤄지는 걸까. 암중모색에서, 보이지 않는 곳, 확실치 않은 것을 향한 추구와 탐험에서 새로움은 싹트는 것이며 이미 되어진 곳, 즉 틀 속에서는 복제품만이 가능해진다. 모르는 것, 보이지 않는 곳은 사사오입을 당해버린 부분이지만 측량할 수 없는, 그러나 실존하는 세계인데, 논리가 서지 않는다 하여 인정치 않으려는 이성이야말로 교만한 자가당착, 모순에 빠져 있다 할 것이다. 인위적 모순은 깨야 하고 미지로 향하는 것이 창조의 출발이다.

일상적인 비근한 것에서 떠난 뒤 모순을 생각해보면 논리의 왜소함을 새삼 느끼게 된다. 우선 공간의 확대, 그러니까 틀이 없다는 것에서 우주적이라 할 수 있다. 그러나 어떠한 방패도 뚫을 수 있고 어떠한 창도 막을 수 있다는 모순은 막다른 곳인 동시에 규명할 수 없고 하나가 아님에도 선택할 수 없는 것이다. 탄생과 죽음이 그 좋은 예가 될 수 있는 모순이다. 규명할 수 없고 막다른 곳이며 선택할 수 없다. 막연하지만 그것은 엄연히 우리를 둘러싸고 보이지 않게 작용하며 지배하고 있는 것이다. 어떠한 것도 끌어들일 수 있고 어떠한 것도 끌어낼 수 있다는 구심력과 원심력 역시 모순인데, 그러나 지구는 그것으로 인하여 우주 공간에 떠 있을 수 있는 것이다. 생명 일체는 공동체인 동시에 개체라는 것도 그렇다. 그것은 생명의 갈등이며 역사의 갈등이다. 한 몸속에 다른 것과 합치려는 안타까움이 있고 다른 것에서 떨어져 나오려는 몸부림이 있다. 다시 말해서 소속감은 사랑일 수도 권력 지향일 수도 있지만 외로움에서 탈출하려는 소망으로서 의무와 자기희생을 치러야만 한다. 반대로 자유에 대한 갈망은 해방에 대한 욕구다. 그러나 외톨이의 고통을 감수해야 한다. 한데 왜 그것은 갈등일까. 생명 자체가 모순이기 때문이며 그 어느 것도 완전치 못하고 규명이 안 되기 때문일 것이다. 자유에는 방종이 따르고 통제에는 억압이 따르고, 이 두 가지 원형질이 서로 교체되며 물결같이 곡선의 연속을 이루는 것이 역사 아니겠는가.

모순은 균형이며 긴장이다. 그것도 하나가 아닌 데서 가능했으며 존재의 조건인 동시에 연속성과 삶에 대한 인식이기도 하다. 만일 모순이 없어진다면 논리는 완성될 것이며 언어도 피안에 도달하겠고 절대적인 것이 그 모습을 드러낼지 모르지만 완성은 끝이며 정지이며 소멸인 것이다.

우리 인간은 오늘까지 인간의 질서를 위해 광분해왔다. 논리도 그것을 위해 봉사해왔으며 인간이 만든 연장과도 같은 것으로 우리에게 주어진 가장 소중한 능력이다. 그러나 연장이 삶을 위한 도구일 수 있지만 파괴하고 죽음에 이르게 하는 것일 수 있고 쾌적한 삶의 지속을 위하여 논리가 만든 틀이 반대로 인간성 말살의 폐단으로도 나타날 수 있다. 어떠한 사물에도 양면이 있고 부정적인 것과 긍정적인 것이 공존하기 때문이다. 그러나 어느 하나를 절대시하고 선택의 자유를 말하기도 하지만 어느 하나를 선택하는 것은 벌써 강요의 조짐으로 볼 수 있다. 왜냐하면 총체적으로 생각할 때 우리는 두 가지 중 하나를 택해야 하기 때문이다. 선택의 자유는 서양의 자유 개념으로 적극적이고 전투적이며 모순을 용납하지 않는 선명함인데, 그것은 문명의 승리였으나 문화의 패배이기도 했다. 물론 지금은 동과 서의 구별 없이 이미 보편화한 것이지만 본래 동양에서는 하나라는 확실한 것, 절대적인 것, 선택의 자유라는 인식이 매우 희박하지 않았나 하는 생각이다.

그것을 여러 가지 면에서 느낄 수 있지만 우리나라의 경우 의상에서 잠시 살펴볼 것 같으면 흰색의 숭상을 들 수 있다. 흰색은 투명한 상태에 가장 가깝게 접근한 색이며 투명을 보다 뚜렷이 지향해가는 것에는 갓이 있다. 투명하다는 것이 가벼움을 말할 수 있고 가벼움은 비상을 연상시키며 그 경계선이 희미하다. 넓은 치마, 옷고름, 갓끈, 그런 것들도 날리는 특성이 있고 날린다는 것은 역시 가벼움과 투명으로 이어지는 것이다. 그것은 또한 비어 있는 것으로도 볼 수 있으며 비어 있는 것에는 채울 수 있고 채우고 채우며 들락거리는 융통을 뜻하고 그것은 전혀 틀을 형성하지 않는 우주 지향이라 해석할 수는 없을까.

우리들 의상에 나타나는 곡선의 선호도 그렇다. 직선의 단절감을 피하고 곡선으로 포용하려는 기미를 느낄 수 있다. 그림의 여백에는 뭔가 있기도 하고 없기도 하며 종소리의 긴 여음 뒤에 오는 정적은 소리의 이어짐을 느끼게 하고, 있는 듯 없는 듯 모두가 희미한 상태, 경계가 없는 상태, 이승과 저승 사이에서도 그것은 희미하다. 죽었다, 없어졌다가 아닌 돌아갔다, 떠나갔다. 그것은 단절이 아니며 이어짐이다. 모순을 수용하는 것이다. 잘라내지 않고 토막 내지 않는 데서 오는 우주적 일체감, 그것은 무한한 흐름이다.

인류에게는 일찍이 신(神)이 있었다. 그것은 인간이 창출한 관념에 지나지 않는 것이지만 그럼에도 불구하고 믿는 것은 신이 그 모순 자체이기 때문이 아닐까. 사실 논리로 신을 죽이든 살리든 전혀 상관없는 일이며 무의미한 짓이다. 그러나 나는 신을 만들고 부수는 만행을 기억한다. 그것은 엄청난 생명을 작살낸 만행이기도 했다. 20세기를 질러온 나는, 신국(神國)이다, 현인신이다, 확고부동한 절대자 하며 터무니없는 것을 만들어놓고 일본은 얼마나 많은 생명들을 학살했는가, 신병(神兵)이라는 이름을 걸고 성전(聖戰)이라는 기치 아래 그칠 줄 모르는 탐욕의 배를 채우던 것을 똑똑히 기억한다.

해방 후에도 절대라는 명제 하에, 이념이 그 얼마나 무시무시한 쌍방간의 대립, 살육의 도구가 되었던가를 기억한다. 일본의 경우는 모순이든 논리적이든, 그 어느 것이든 간에 실리를 위한 방편이었겠으나 우리의 경우는 일종의 환상이었다. 불멸의 이론도 없거니와 현인신도 있을 수 없다. 그 없는 것을 위해 있었던 것은 오직 수난뿐이었다. 세계 도처에서 아직도 그 같은 허상을 위한 수난은 계속되고 있다.

끝으로 서구 이론을 도입하여 그 틀 속에 갇혀 있는 우리 문학계의 근심스런 현황에 대하여 지면이 모자라지만 간단히 스치고 가겠다. 사실 서양 이론으로 무장한 것도 그렇지만 틀 속에서의 운동마저 정지되어 있는 것을 느끼는데, 타성과 고착, 이런 상태는 정말 비관적이다. 일구월심 서양 이론에 매달린 일부 이론가와 그것을 답습하는 후학들이 다음과 같은 포크너의 말을 어떻게 받아들일지 궁금하다. 포크너도 그 쪽의 사람이기는 하지만.

독자가 포크너에게 헤밍웨이를 어떻게 생각하느냐고 물었
을 때 "그는 성공한 작가이며 자신의 한계를 알고 있었다. 그
러나 사전에 없는 말을 쓸 용기가 없는 사람이다. 나와 토머스
울프는 성공할지도 모르겠고 성공 안 할지도, 그것은 모르겠
다."

잃어버린 물건들

— 낚시질 놀이에서 얻은 외짝 장화의 의미

이어령 이대 명예교수, 문학평론가

거리를 지나가다 이따금 이삿짐을 나르는 광경을 보면 슬픈 생각이 든다. 거리를 누비고 지나가는 가구들의 인상은 생활에 시달린 늙은 아버지의 얼굴 같다. 아무리 부잣집 이삿짐이라 하더라도 거기에는 피로한 생이 묻어 있다.

공허하게 빛나는 장롱의 거울이라든가 칠이 벗겨진 상다리라든가, 색종이로 바른 궤짝과 자질구레한 생활 용품들, 그것들은 왜 그렇게 초라해 보이는지 모르겠다. 그러나 그것은 우리들이 사랑해야 할 생활인 것이다.

이상스럽게도 가구는 낡아질수록 사람을 닮아간다. 사물은 뜻이 없는 물질이지만 사람과 함께 오랫동안 살면서 손때가 묻게 되면 생명감을 풍기게 된다.

가구상이나 잡화상에 진열된 주인 없는 물건들은 비정적이다. 그것들은 죽은 물체에 지나지 않는다. 물질이 지니고 있는 생소한 감각에서 우리는 사물 그 자체를 본다.

그러나 인간의 체취가 밴 물건들은 물질세계의 얼어붙은 정적으로부터 조금씩 빠져 나오게 된다. 고물상의 의자는 물체가 아니라 늙은 창녀의 추억과 같은 것이며, 쓰레기터에 내던져진 부서진 완구(玩具)는 방황하는 미아(迷兒)의 모습이다. 그것들은 결코 우리와 무관할 수 없다. 사물은 침묵하는 언어며 우리들 생의 한 부분이다.

고물들은 버려지지만 살아 있다. 퇴색해갈수록 살아 있다. 신흥도시의 빌딩가보다도 1천여 년 전 폐허의 유적지에서는 하나의 돌, 하나의 기왓장에도 피가 흐르고 있다. 단순한 감정이입(感情移入)만은 아닐 것이다.

혼자 심심하면 이따금 나는 낚시질을 했다. 강가에 가서 고기를 잡는 그런 낚시질이 아니다. 그것은 참으로 기이한 놀이였다. 긴 대나무 끝에 철사를 구부려서 장롱 밑과 가구와 가구의 틈바귀, 그리고 마루청 밑에 버려진 물건들을 끌어내는 일이다.

말하지면 잃어버린 물건, 모르는 사이에 우리 생활 속에서 아주 잠적해버린 그 사물을 낚시질하는 장난이었던 것이다.

처음에는 장롱 밑으로 연필이 굴러 들어갔기 때문에 그것을 꺼내려고 한 일이었다. 그러다가 연필만이 아니라 잃어버렸던 물건들이 많이 있다는 것을 알아낸 것이다.

사람의 눈이나 손이 미치지 않는 구석진 곳엔 언제나 어둠과 먼지가 깔려 있었다. 좁지만 그 망각의 지대를 탐색한다는 것은 정말 재미가 있었다.

나에게 있어서 그것은 '솔로몬의 동굴' 과 같은 것이었나. 얼굴을 방바닥에 깔고 가구가 놓인 밑바닥 같은 데를 들여다본다. 처음엔 깜깜해서 아무것도 보이지 않지만, 시간이 좀 흐르면 어둠 속에 눈이 익어 어렴풋이 무엇인가 사물의 윤곽들이 떠오른다.

그러나 대나무로 그것을 끄집어내는 일은 그리 쉬운 일이 아니었다. 너무 힘을 주면 그것들은 더 깊숙이 안으로 굴러 들어가게 된다.

호흡을 죽이고 조금씩 조금씩 앞으로 당겨야 한다. 물건과 대나무가 부딪치는 촉감과 매캐한 먼지 냄새, 그리고 곰팡내 같은 것이 나의 상상력을 자극시켰다.

먼지와 어둠에서 졸고 있던 물건이 이윽고 밝음 속으로 나와 그 정체를 드러낼 때 기쁨은 절정에 달한다. 물론 보석 같은 것은 아니다.

내 '솔로몬의 동굴' 에서 찾아낸 물건들은 사이다 병마개나 단추나 안약 병이나 녹슨 호루라기 그리고 언젠가 잃어버렸던 셀룰로이드 삼각자, 지우개, 연필 토막, 나뭇조각…… 같은 것들이다. 그래도 내 마음은 언제나 흡족했다.

대체 이것들은 어떻게 하다 이 속으로 숨어버리게 되었을까? 그 중에서도 아주 낯익은 것들 그리고 찾고 있었던 물건들이 나오게 되면, 나는 가벼운 흥분에 취해서 소리치기도 했다.

"아! 이게 여기 있었구나."

그리고 먼지도 털지 않고 그것들을 가슴에 꼭 껴안는다. 사방탁자 밑에서 찢어진 만화책을 발견해냈을 때에도, 그리고 사랑방 약장 밑에서 소리 나는 생철 팽이를 꺼냈을 때에도 모두 그러했다. 그러나 대개는 보잘것없는 물건들일 경우가 많았다. 용도를 상실한 쓸모없는 폐품들만 있었다.

생활에서 떨어져나간 운석(隕石)들이다. 깨지고 마멸하고 껍데기만 남아 있는 물건들이었으나 그래도 나는 실망하는 적이 없었다.

하나도 버리지 않고 커다란 상자에 주워 담아서 온종일 물로 씻어내기도 하고 종이로 붙이기도 한다. 그러나 이 일 때문에 집안 식구 사이에 작은 논쟁이 벌어졌다.

누님은 방안을 늘어놓고 먼지를 피우는 그 장난에 반대였다. 그러나 형늘은 물건을 아끼고 폐품을 이용하는 것은 좋은 일이라는 것이다.

어머니는 중립을 지키셨다. 내가 닭띠기 때문에 그렇다는 말씀이시다. 닭은 흙을 헤적여서 먹이를 찾아내는 습성이 있는데, 내가 하는 일이 꼭 그와 닮은 데가 있다고 생각하신 모양이다.

쓸데없이 방구석을 뒤져 어지럽게 만드는 것을 어머니도 좋아하지는 않으셨다. 다만 무엇을 찾고 얻으려는 마음씨만은 길러주어야 한다고 생각하시는 눈치였다.

나는 내 의견을 정확하게 표현할 수는 없었지만, 무언가 좀 다른 이유를 들어 내 '낚시질'을 설명해보려고 애썼다. 방을 어지럽히기 위한 심술도 아니었고 또 그렇다고 무엇을 뒤져내여 폐품을 이용하려고 하는 소유욕도 아니었기 때문이다.

지금 생각해보면 그것은 사물 그 자체에 대한 흥미였을 것이다. 사라지고 있는 것, 녹슬고 있는 것, 깨지고 마멸해가고 있는 것…… 그런 것에 대한 무의식적인 애정이었을지 모른다. 구질구질한 생활을 사랑하는 의지였던가? 버려진 사물에는 버려진 생활이 있다. 잃어버린 생활을 아쉬워하는 것은 인간의 본능이기도 하다.

그날도 나는 '낚시질'을 하고 있었다. 가장 어둡고 지저분한 마루 밑을 탐색하는 일이었다. 마루청에 배를 깔고 머리를 숙여 마루 밑을 들여다보면서 물건을 끄집어내야 했기 때문에 유난히 힘이 들었다.

마루 밑은 깜깜했다. 어디서 흘러 들어오는 광선이었는지 한 줄기 가느다란 햇살이 어둠 속을 찌르고 있었다. 그때 나는 가느다란 그 광선 줄기가 머무는 곳에 '빨간 것'이 빛나고 있는 것을 보았다. 긴 대나무가 닿을락말락한 곳이었다. 대청마루 끝에 박쥐처럼 매달려서 허리까지 뻗치지 않으면 안 되었다. 그 빨간 물체를 끌어내는 데에 얼마나 많은 시간이 흘렀는지 모른다.

거꾸로 매달려서 손을 놀리고 있었기 때문에 현기증이 났다. 더구나 그것은 무거운 편이어서 앞으로 쉽게 당겨지지 않았다. 참을성이 있어야만 했다.

그렇게 해서 꺼낸 물건은 빨간 고무 장화 한 짝이었다. 나는 그 고무 장화를 기억하고 있었다. 그것은 소학교에 입학하였을 때 선물로 받은 장화였다. 비가 오지 않는 날에도 나는 그 고무 장화를 신고 돌아다녔다. 고무가 구겨지는 가벼운 장화 소리가 좋았다.

"아! 내 장화!"

가슴이 미어지듯이 반가웠다. 나는 그 장화 한 짝을 잃어버리고 돌아왔던 그날 일을 생각하면서 소리쳤다.

도랑물에서 놀고 있었을 때 한 짝 장화가 벗겨진 것이다. 곧 집으려고 했지만 그것은 아래로 자꾸 내려갔던 것이다. 결국은 나까지 물에 빠지고 말았다.

한 짝 장화만 신고 집으로 돌아올 때의 그 안타깝던 마음에는 흙탕물이 흐르고 있었다.

"아! 내 장화!"

나는 우물터에 가서 깨끗이 씻었다. 색깔도 바래 있었고 고무도 이제는 다 삭아버렸다. 미키마우스의 얼굴도 그 윤곽만이 어렴풋했다. 그것을 신어보았지만 이미 내 발에 맞지도 않았다. 발이 큰 것이다. 그것을 신고 도랑물에서 물탕을 치며 놀던 그 아이는 이제 아무 데서도 찾아볼 수가 없는 것이다.

외짝 장화처럼 시간의 흐름 속에서 그 아이는 떠내려가고 말았다. 그러나 한 짝 장화는 여기 이렇게 남아 있지 않는가?

시간은 이 사물(장화) 가운데 멈춰져 있었다. 흘러가버리는 것이 아니라 시간은 괴어 삭고 있는 것이다.

그것이 역사다. 역사는 사물 같은 데서 숨 쉬고 우리를 향수에 젖게 한다. 인간은 사물과 함께 살고 있지만, 사물은 훨씬 더 많은 생활의 기억을 간직하고 있는 까닭이다.

무엇 때문에 나는 그 외짝 장화를 보고 그렇게 좋아했는지? 나는 지금 어른의 안목으로 그때의 일을 설명하고 있지만, 아마 그보다도 훨씬 순수한 감정이었는지 모른다.

낡은 장화를 들고 들어왔을 때 집안 식구들은 모두 놀라서 소리치는 것이었다.

그때만은 누구도 내 편이 되어주지 않았다. 폐물을 이용하

는 것은 훌륭한 일이라고 역설하는 형들도 어처구니없는 표정
을 하고 있었다.

"세상에…… 그게 무슨 짓이냐. 나중엔 별걸 다 끌고 들어오
는구나."

나는 완전히 고립되어 있었지만 버리고 오라는 그 말에 양
보하지 않고 상자에 진열해놓았다.

"엿장수한테 팔려고 그러니?"

"아니……."

"그럼 무엇에다 쓰려고 그러니?"

"몰라, 아무것에도 쓰지 않아."

무슨 말에도 신통한 대답을 하지 않으니까, 저놈은 다음에
고물 장수를 할 거라고 누나는 약을 올리는 것이다.

나는 정말 엿 사 먹을 생각 때문에 그것을 가지고 들어온 것
은 아니었다. 쓸모없는 장화였지만 그냥 갖고 싶었다. 짝 잃은
장화를 한쪽에만 신고 돌아오던 그날처럼 그냥 버릴 수 없다
는 생각이 들었던 것이다.

그것은 무엇이었을까. 어두운 그늘 속에서 퇴색하고 있는
물건들은…… 그것은 무엇이었을까. 먼지처럼 묻어 있는 매캐
한 그 냄새는…… 그리고 무엇이었을까? 낡은 사진첩에서 민
옛날 죽어버린 사람들의 얼굴을 찾아냈을 때 같은 그 서글픈

놀라움은…… 아! 그것은 무엇이었을까?

수챗구멍과 같이 역겹고, 폐가(廢家)처럼 적적하고, 시효(時效) 넘은 증서와도 같고, 헤어진 모닝 코트 자락에서 떨어진 나프탈렌 같고, 추녀 밑에서 녹슬어가는 풍경(風磬) 같고, 삭아서 끊어진 구두끈 같고, 입김이 새어버리는 낡은 호루라기 소리 같은 그것은 대체 무엇이었을까? 사라져버리는 사물들에의 감각은, 폐품의 퇴적 같은 생활은, 그 애수(哀愁)는 어디에서 오는 것인가?

'낚시질 놀이'를 언제부터 그만두었는지, 그리고 그 외짝 고무 장화가 그 후에 어떻게 되었는지 지금 나는 기억할 수가 없다.

거리를 지나가다 이삿짐을 끌고 가는 사람을 만나게 되면 으레 나는 그 삭아버린 빨간 고무 장화를 생각한다. 온통 그 짐들이 외짝 장화들로 쌓여 있는 것이라는 착각이 든다. 아니 고물상자, 푸른 '로이드' 안약 병과 '삿포로' 맥주 병마개와 찌그러진 단추, 녹슨 치차(齒車), 셀룰로이드 비눗갑, 부러진 칫솔, 폐품으로 가득 찬 고물 상자를 생각하는 것이다.

길

박이문 미국 시몬스대 명예교수

뱃길, 철길, 고속도로, 산길, 들길 이 모든 길들은 그냥 자연현상이 아니라, 우리에게 무엇을 뜻하는 인간의 언어다. 언어는 인간만의 속성이다. 그러기에 인간만의 세계에 길이 있고, 길이 있는 곳에서 인간이 탄생한다.

길은 부름이다. 길이란 언어는 부름을 뜻한다. 언덕 너머 마을이 산길로 나를 부른다. 가로수 그늘진 신작로가 도시로 나를 부른다. 기적 소리가 저녁 하늘을 흔드는 나루터에서, 혹은 시골 역에서 나는 이국의 부름을 듣는다. 그래서 길의 부름은 희망이기도 하며, 기다림이기도 하다.

눈앞에 곧장 뻗은 고속도로가 산을 뚫고 들을 지나 아득한 지평선으로 넘어간다. 푸른 산골짜기를 꼬불꼬불 도는 하얀 길이 내 발밑에 깔려 있다. 그것은 내 마음에 희망을 불어넣고 내 발에 활기를 주는 손짓이다. 나는 그 손짓을 따라 앞으로 가야겠다는 즐거운 유혹에 빠진다.

길은 우리의 삶을 부풀게 하는 그리움이다. 그리움의 부름을 따라가는 나의 발길이 생명력으로 가벼워진다. 황혼에 물들어가는 한 마을의 논길, 버스가 오며 가며 먼지를 피우고 지나가는 신작로, 산언덕을 넘어 내려오는 오솔길은 때로 기다림을 이야기한다. 일터에서 돌아오는 아버지를, 친정을 찾아오는 딸을, 이웃 마을에 사는 친구를 부푼 마음으로 기다리게 하는 길들이 우리의 마음을 따뜻하게 한다. 길은 희망을 따라 떠나라 하고, 그리움을 간직한 채 돌아오라고 말한다.

희망과 그리움, 떠남과 돌아옴의 길은 어떤 관계를 전제로 한다. 길은 희망이라는 미래와 그리움이라는 과거, 미지의 사람과 정든 사람들, 사물과 인간 간의 관계를 이어준다. 이런 관계에서 미래와 과거, 나와 남, 정착과 개척, 휴식과 움직임, 인간과 자연의 만남의 열매가 영글어간다.

길은 과거에 고착함을 부정하는 동시에, 미래에만 들떠 있음을 경고한다. 길을 떠나 나는 이웃을 만나고, 길을 따라온 이웃이 나를 만난다. 길 끝에 휴식할 곳이 있지만, 다시 길을 찾아 어디론가 움직여야 한다. 길은, 인간이 자연현상과 다르다는 것을 보여주고 인간과 자연의 경계선을 전달하는 크나큰 표지이지만, 그 표지는 인간과 자연의 새로운 관계, 새로운 만남을 나타낸다.

이런 만남에서 과거가 미래로 이어져 역사가 이루어지고, 내가 남들에게로 연결되어, 고독한 실존적 존재로서의 나는 사회라는 광장의 인간으로 재발견된다. 그리고 이런 만남을 통해서 인간은 자연, 더 나아가 우주로 해방된다. 이리하여 길이 만남이라면, 만남은 곧 열림이다.

인간을 자연과 우주로, 나를 남과 사회로 열어주는 길들은, 자연과 우주에 새로운 질서를 부여하여 뜻 있는 것으로 하며, 나와 남 사이에 사회의 질서를 세워 진정한 의미의 인간적 세계를 창조한다. 이런 과정에서, 어떤 철학자가 말했듯이, 사물로서의 존재가 빛을 받아 원래의 은혜성에서 밖으로 뜻을 가지는 존재로 나타나게 되며, 동물로서의 인간이 자연을 초월하는 인간으로 승화하게 된다. 이와 같이 길은 벨트(welt), 즉 물리현상으로서의 세계가 움벨트(Umwelt), 즉 환경으로서의 세계로, 환경으로서의 세계가 레벤스벨트(Lewenswelt), 즉 생활 세계로, 무의미의 세계가 의미의 세계로 발전하는 역사의 형이상학적 기록이다. 그것은 문자 그대로 인간의 삶의 발자국이다.

구체적 삶은 어떠한 하나의 관점으로 설명될 수 있는 일차원적 현상이 아니다. 우리의 삶은 꿈과 현실, 희망과 좌절, 휴식과 일, 기쁨과 슬픔, 활기와 피로, 웃음과 눈물, 명상적 순간과 광기의 순간 등으로 무한히 얽혀 얼룩져 있다. 모든 사람들이 다 똑같은 삶의 태도를 가지고 있지는 않다. 어떤 이는 더 감성적이고, 어떤 이는 더 이지적이다. 어떤 이가 의지적이라면, 어떤 이는 순응적이다. 남자가 억센 성격이라면, 여자는 흔히 유순한 체질이다. 한 집안, 한 마을, 한 사회, 한 시대의 다양한 길들의 구조와 내용들은 각기 다양한 인간들의 삶을 표상한다.

화초가 잘 꾸며진 정원 길에서 삶의 재미를 느끼며, 시골 샘터로 가는 들꽃 무리 진 길에서 소박하나 알뜰하고 따뜻함을 감각한다. 산과 들을 일직선으로 뚫은 고속도로에서 인간의 승리감을 느낀다면, 들로 산골짜기로 꼬부라지는 철로에서 삶의 끈기를 맛본다. 봄꽃 필 무렵, 산을 넘은 길은 마치 미소와도 같이 밝다. 이처럼 길들이 삶의 긍정적 밝은 면을 채색한 화폭일 수도 있지만, 거기에는 또 고통과 슬픔이라는 삶의 그늘이 드리워져 있다. 한여름 뙤약볕에 소를 몰고 읍내로 가는 길은 너무나도 멀고, 일을 마치고 무거운 지게를 지고 집으로 돌아오는 농부에게 그가 가야 하는 험한 산골짜기 저녁 길은 너무나도 고달픈 언덕길이다. 고향을 떠나 서울로 일을 찾아가는 젊은이들에게는 그가 밟고 가야 할 신작로가 너무도 거칠고 불안하다. 그리하여 가지가지 길들은 그것대로 삶의 희노애락, 희망과 좌절, 활기와 실의의 각양각색의 삶의 자국을 남긴다.

두꺼운 돌을 깔아 만든 넓은 로마제국의 길은 세계 정복의 힘을 자국 내고 있는가 하면, 설악산 암자로 올라가는 좁은 길은 세상을 떠나 명상에 잠기려는 마음씨의 자국이다. 이미 잡초에 파묻혀버린 오솔길이 삶의 무상함을 보여주는가 하면, 험한 산의 절벽을 따라 새로 난 길은 삶의 의욕을 상징한다. 높은 돌의 층계를 한 발 두 발 디디고 올라가면서 우리는 삶의 어려움에 새삼 젖는가 하면, 눈 덮인 들길을 헤쳐가면서 우리는 고독한 명상에 잠기기도 한다. 어떤 길은 꿈이 배어 있고, 어떤 길은 사색적이고, 어떤 길은 황량하고, 어떤 길은 쾌활하다. 길은 인간의 꿈, 생각, 의지, 느낌을 통틀어 함께 반영한다. 길은 삶이 남기는 삶에 대한 인간의 문학적 기술이다. 인간에 의해 씌어진 이 길이라는 언어에 의해서, 자연은 침묵을 깨뜨리고 의미를 가지게 되며 문화라는 꽃을 피우게 된다. 자연의, 아니 우주의 고독이 노래나 시로 바뀐다.

한 사회에 따라, 한 문화에 따라 그리고 한 시대에 따라 길은 애절한 노래일 수도 있고, 서정시가 될 수도 있고 서사시가 될 수도 있다. 로마로 통하는 돌길이나 미국 대륙을 그물처럼 누비고 있는 고속도로에서 크나큰 서사시를 읽을 수 있다면, 미루나무 그늘진 한국의 논길 혹은 산 너머 이웃 마을로 통하는 산길에서 따뜻한 서정시를 들을 수 있다.

산천을 누비며 꿈을 꾸는 듯한 마을들을 이어놓은 한국의 옛 길들에서 우리는 극히 인간적인 것을 느낀다. 철도와 아스팔트가 깔리고 플라타너스 그늘진 한국의 신작로도 아직 인간적인 호흡을 담고 있다. 그러나 바쁘고 부산한 고속도로, 큰 도시의 실꾸러미처럼 엉킨 길에서 우리는 인간의 자연스러운 박자로 맞출 수 없는 비인간화된 형태의 삶을 체험한다. 그렇다면 인간적 체온이 풍기는 길을 잃어갈 때, 우리는 인간을 잃게 되는지도 모른다. 그러기에 큰 도시의 네거리에서 복작거리다가도 잠시나마 버드나무 그늘진 시골 논길을, 냇물이 돌조각 사이로 흐르는 개천 길을 걸어보고 싶어진다. 명상적이면서도 청청(淸淸)한 노랫가락 같은 한국의 길에서 우리는 논과 밭, 산과 개천, 구름과 나무, 하늘과 땅, 인간과 자연의 친근하고 조화로운 관계를 체험하고, 그리하여 진정한 의미에서의 마음의 자유를 느끼게 되기 때문이다. 한 사회, 한 시대의 생활양식의 변천과 더불어 그 사회, 그 시대의 길도 달라지게 마련이다. 옛날 길들에 마음이 끌리고 유혹을 느낀다면, 그것은 잃어버린 것에 대한 낭만적 향수나 진보에 대한 거부감 때문만은 아니다. 그것은 자연과 남들과의 조화로운 만남 속에서 살아 있는 인간으로 남아 있기를 바라는 마음 때문이다.

흔들리지 않는 전체

박완서 소설가

　　며칠 전 캄보디아에 다녀왔다. 여름나기를 힘들어하는 체질 때문에 감히 열대지방을 여행할 엄두를 내지 못했는데 친구 따라 강남 간다고 평소 흉허물없이 편하게 여기는 이들이 일행이 된다기에 이번 기회를 놓치면 영 못 가보지 싶어 따라나서게 되었다. 늙어갈수록 여행에 대한 매혹도 현저하게 감퇴하는 걸 느낀다. 집 떠나자마자 그날 밤부터 기껏 집에 갈 날이 며칠 남았나, 그것부터 꼽고 있는 자신을 마치 남의 일처럼 한심하게 바라보게 된다. 호기심보다는 무사안일 쪽으로 기울게 되는, 스스로 동정받아 싼 나이다. 그런 주제에 힘들 것이 뻔한 여행을 할 용기를 낸 것은 앙코르와트와 킬링 필드에 대해 얻어들은 게 둘 다 인간이 한 일 같지 않아서였을 것이다. 인간에 대한 강한 의문부호가 아직 내 안에 남아 있다는 게 그

나마 위안이 된다.

열대지만 그곳도 계절적으로는 겨울이라는데 아침저녁은 그런대로 견딜 만했지만 오후 두세 시간은 호텔방에서 휴식을 취해야 할 만큼 습기 차고 더웠다. 운 좋게도 운명적으로 캄보디아 역사와 문화에 사로잡힌 것처럼 보일 정도로 해박하고 열렬한 가이드를 만나 기대 이상으로 많은 것을 보고 느낄 수 있었다. 도처에 열대식물이 우거지고 색깔 짙은 꽃들이 흐드러지게 핀 가운데도 유난히 부겐빌레아가 눈에 띄었다. 이름 모를 열대식물 가운데 그 꽃만은 이름을 알기 때문에 반가웠나 보다. 20여 년 전 잠시 인도를 여행한 적이 있는데 거기서 그 꽃을 알게 되었다. 우리나라에선 화분에서나 겨우 몇 송이 볼 수 있는 그 꽃이 그곳에서는 담장 전체를 진홍색으로 뒤덮을 정도로 극성맞고 무성한 게 신기해서 이름을 알아놓은 거였다. 캄보디아에선 다른 이름으로 부르고 있었고, 캄보디아의 모든 것을, 극도의 가난까지도 깊은 애정으로 감싸듯이 희망적으로 소개하던 가이드가 부겐빌레아에 대해서만은 꼴도 보기 싫은 지겨운 꽃이라고 인상까지 쓰는 것이었다. 가이드가 그 꽃을 혐오스러워하는 까닭은 전혀 향기가 없을뿐더러 사계절 피고 지는 걸 멈추지 않으니 언제 어디서나 줄창 볼 수 있기 때문이라고 했다. 지는 일이 없어서 지겹다는 소리를 들으며 캄보디아 사람보다 더 캄보디아를 사랑하는 것처럼 보이는 가이드지만 어쩔 수 없이 한국사람이구나 하는 생각이 들어 슬며시 웃음이 나왔다. 꽃 본 듯이 날 좀 보소 하는 말 속엔 지는 꽃에 대한 안타까움이 스며 있다. 안타깝지 않은 게 어찌 사랑이겠는가.

베트남까지 포함해도 일주일이 채 안 되는 짧은 여행이었는데 인천공항에 내리니까 한국은 겨울이라는 게 잘 믿기지가 않았다. 열대에서 입고 있던 옷 위에다 긴팔 윗도리 하나만 더 걸치고도 별로 추위를 못 느낄 정도로 날씨가 포근한 때문이기도 했을 것이다. 차가 긴 강변북로를 벗어나 구리 쪽으로 접어들었을 때였다. 전지한 가로수가 나타났다. 평소 무자비할 정도로 뭉턱뭉턱 전지한 가로수를 꼴 보기 싫어했는데 하나같이 박수근이 그린 겨울나무들이 거기 나와 서 있는 것처럼 반갑고 정겨웠다. 전지한 가로수들이 그렇게 잘생겼다는 걸 그날 처음 알았다. 우리 마당의 나무들은 하나도 전지를 안해주었다. 다들 제멋대로 자라고 있다. 작은 소나무 두 그루만 빼면 텅 빈 것처럼 황량하고 을씨년스러운 마당이다. 마당을 바라보는 맛에 실내를 꾸미는 일엔 전혀 신경을 안 쓰고 사는지라 겨울에 손님이 오면 자랑할 게 없어서 곤란해지곤 한다. 그래서 일년 중 가장 볼 게 없을 때 오셔서 어쩌나, 괜한 군소리를 하면서 저 나무는 살구나무, 저 나무는 라일락, 지 나무는 자두나무, 저 나무는 앵두나무 하고 앙상한 나무들의 과거의 영화나 부풀려 이야기해줄 수밖에 없었다. 그렇게 볼품없다고 생각한 나목들이 안 본 지 며칠이나 된다고 어찌나 의젓하고 아름다워 보이는지 저거야말로 나무의 진면목이구나 싶은 짜릿한 감동을 맛보았다. 잎과 꽃과 열매까지 포함해야 나무의 전체가 되는 줄 알았다. 이제 보니 그것들을 다 떨구고 맨몸으로 서 있는 나목이야말로 하늘을 우러러 한 점 부끄러움이 없다는 게 바로 저런 게 아닐까 싶게 거침없이 당당하고 늠름해 보였다. 나무의 맨몸의 아름다움에 비하면 꽃이나 잎은 한낱 가식이나 방편에 지나지 않은 것처럼 부질없게 여겨졌다. 사람도 만일 일생 쓰고 살던 위선이나 허위를 떨어버릴 수 있다면 무엇이 남을까. 남는 것이 과연 있기나 할까.

　며칠 전에는 밤에 눈이 조금 오고 나서 새벽에 기온이 급강하했다. 우리 마당의 나무들도 앞산의 나무들도 메마른 가장귀마다 눈꽃이 피어 황홀한 별천지를 연출했다. 기온이 뚝 떨어지면서 가지마다 수증기가 희게 얼어붙어 생긴 눈꽃은 마치 나무가 스스로 피워낸 꽃처럼 섬세하고 순결하다. 그러나 환상적인 은빛세상은 한나절을 못 버티고 능선을 따라 봉우리 쪽으로 총총히 올라가버리고 마을과 숲의 나무들에는 흔적도 안 남겼다. 그러나 그게 조금도 섭섭하지 않았다. 당분간은 아무것도 걸치지 않은 간결한 나무의 진면목에만 매혹당하고 싶다. 오늘은 어제 일기예보에서 알려준 대로 바람이 제법 부는 날이다. 어디선지 검은 비닐봉지가 죽은 새의 깃털처럼 날아왔다가 담 밑에서 시름없이 뒤채고 있고, 밤나무숲에서도 작년에 미처 다 떨구지 못한 남은 잎들이 불안에 떨 듯 와삭거리고 있었다. 그러나 잎을 다 떨군 우리 마당의 살구나무는 하늘 향해 쭉쭉 뻗은 가장귀들이 미동도 안한다. 저 나무가 하루도 같은 날이 없이 변화무쌍하던 그 나무일까. 만개했을 때는 온 동네를 바람나게 할 것처럼 향기롭고 화려하던 꽃, 누런 살구를 한 가마도 더 떨구던 그 다산성, 미풍에도 오묘하게 살랑이던 무성하고 예민한 잎새들, 느릿느릿 물들다가 우수수 서글픈 소리를 내며 서둘러 지던 낙엽, 그런 것들이 과연 저 나무가 한 짓이었을까. 믿기지 않으니 혹시 저 나무가 꾼 꿈이 아니었을까. 살구나무 옆에 올망졸망한 작은 나무들도 흔들림이 없긴 마찬가지다. 한때는 제각기 영화로웠던 나무들이다. 한때의 영화는 속절없이 가버렸고, 속절없이 가버린 것은 나의 군더더기일 뿐 전체는 아니라고 주장이라도 하듯 마지막 남은 전체는 한 점 흐트러짐도 흔들림도 없다. 나무를 닮고 싶다.

무소유

법 정 스님, 수필가

"나는 가난한 탁발승이오. 내가 가진 거라고는 물레와 교도
소에서 쓰던 밥그릇과 염소젖 한 깡통, 허름한 담요 여섯 장,
수건 그리고 대단치도 않은 평판, 이것뿐이오."

마하트마 간디가 1931년 9월 런던에서 열린 제2차 원탁회
의에 참석하기 위해 가던 도중 마르세유 세관원에게 소지품을
펼쳐 보이면서 한 말이다. K. 크리팔라니가 엮은 〈간디 어록〉
을 읽다가 이 구절을 보고 나는 몹시 부끄러웠다. 내가 가진
것이 너무 많다고 생각되었기 때문이다. 적어도 지금의 내 분
수로는 그렇다.

사실, 이 세상에 처음 태어날 때 나는 아무것도 갖고 오지
않았었다. 살 만큼 살다가 이 지상의 적(籍)에서 사라져 갈 때
에도 빈손으로 갈 것이다. 그런데 살다 보니 이것저것 내 몫이

생기게 되었다. 물론 일상에 소용되는 물건들이라고 할 수도 있다. 그러나 없어서는 안 될 정도로 꼭 요긴한 것들만일까? 살펴볼수록 없어도 좋을 만한 것들이 적지 않다.

우리들이 필요에 의해서 물건을 갖게 되지만, 때로는 그 물건 때문에 적잖이 마음이 쓰이게 된다. 그러니까 무엇인가를 갖는다는 것은 다른 한편 무엇인가에 얽매인다는 뜻이다. 필요에 따라 가졌던 것이 도리어 우리를 부자유하게 얽어맨다고 할 때 주객이 전도되어 우리는 가짐을 당하게 된다. 그러므로 많이 갖고 있다는 것은 흔히 자랑거리로 되어 있지만, 그만큼 많이 얽혀 있다는 측면도 동시에 지니고 있다.

나는 지난해 여름까지 난초 두 분을 정성스레, 정말 정성을 다해 길렀었다. 3년 전 거처를 지금의 다래헌(茶來軒)으로 옮겨 왔을 때 어떤 스님이 우리 방으로 보내준 것이다. 혼자 사는 거처라 살아 있는 생물이라고는 나하고 그애들뿐이었다. 그애들을 위해 하이포넥스인가 하는 비료를 구해 오기도 했었다. 여름철이면 서늘한 그늘을 찾아 자리를 옮겨주어야 했고, 겨울에는 그애들을 위해 실내 온도를 내리곤 했다.

이런 정성을 일찍이 부모에게 바쳤더라면 아마 효자 소리를 듣고도 남았을 것이다. 이렇듯 애지중지 가꾼 보람으로 이른 봄이면 은은한 향기와 함께 연둣빛 꽃을 피워 나를 설레게 했고, 잎은 초승달처럼 항시 청청했었다. 우리 다래헌을 찾아온 사람마다 싱싱한 난초를 보고 한결같이 좋아라 했다.

지난해 여름 장마가 갠 어느 날 봉선사로 운허노사(耘虛老師)를 뵈러 간 일이 있었다. 한낮이 되자 장마에 갇혔던 햇볕이 눈부시게 쏟아져 내리고 앞 개울물 소리에 어울려 숲속에서는 매미들이 있는 대로 목청을 돋구었다.

아차! 이때서야 문득 생각이 난 것이다. 난초를 뜰에 내놓은 채 온 것이다. 모처럼 보인 찬란한 햇볕이 돌연 원망스러워졌다. 뜨거운 햇볕에 늘어져 있을 난초잎이 눈에 아른거려 더 지체할 수가 없었다. 허둥지둥 그 길로 돌아왔다. 아니나 다를까, 잎은 축 늘어져 있었다. 안타까워하며 샘물을 길어다 축여 주고 했더니 겨우 고개를 들었다. 하지만 어딘지 생생한 기운이 빠져나간 것 같았다.

나는 이때 온몸으로 그리고 마음속으로 절절히 느끼게 되었다. 집착이 괴로움인 것을. 그렇다, 나는 난초에게 너무 집념한 것이다. 이 집착에서 벗어나야겠다고 결심했다. 난을 가꾸면서는 산철(승가(僧家)의 유행기(遊行期))에도 나그네 길을 떠나지 못한 채 꼼짝을 못했다. 밖에 볼일이 있어 잠시 방을 비울 때면 환기가 되도록 들창문을 조금 열어놓아야 했고, 분(盆)을 내놓은 채 나가다가 뒤미처 생각하고는 되돌아와 들여놓고 나간 적도 한두 번이 아니었다. 그것은 정말 지독한 집착이었다.

며칠 후, 난초처럼 말이 없는 친구가 놀러 왔기에 선뜻 그의

품에 분을 안겨주었다. 비로소 나는 얽매임에서 벗어난 것이
다. 날아갈 듯한 홀가분한 해방감. 3년 가까이 함께 지낸 '유
정(有情)'을 떠나보냈는데도 서운하고 허전함보다 홀가분한
마음이 앞섰다.

이때부터 나는 하루 한 가지씩 버려야겠다고 스스로 다짐을
했다. 난을 통해 무소유(無所有)의 의미 같은 걸 터득하게 됐다
고나 할까.

인간의 역사는 어떻게 보면 소유사(所有史)처럼 느껴진다.
보다 많은 자기네 몫을 위해 끊임없이 싸우고 있다. 소유욕에
는 한정도 없고 휴일도 없다. 그저 하나라도 더 많이 갖고자
하는 일념으로 출렁거리고 있다. 물건만으로는 성에 차질 않
아 사람까지 소유하려 든다. 그 사람이 제 뜻대로 되지 않을
경우는 끔찍한 비극도 불사하면서. 제 정신도 갖지 못한 처지
에 남을 가지려 하는 것이다.

소유욕은 이해와 정비례한다. 그것은 개인뿐 아니라 국가
간의 관계도 마찬가지다. 어제의 맹방들이 오늘에는 맞서게
되는가 하면, 서로 으르렁대던 나라끼리 친선사절을 교환하는
사례를 우리는 얼마든지 보고 있다. 그것은 오로지 소유에 바
탕을 둔 이해관계 때문이다. 만약 인간의 역사가 소유사에서
무소유사로 그 방향을 바꾼다면 어떻게 될까. 아마 싸우는 일
은 거의 없을 것이다. 주지 못해 싸운다는 말은 듣지 못했다.

간디는 또 이런 말도 하고 있다.

"내게는 소유가 범죄처럼 생각된다……."

그가 무엇인가를 갖는다면 같은 물건을 갖고자 하는 사람들이 똑같이 가질 수 있을 때 한한다는 것. 그러나 그것은 거의 불가능한 일이므로 자기 소유에 대해서 범죄처럼 자책하지 않을 수 없다는 것이다.

우리들의 소유 관념이 때로는 우리들의 눈을 멀게 한다. 그래서 자기의 분수까지도 돌볼 새 없이 들뜬다. 그러나 우리는 언젠가 한 번은 빈손으로 돌아갈 것이다. 내 이 육신마저 버리고 홀홀히 떠나갈 것이다. 하고 많은 물량일지라도 우리를 어떻게 하지 못할 것이다.

크게 버리는 사람만이 크게 얻을 수 있다는 말이 있다. 물건으로 인해 마음을 상하고 있는 사람들에게는 한 번쯤 생각해 볼 말씀이다. 아무것도 갖지 않을 때 비로소 온 세상을 갖게 된다는 것은 무소유의 또 다른 의미이다.

램프 수집의 변

이태동 서강대 명예교수, 문학평론가

언제부터 얻은 것인지 모르지만, 나는 램프를 수집하는 버릇이 있다. 그래서 마음에 드는 램프가 있으면 서슴없이 구입한다. 그러나 화려한 조명등 가게에 가서 새것을 사는 일은 드물다. 가격도 가격이려니와 새것을 사서 등불을 켜는 것보다 망가지거나 해어지지는 않았지만, 누군가의 손때가 묻은 램프를 구입해서 등불을 켜는 것이 훨씬 더 좋기 때문이다.

조금 낡고 먼지가 묻었더라도, 그것을 손질하고 잘 닦아서 불을 켜면 새것에서는 볼 수 없는 은은한 빛을 볼 수가 있다. 중고 램프는 불이 켜 있지 않을 때는 다소 퇴색되고 낡아 보이지만, 불을 켜고 보면 전혀 다른 모습이 된다. 이런 현상은 밝은 불이 등피나 갓에 묻은 얼룩 같은 것을 보이지 않게 지울 수 있다는 사실에서 연유한 것이리라.

내가 이렇게 램프를 유난히 좋아하게 된 것은 물론 램프가 어둠을 밝혀주기 때문이다. 어릴 때의 램프는 어둠을 밝혀주는 빛의 원천이라기보다는 언제나 아름다운 신비의 대상이었다. 유년 시절 시골집 대청마루에서 하얀 한지(韓紙)를 발라서 만들어놓은 등을 보면 그렇게 아름다워 보일 수가 없었다. 그래서 나는 그때 언제나 등불 곁에만 앉아 있곤 했었다.

이뿐만이 아니다. 할아버지를 따라 험준한 산 속에 위치한 적천사(積天寺)를 찾았을 때, 법당(法堂) 한 모퉁이에 무리 지어 걸려 있던 연등을 보고 너무나 아름답고 황홀해서 할아버지를 따라 부처님께 무릎을 꿇고 절을 하면서도 시선은 종이 등(燈)이 하얗게 걸려 있는 천장으로만 향했다.

또 어릴 때, 십릿길을 걸어 학교에 갔다가 늦으면 어머니는 항상 등불을 들고 동구 앞까지 마중을 나오시곤 하셨다. 칠흑같이 어두운 여름 밤이면 더욱 그러하셨다. 그래서 멀리 보이는 등불은 언제나 유년 시절에 대한 향수를 느끼게 한다.

나이가 들어서도 멀리서 가까이서 철길 위로 불을 환하게 켠 열차가 주마등처럼 달리는 것을 볼 때나 밤차를 타고 고향 집으로 갈 때, 차창 밖으로 내다보이는 외딴 마을의 어느 집 창문에 불이 켜져 있는 것이 보일 때면 내 마음은 반가움과 그리움으로 가득 찼다.

부잣집 대문 앞에 켜져 있는 외등(外燈)이 아니라도 좋다. 비

오는 날 어두운 길을 걷다가 기중(忌中)이라고 쓴 등불을 만날 때도 반갑고 경이롭다. 상가(喪家)를 알리는 등불은 길을 밝히는 불빛만이 아니라, 상복을 입고 시신 곁에서 밤을 새는 '남아 있는 자들의 슬픔'을 함께하며, 그들의 마음을 위로하기 위해 찾아오는 사람들의 길을 밝혀주는 것이기 때문이리라. 아니 그것은 망자가 어두운 저승길을 갈 수 있도록 비춰주는 등불이 되기 때문이리라. 그래서 세월 따라 마음의 감성이 녹슬어갈 때에도 망자(亡者)의 집 앞에 걸려 있는 호젓한 등불을 볼 때면, 그 집으로 들어가서 흰옷을 입고 관(棺) 앞에서 고개 숙인 사람들과 함께 곡(哭)을 하고 싶은 마음이 바람처럼 스쳐가곤 했다.

어릴 적 내 마음에 화인(火印)처럼 찍어놓은 등불의 이미지는 제단(祭壇)에서 빛을 발하고 있는 촛불에서도 발견되었다. 자신을 불태우며, 어두운 주위를 밝히는 촛불이 등불과 무엇이 다르랴.

오랜 세월이 흐른 지금, 나는 아직도 빈 시간만 찾아오면 중고품 가게에 들러 남들이 사용하다 버린 램프가 아직은 쓸 만하고 우아한 품격을 지니고 있으면, 주머니를 털어 반갑고 기쁜 마음으로 구입한다. 촛대의 경우도 마찬가지다. 그래서 내가 서재에 홀로 있을 때에는 여러 개의 램프를 연등처럼 밝힌다. 한쪽 벽에는 무쇠로 만든 촛대가 걸려 있고, 책장 주위에는 나무로 된 등잔과 유리로 된 서양 촛대들이 줄지어 서 있다.

책장 옆 때묻은 진열장 속에는 은 촛대는 없지만, 백랍으로 된 촛대가 놓여 있다. 그리고 서재 뒤 골방에는 놋쇠로 된 중고품 램프를 비롯해서 도자기로 된 램프들이, 여러 가지 모양의 촛대들과 함께 작은 숲을 이루고 있다.

비록 내가 방에 놓아둔 램프와 촛대들에 불을 밝히지 않는다 할지라도, 장의자에 기대어 눈을 감으면 어두운 골방 속의 공간에 놓여 있는 램프들의 숲에 찬란하게 불이 켜져 있는 꿈을 꾼다. 마치 어두운 세상을 밝히려는 연등처럼.

램프를 수집해서 불을 켜고자 하는 욕구는 죽음으로부터 탈출하고자 하는 태어날 때부터의 욕망인가, 아니면 살아 있는 자는 물론 어둠 속에 갇혀 있는 망자의 길을 비춰주고자 하는 슬픈 인간의 부질없는 희망인가. 나는 오늘도 빈 시간이 있으면, 누군가에 의해 버려져 불이 꺼져 있는 램프를 찾아 집을 나서고 싶은 마음을 떨치지 못한다.

회전문

염정임 수필가

거리에 나가 보면 모든 사람들이 바삐 움직이고 있다. 조금이라도 더 빨리 가기 위해 걸어도 될 거리를 자동차를 타고 가고, 계단을 두고도 에스컬레이터를 사용한다.

무엇을 위하여 그렇게 바쁘게 서두르는지…….

나는 워낙 상황에 대한 판단이 느리고 운동 신경이 둔하다 보니 빠르게 움직이는 기계 종류는 모두 경계하는 대상이 되고 말았다. 그래서 현대 여성의 필수 조건이라고 하는 운전면허를 몇 년 전에 따놓고도 아직 운전할 엄두를 못 내고 있다. 내 손으로 자동차를 움직여서 줄지어 달리는 기계의 대열에 끼일 것을 생각하면 진땀이 절로 나기 때문이다.

또한 백화점에 설치되어 있는 에스컬레이터를 탈 때에도 언제나 조심스럽고 두려운 마음이다. 마음속으로 '하나, 둘, 셋'

을 세면서 발 놓을 자리를 눈여겨보았다가 단숨에 발을 딛고 올라서면 그제서야 안도의 한숨이 나온다. 그 톱니바퀴 같은 계단들 틈새로 발이 빠져들지 않은 행운을 무한히 감사하게 되는 것이다.

어쩌다가 양손에 쇼핑백이라도 들고 하행 에스컬레이터를 탈 때에는 정말 난감하다. 잘못 발을 내딛다가는 당장 아래로 곤두박질쳐버릴 것만 같아 온몸의 신경이 발끝에만 가 있게 된다. 다이빙대 끝에 선 수영 선수의 심정이 이러할까? 아랫 배에 힘을 단단히 주고 오른발 왼발을 차례대로 재빠르게 계 단으로 내려디디고 나면 일단은 성공한 셈이라 마음을 놓는 다. 중심을 못 잡아 몸이 잠깐 기우뚱해도 속으로는 쾌재를 부 르는 것이다.

그러나 그 무엇보다 나를 곤란하게 하는 것은 요즈음 대부 분의 빌딩 입구에 설치된 회전 유리문 앞에서이다. 옆에 보통 출입문을 두고도 왜 굳이 빙글빙글 돌아가는 회전문이 있어야 하는지 나는 도무지 알 수가 없다. 혹시 드나드는 어린아이들 을 즐겁게 해주기 위해서라면 수긍이 가겠지만…….

어쩌다가 큰 건물에 들어갈 때, 나는 회전문 앞에서 항상 긴 장을 느낀다. 마치 어릴 때 친구들과 줄넘기 놀이를 하면서 그 회전하는 반원 속에 뛰어들 때처럼. 어린 시절 그 정확한 투신 을 위해서 얼마나 많은 망설임과 결단을 반복했던가. 때로는 비장한 각오 끝에 두 눈을 꼭 감은 채 뛰어들곤 하지 않았던가? 실패하지 않기 위해서는 무엇보다 호흡을 잘 가다듬고 단숨에 들어서야 한다. 그건 상당한 민첩을 요구했다.

회전문 앞에서도 그건 마찬가지이다. 나의 몸을 용납하는 공간이 미처 내 앞에 오기 전에 미리 그 곳을 향하여 전진해야 하는 데 어려움이 있는 것이다.

회전문에 일단 들어서면 자신의 의지와는 관계없이 문의 속도에 발걸음을 맞추게 되어 있다. 직립 인간으로서 두 팔을 흔들며 유유히 걷는 자유를 잠시 동안이나마 유보하지 않을 수 없는 것이다. 마치 무성 영화 시대의 찰리 채플린처럼, 또는 기모노를 입은 일본 여성처럼 발걸음을 짧게 놓아야 무사히 회전문을 빠져나올 수 있다. 따라서 군자다운 체면과 요조숙녀로서의 품위를 지키기에 회전문은 합당치가 않은 것이다.

가령 어느 빌딩 입구에서 몇십 년 만에 옛날 애인들이 우연히 마주쳤다고 하자. 그러나 회전문 안에서는 말 한마디 나누지 못하고 반대 방향으로 돌면서 헤어져야 한다. 극적인 해후가 이루어질 수도 있는 순간에, 유리문으로 쓸쓸한 일별만 나누면서…….

그러나 회전문을 통과할 때 영화에서 보는 것처럼 도망치는 범인과 뒤쫓는 형사가 돌고 도는 장면보다 더 실감나는 때는 없을 것이다. 그것이 코미디 영화이건 007 첩보물이건…….

아무래도 회전문이 자리해야 할 곳은 고층 건물의 입구가 아니라 연극이나 쇼의 무대 위가 아닌가 싶다. 회전문이야말로 마술사의 소도구로도 쓰임직하지 않은가! 들어갈 때에는 젊은 아가씨가 들어가서 나올 때에는 허리 굽은 할머니가 되어 나온다든지, 호랑이가 들어가서 나올 때에는 고양이가 되어 있다든지 말이다.

때로는 나 같은 사람으로 인해 회전문 앞에 사람들이 밀리기도 하는데, 여러 사람에게 서로 양보하고 나중에 들어가겠다고 사양하는 것은 미덕이 못 된다. 마음의 준비가 된 사람부터 한 사람이라도 먼저 회전문을 통과하는 게 현명한 일이다. 장유유서의 아름다운 질서를 잠깐 잊어야만 하는 것도 회전문 앞에서이다.

살아가면서 나에게 부딪쳐오는 일들 앞에서도 회전문 앞에서처럼 망설이고 뒤로 미룰 때가 많다. '이번에는 꼭' 하면서도 유리문이 몇 개나 빙빙 돌며 지나가기를 기다린다. 정작 들어서고 보면 벌써 몇 바퀴 돌고 난 뒤가 된다. '아차' 했을 때에는 한 발이 늦어 있음을 발견한다.

모든 일이 너무 정신없이 빨리 돌아간다.

때로는 살아간다는 것이, 정지하고 싶어도 어쩔 수 없이 빙글빙글 도는 유리문 앞에서처럼 현기증과 당혹감을 줄 때도 많다. 그러다가 언젠가는 회전문에 떠밀리듯이 이 세상에서 밀려나버릴 때가 오지 않겠는가?

자동차를 타고, 에스컬레이터를 타고 그렇게 바쁘게 서두르지 않아도 그때는 어김없이 찾아오리라.

회전문 앞에 설 때, 나는 이 세상에서 내가 차지하고 있는 공간에 대한 불확실성을 첨예하게 느끼곤 한다.

욕망의 두 얼굴

주연아 수필가

욕망은 야누스와 같이 앞뒤가 다른 두 개의 얼굴을 지니고 있다. 욕망이 아장아장 두 발로 땅 위를 걸어갈 때 우리는 그것을 미덕이라 부른다. 일상에 필요한 긴장감과 더 나은 미래에 대한 동기 부여를 위해, 우리는 성취욕 또는 야망이라 일컫는 적당한 욕망을 수용해야 하기 때문이다.

그러나 욕망이 무럭무럭 자라나 날개를 달고 하늘로 날아오르기 시작하면 그것의 이름은 탐욕으로 바뀌고, 마침내 그 날개가 꺾이어 땅 밑으로 추락할 때 그 얼굴은 파멸로 바뀌게 된다. 그리고 이 파멸은 죽음과 등을 맞대고 있다. 이렇듯 욕망이 잘못된 자아 분열을 할 때 그것은 마치 하이드로 탈바꿈한 지킬 박사처럼 우리를 위협하고 결국은 자멸의 구렁텅이로 빠지게 되는 것이리라.

내 욕망도 처음엔 깃털처럼 가볍고 조약돌처럼 조그마한 것이었다. 그런데 그것이 어느 틈에 알라딘의 램프 속 거인처럼 몇십 배의 부피로 팽창하여 거대한 아귀를 벌리고 나를 집어삼키려 마구 달려드는 것이 아닌가. 그러면 나는 돌연 하이드로 변신하여 호시탐탐 기회를 노리는 하이에나의 눈빛을 하고, 온몸의 가시털을 곤두세워 자신을 방어하는 고슴도치의 형상을 지니게 된다. 그리고 또 내 심장을 쉴 새 없이 먹이를 탐하는 돼지의 심장과 맞바꾸어, 하루에도 몇 번씩 죽음을 경험하기도 한다. 어느덧 나는 명예를 좇고 기회를 좇고 부를 좇는, 도시라는 정글 속의 한 마리 사나운 동물의 영혼이 되어 결코 잡을 수 없는 허망한 신기루를 향해 끝없이 달리고 또 달리는 것이다.

오늘도 나는 헛된 바람을 안고 '욕망'이란 이름의 전차에 올라탄다. 그리고 가다가 '묘지'란 이름의 전차로 바꿔 타고 어느 한 정거장에서 정신없이 내린다. 산길을 따라 허겁지겁 오르다 문득 발밑을 내려다보면 무수한 무덤들이 줄지어 있다. 그 앞에는 가슴 깊이 가득 할 말을 품고 있는 수많은 묘비명들이 늘어서 있고 그들 중의 하나는 낮은 목소리로 이렇게 경고해온다.

'나도 지금 네가 서 있는 것처럼 한때 서 있었다. 어느 닐 니도 지금 내가 이렇게 누워 있는 것처럼 누워 있으리라 있으리

라 있으리라.'

그리고 돌연 내 어깨 위로 내려앉는 써늘한 정적의 무게…….

욕망이 거부할 수 없도록 그 뜨거운 두 팔을 뻗쳐올 때 우리는 기억해야 하리라. 메멘토 모리, 죽음을 기억하라. 그것은 결코 멀리 있지 않다. 욕망의 본질은 결코 충족될 수 없는 것, 하나의 계단을 오르면 또 다른 계단이 우리를 기다리고 있다. 그것은 하늘을 향한 뾰족한 첨탑의 계단, 그런데도 우리는 결코 실재하지 않는 그곳을 끊임없이 오르고 오르며 웃고 또 울지 않는가.

이렇듯 오묘한 두 얼굴을 지닌 너, 욕망의 황금분할은 어떠한가. 욕망을 저울에 달아 미덕과 탐욕이 평형을 이룰 때 우리는 무기력과 부도덕에서 해방되어 평온을 얻게 된다. 그러나 그 균형이 깨어질 때 우리는 그것의 노예가 되고 말아, 마침내 우리의 영혼을 악마에게 저당 잡히게 되는 것이다.

더 이상 들려오지 않는 목소리에 떠밀려 내려와 다시 전차를 타고 여섯 번째의 모퉁이를 돌아 '극락'이란 이름의 길에서 내린다. 고요가 물처럼 투명하게 빛나는 그곳에는 식물의 영혼들이 살고 있다. 제왕도 존재치 아니하고 우열이나 쟁취라는 단어도 없다. 그곳의 계율은 화무십일홍(花無十日紅), 그들은 자연의 법칙에 묵묵히 순응할 뿐, 거역하지 않는다. 더 풍요로운 햇살과 부드러운 바람을 원한다 할지라도 타협하고

자족하는 법을 배우며, 그저 제자리에서 호젓이 피고 미련없이 질 뿐 결코 옮겨가지 않는다. 그렇다고 자유혼을 사랑하는 그들이 욕망을 뿌리째 거세하는 것은 아니며 다만 다스릴 줄 아는 것이리라.

이제 나는 더 이상 원하지 않는다. 투쟁하지도 않는다. 그저 있는 그대로의 상태를 좋아만 할 뿐, 비로소 평화로운 나는 한 걸음 나아가고 한 발자국 물러서며, 약간 잃고 약간은 얻으며, 조금 기뻐하며 그리고 항상 조금은 슬퍼하고 싶다. 그 슬픔은 내 몸 안의 가시와 같아 그 가시가 있어야 나는 더 소망하지 않고 감사를 느낄 수 있을 것이므로.

내 마음의 정원 한 귀퉁이에는 가시나무 한 그루 심어져 있다. 크지도 작지도 않은 알맞은 크기의 그것, 나는 내가 길들여야 할 나의 가시나무가 말라 죽지 않도록 물을 주고 잘 가꾸어야 한다. 어린 왕자가 그의 장미꽃에 고깔을 씌우고 병풍으로 바람을 막아주듯이……. 그러나 너무 무성하여 나의 뜰을 온통 점령하지 않도록 적당히 뽑아주기도 해야 하리라. 못된 바오밥나무가 작은 별 전체를 휩싸버리지 못하도록 하듯이…….

그리하여 비 온 뒤 어느 날, 일곱 빛깔 무지개가 찬란히 하늘 위에 걸린 날, 일생에 단 한번 고운 울음 운다는 전실 속의 가시나무새가 포르릉 날아들 수 있도록, 그 고운 노랫소리 들을 수 있도록 잘 보살펴주리라.

이제야 나는 알겠다. '욕망'이라는 이름의 전차를 바라보며 '묘지'와 '극락'은 결코 먼 곳에 있지 않음을. 그것들은 바로 그곳, 내 마음 가는 곳에 더불어 존재하고 있음을. 이 가을에 나는 비로소 철이 들려나 보다.

제2부 ··· 자연

청추수제 清秋數題

이희승 전 서울대교수, 수필가

벌 레

낮에는 아직도 90 몇 도의 더위가, 가만히 앉아 있는 사람의 숨을 턱턱 막는다. 그런데 어느 틈엔지 제일선에 나선 가을의 전령사(傳令使)가 전등빛을 따라와서, 그 서늘한 목소리로 노염(老炎)에 지친 심신(心身)을 식혀주고 있다. 그들은 여치요 베짱이요, 그리고 귀뚜라미 들이다.

물론, 이 전령사들의 전초 역을 맡아 가지고 훨씬 먼저 온 것으로 매미, 쓰르라미가 있지마는 그들은 소란한 대낮에, 우거진 녹음 속에서 폭양에 항거하면서 부르는 외침이라, 듣는 사람에게 '가을이다' 하는 기분을 부어주기에는 아직 부족한 무엇이 있었다. 그렇더니 이 저녁에 들리는, 정밀 속에 전진하

여오는 소리야말로, '인젠 확실한 가을이로구나!' 하는 영추
송(迎秋頌)을 나도 모르는 사이에 튀어나오게 한다.

달

전등을 끄고 자리에 누우니 영창이 유난히 환하다. 가느다
란 벌레 소리들이 창밖에 가득 차 흐른다.
'아!' 하는 사이에, 나는 내 그림자의 발목을 디디고, 퇴 아
래 마당 가운데 섰다. 쳐다보아도 쳐다보아도 눈도 부시지 않
은 수정덩이가, 도시의 무수한 전등과 네온사인에 나 보아란
듯이 달려 있다.
저 달이 생긴 뒤로, 얼마나 많은 사람들의 마음이 그를 어루
만지고 주무르고 꼬집고 하였을까? 원망인들 오죽 쌓였을라
고. 그의 얼굴은 따뜻한 듯 서늘한 듯, 쌀쌀하면서도 다정도
하다.
성결한, 숭고한, 존엄한 그의 위력에 나는 다시 내 자리로
쫓겨 들어왔다.

이 슬

이슬은 가을 예술의 주옥편이다. 하기야 여름엔들 이슬이

없으랴? 그러나 청랑(淸朗) 그대로의 이슬은, 청랑 그대로의 가을이라야 더욱 청랑하다.

삽상한 가을 아침에 풀잎마다 꿰어진 이슬방울들의 영롱도 표현할 말이 막히거니와, 달빛에 젖고 벌레 노래에 엮어진, 그 청신(淸新)한 진주 떨기야말로 보는 이의 눈을 부시게 할 뿐이다.

창 공

옥(玉)에도 티가 있다는데, 가을 하늘에는 얼 하나 없구나! 뉘 솜씨로 물들인 깁일러냐? 남이랄까, 코발트랄까, 푸른 물이 뚝뚝 듣는 듯하구나!

내 언제부터 호수(湖水)를 사랑하고, 바다를 그리워하고, 대양(大洋)을 동경하였던가? 내 심장은 저 창공에 조그마한 조각배가 되어, 한없는 항해를 계속하여 마지않는, 알뜰한 향연을 이 철마다 누리곤 한다.

독 서

'서중 자유 천종록(書中自有千鐘祿)'이란, 실리주의(實利主義)에 밝은 중국 사람에게 있을 법한 설법(說法)이덧나. 그러나 '속대 발광 욕대규(束帶發狂欲大叫)'란 형용(形容)이 한 푼의 에 누리도 없는 삼복(三伏) 더위에, 만종록(萬鐘祿)이 당장 무릎 위에 떨어진다기로서니, 독서삼매에 들어갈 그런 목석연(木石然)한 사람이 있을라고. 지나친 자아류(自我流)의 변설인지는 모르나, 그러기에 나는 60일 휴가 동안 제법 독서 줄이나 하였다고 장담할 뱃심을 가지지 못하였다.

먼 산이 불려 나온 듯이 다가서더니, 아침저녁으로 제법 산들산들한 맛이 베적삼 소매 속으로 기어든다. 벌레가, 달이, 이슬이, 창공이 유난스럽게 바빠할 때, 이 무딘 마음에도 먼지 앉은 책상 사이로 기어가는 부지런이 부풀어 오름을 금할 수 없다.

백설부

김진섭 수필가

말하기조차 어리석은 일이나, 도회인으로서 비를 싫어하는 사람은 많을지 몰라도, 눈을 싫어하는 사람은 아마 거의 없을 것이다. 눈을 즐겨하는 것은 비단 개와 어린이들뿐만이 아닐 것이요, 겨울에 눈이 내리면 온 세상이 일제히 고요한 환호성을 소리 높이 지르는 듯한 느낌이 난다.

눈 오는 날에 나는 일찍이 무기력하고 우울한 통행인을 거리에서 보지 못하였으니, 부드러운 설편(雪片)이 생활에 지친 우리의 굳은 얼굴을 어루만지고 간질일 때, 우리는 어찌된 연유인지, 부지중(不知中) 온화하게 된 마음과 인간다운 색채를 띤 눈을 가지고 이웃 사람들에게 경쾌한 목례(目禮)를 보내지 않을 수 없게 되는 것이다.

나는 겨울을 사랑한다. 겨울의 모진 바람 속에 태고(太古)의

음향을 찾아 듣기를 나는 좋아하는 자이기 때문이다. 그러나 무어라 해도 겨울이 겨울다운 서정시(抒情詩)는 백설(白雪), 이것이 정숙히 읊조리는 것이니, 겨울이 익어가면 최초의 강설(降雪)에 의해서 멀고 먼 동경의 나라는 비로소 도회에까지 고요히 들어오는 것인데, 눈이 와서 도회가 잠시 문명의 구각(舊殼)을 탈(脫)하고 현란한 백의(白衣)를 갈아입을 때, 눈과 같이 온 이 넓고 힘세고 성스러운 나라 때문에 도회는 문뜩 얼마나 조용해지고 자그마해지고 정숙해지는지 알 수 없는 것이지만, 이때 집이란 집은 모두가 먼 꿈속에 포근히 안기고 사람들 역시 희귀한 자연의 아들이 되어 모든 것은 일시에 원시 시대의 풍속을 탈환한 상태를 정(呈)한다.

온 천하가 얼어붙어서 찬 돌과 같이도 딱딱한 겨울날의 한가운데, 대체 어디서부터 이 한없이 부드럽고 깨끗한 영혼은 아무 소리도 없이 한들한들 춤추며 내려오는 것인지, 비가 겨울이 되면 얼어서 눈으로 화한다는 것은 참으로 고마운 일이다.

만일에 이 삭연(索然)한 삼동이 불행히도 백설을 가질 수 없다면, 우리의 적은 위안은 더욱이나 그 양을 줄이고야 말 것이니, 가령 우리가 아침에 자고 일어나서 추위를 참고 열고 싶지 않은 창을 가만히 밀고 밖을 한번 내다보면, 이것이 무어랴, 백설애애(白雪皚皚)한 세계가 눈앞에 전개되어 있을 때, 그때 우리가 마음에 느끼는 것은 과연 무엇일까? 말할 수 없는 환

106

희 속에 우리가 느끼는 감상은 물론 우리가 간밤에 고운 눈이 이같이 내려서 쌓이는 것도 모르고 이 아름다운 밤을 헛되이 자버렸다는 것에 대한 후회의 정이요, 그래서 가령 우리는 어젯밤에 잘 적엔 인생의 무의미에 대해서 최후의 단안을 내린 바 있었다 하더라도, 적설(積雪)을 조망하는 이 순간에만은 생(生)의 고요한 유열(愉悅)과 가슴의 가벼운 경악을 아울러 맛볼지니, 소리없이 온 눈이 소리없이 곧 가버리지 않고 마치 그것은 하늘이 내리어주신 선물인 거나 같이 순결하고 반가운 모양으로 우리의 마음을 즐겁게 하고, 또 순화시켜주기 위해서 아직도 얼마 사이까지는 남아 있어준다는 것은, 흡사 우리의 애인이 우리를 가만히 몰래 습격함으로 의해서 우리의 경탄과 우리의 열락(悅樂)을 더 한층 고조하려는 그것과도 같다고나 할는지!

우리의 온 밤을 행복스럽게 만들어주기는 하나, 아침이면 흔적도 없이 사라지는 감미한 꿈과 같이 그렇게 민속하다고는 할 수 없어도 한 번 내린 눈은, 그러나 그다지 오랫동안은 남아 있어주지는 않는다.

이 지상의 모든 아름다운 것은 슬픈 일이나 얼마나 단명(短命)하며 또 얼마나 없어지기 쉬운가! 그것은 말하자면 기적같이 와서는 행복같이 달아나버리는 것이다.

편연(便妍) 백설이 경쾌한 윤무를 가지고 공중에서 편편히

지상에 내려올 때, 이 순치(馴致)할 수 없는 고공(高空) 무용이 원거리에 뻗친 과감한 분란(紛亂)은 이를 보는 사람으로 하여금 거의 처연한 심사를 가지게까지 하는데, 대체 이들 흰 생명들은 이렇게 수많이 모여선 어디로 가려는 것인고? 이는 자유의 도취 속에 부유(浮遊)함을 말함인가? 혹은 그는 우리의 참여하기 어려운 열락에 탐닉하고 있음을 말함인가? 백설이여! 잠시 묻노니, 너는 지상의 누가 유혹했기에 이곳에 내려오는 것이며, 그리고 또 너는 공중에서 무질서의 쾌락을 배운 뒤에, 이곳에 와서 무엇을 시작하려는 것이냐?

천국의 아들이요, 경쾌한 족속이요, 바람의 희생자인 백설이여! 과연 뉘라서 너희의 무정부주의를 통제할 수 있으랴! 너희들은 우리들 사람까지를 너희의 혼란 속에 휩쓸어넣을 작정인 줄은 알 수 없으되 그리고 또 사실상 그 속에 혹은 가까이, 혹은 할 수 없이 휩쓸려 들어가는 자도 많이 있으리라마는 그러나 사람이 과연 그러한 혼탁한 와중에서 능히 견딜 수 있으리라고 너희는 생각하느냐?

백설의 이 같은 난무(亂舞)는 물론 언제까지나 계속되는 것은 아니다. 일단 강설(降雪)의 상태가 정지되면, 눈은 지상에 쌓여 실로 놀랄 만한 통일체를 현출(現出)시키는 것이니, 이와 같은 완전한 질서, 이와 같은 화려한 장식을 우리는 백설이 아니면 어디서 또다시 발견할 수 있을까? 그래서 그 주위에는 또한 하나의 신성한 정밀(靜謐)이 진좌(鎭座)하여, 그것은 우리에게 우리의 마음을 엿듣도록 명령하는 것이니, 이때 모든 사람은 긴장한 마음을 가지고 백설의 계시(啓示)에 깊이 귀를 기울이지 않을 수 없는 것이다.

보라! 우리가 절망 속에서 기다리고 동경하던 계시는 참으로 여기 우리 앞에 와서 있지는 않는가? 어제까지도 침울한 암흑 속에 잠겨 있던 모든 것이, 이제는 백설의 은총(恩寵)에 의하여 문뜩 빛나고 번쩍이고 약동하고 웃음 치기를 시작하고 있기 때문이다.

말라붙은 풀 포기, 앙상한 나뭇가지들조차 풍만한 백화(白花)를 달고 있음은 물론이요, 괴벗은 전야(田野)는 성자의 영지(領地)가 되고, 공허한 정원은 아름다운 선물로 가득하다. 모든 것은 성화(聖化)되어 새롭고 정결하고 젊고 정숙한 가운데 소생되는데, 그 질서, 그 정밀은 우리에게 안식을 주며 영원의 해조(諧調)에 대하여 말한다.

이때 우리의 회의(懷疑)는 사라지고, 우리의 두 눈은 빛나며, 우리의 가슴은 말할 수 없는 무엇을 느끼면서, 위에서 온 축복을 향해서 오직 감사와 찬탄을 노래할 뿐이다.

눈은 이 지상에 있는 모든 것을 덮어줌으로 의해서 하나같이 희게 하고 아름답게 하는 것이지만, 특히 그 중에도 눈에 덮인 공원, 눈에 안긴 성사(城舍), 눈 밑에 누운 무너진 고적(古

蹟), 눈 속에 높이 선 동상(銅像) 등을 봄은 일단으로 더 흥취의 깊은 곳이 있으니, 그것은 모두가 우울한 옛 시를 읽은 것과도 같이, 그 눈이 내리는 배후에는 알 수 없는 신비가 숨 쉬고 있는 듯한 느낌을 준다. 공원에는 아마도 늙을 줄을 모르는 흰 사슴들이 떼를 지어 뛰어다닐지도 모르는 것이고, 저 성사 안 심원(深園)에는 이상한 향기를 가진 알라바스터의 꽃이 한 송이 눈 속에 외로이 피어 있는지도 알 수 없는 것이며, 저 동상은 아마도 이 모든 비밀을 저 혼자 알게 되는 것을 안타까이 생각하고 있을지도 모르기 때문이다.

그러나 무어라 해도 참된 눈은 도회에 속할 물건이 아니다. 그것은 산중 깊이 천인 만장(千仞萬丈)의 계곡에서 맹수를 잡는 자의 체험할 물건이 아니면 아니 된다.

생각하여보라! 이 세상에 있는 눈으로서는 여러 가지가 있을 것이니, 가령 열대의 뜨거운 태양에 쪼임을 받는 저 킬리만자로의 눈, 멀고 먼 옛날부터 아직껏 녹지 않고 안타르크리스에 잔존(殘存)해 있다는 눈, 우랄과 알래스카의 고원에 보이는 적설(積雪), 또는 오자마자 순식간에 없어져버린다는 상부 이탈리아의 눈 등…… 이러한 여러 가지 종류의 눈을 보지 않고는 도저히 눈에 대해서 말할 수 없다고 아니할 수 없다.

그러나 불행히 우리의 눈에 대한 체험은 그저 단순히 눈 오는 밤에 서울 거리를 술집이나 몇 집 들어가며 배회하는 정도

에 국한되는 것이니, 생각하면 사실 나의 백설부(白雪賦)란 것
도 근거 없고 싱겁기가 짝이 없다 할밖에 없다.

낙엽을 태우면서

이효석 소설가

가을이 깊어지면, 나는 거의 매일같이 뜰의 낙엽을 긁어 모으지 않으면 안 된다. 날마다 하는 일이언만, 낙엽은 어느새 날아 떨어져서, 또다시 쌓이는 것이다. 낙엽이란 참으로 이 세상의 사람의 수효보다도 많은가 보다. 삼십여 평에 차지 못하는 뜰이건만, 날마다 시중이 조련치 않다. 벚나무, 능금나무—제일 귀찮은 것이 벽의 담쟁이다. 담쟁이란 여름 한철 벽을 온통 둘러싸고 지붕과 굴뚝의 붉은빛만 남기고 집 안을 통째로 초록의 세상으로 변해줄 때가 아름다운 것이지, 잎을 다 떨어뜨리고 앙상하게 드러난 벽에 메마른 줄기를 그물같이 둘러칠 때쯤에는 벌써 다시 거들떠볼 값조차 없는 것이다. 귀치 않은 것이 그 낙엽이다. 가령, 벚나무 잎같이 신선하게 단풍이 드는 것도 아니요, 처음부터 칙칙한 색으로 물들어, 재치 없는 그 넓은 잎이 지름길 위에 떨어져 비라도 맞고 나면 지저분하게 흙 속에 묻히는 까닭에 아무래도 날아 떨어지는 족족 그 뒷시중을 해야 된다.

벗나무 아래에 긁어 모은 낙엽의 산더미를 모으고 불을 붙이면, 속의 것부터 푸슥푸슥 타기 시작해서 가는 연기가 피어오르고, 바람이나 없는 날이면 그 연기가 얕게 드리워서 어느덧 뜰 안에 가득히 자욱해진다. 낙엽 타는 냄새같이 좋은 것이 있을까? 갓 볶아낸 커피의 냄새가 난다. 잘 익은 개암 냄새가 난다. 갈퀴를 손에 들고는 어느 때까지든지 연기 속에 우뚝 서서, 타서 흩어지는 낙엽의 산더미를 바라보며 향기로운 냄새를 맡고 있노라면, 별안간 맹렬한 생활의 의욕을 느끼게 된다. 연기는 몸에 배서 어느 결엔지 옷자락과 손등에서도 냄새가 나게 된다.

나는 그 냄새를 한없이 사랑하면서 즐거운 생활감에 잠겨서는 새삼스럽게 생활의 제목을 진귀한 것으로 머릿속에 떠올린다. 음영과 윤택과 색채가 빈곤해지고 초록이 전혀 그 자취를 감추어버린 꿈을 잃은 허전한 뜰 복판에 서서 꿈의 껍질인 낙엽을 태우면서 오로지 생활의 상념에 잠기는 것이다. 가난한 벌거숭이의 뜰은 벌써 꿈을 꾸기에는 적당하지 않은 탓일까? 화려한 초록의 기억은 참으로 멀리 까마득하게 사라져버린다. 벌써 추억에 잠기고 감상에 젖어서는 안 된다.

가을이다! 가을은 생활의 시절이다. 나는 화단의 뒷자리를 깊게 파고 다 타버린 낙엽의 재를―죽어버린 꿈의 시체를―땅속 깊이 파묻고, 엄연한 생활의 자세로 돌아서지 않으면 안 된다. 이야기 속의 소년같이 용감해지지 않으면 안 된다.

전에 없이 손수 목욕물을 긷고 혼자 불을 지피게 되는 것도 물론 이런 감격에서부터이다. 호스로 목욕통에 물을 대는 것도 즐겁거니와, 고생스럽게 눈물을 흘리면서 조그만 아궁이에 나무를 태우는 것도 기쁘다. 어두컴컴한 부엌에 웅크리고 앉아서 새빨갛게 피어오르는 불꽃을 어린아이의 감동을 가지고 바라본다. 어둠을 배경으로 하고 새빨갛게 타오르는 불은, 그 무슨 신성하고 신령스런 물건 같다. 얼굴을 붉게 태우면서 긴장된 자세로 웅크리고 있는 내 꼴은 흡사 그 귀중한 선물을 프로메테우스에게서 그리스 신화에 나오는 영웅에게서 막 받았을 때의, 그 태곳적 원시의 그것과 같을는지 모른다.

나는 새삼스럽게 마음속으로 불의 덕을 찬미하면서 신화 속 영웅에게 감사의 마음을 바친다. 좀 있으면 목욕실에는 자욱하게 김이 오른다. 안개 깊은 바다의 복판에 잠겼다는 듯이 동화의 감정으로 마음을 장식하면서 목욕물 속에 전신을 깊숙이 잠글 때, 바로 천국에 있는 듯한 느낌이 난다. 지상 천국은 별다른 곳이 아니다. 늘 들어가는 집 안의 목욕실이 바로 그것인 것이다. 사람은 물에서 나서 결국 물속에서 천국을 구하는 것이 아닐까?

물과 불과—이 두 가지 속에 생활은 요약된다. 시절의 의욕이 가장 강렬하게 나타나는 것은 이 두 가지에 있어서다. 어느 시절이나 다 같은 것이기는 하나, 가을부터 절기가 가장 생활적인 까닭은, 무엇보다도 이 두 가지의 원소의 즐거운 인상 위에 서기 때문이다. 난로는 새빨갛게 타야 하고, 화로의 숯불은 이글이글 피어야 하고 주전자의 물은 펄펄 끓어야 된다. 백화점 아래층에서 커피의 알을 찧어 가지고는 그대로 가방 속에 넣어 가지고, 전차 속에서 진한 향기를 맡으면서 집으로 돌아온다. 그러는 그 내 모양을 어린애답다고 생각하면서, 그 생각을 또 즐기면서 이것이 생활이라고 느끼는 것이다.

싸늘한 넓은 방에서 차를 마시면서, 그제까지 생각하는 것이 생활의 생각이다. 벌써 쓸모 적어진 침대에는 더운 물통을 여러 개 넣을 궁이를 하고, 방구석에는 올 겨울에도 또 크리스마스 트리를 세우고 색전등으로 장식할 것을 생각하고, 눈이 오면 스키를 시작해볼까 하고 계획도 해보곤 한다. 이런 공연한 생각을 할 때만은 근심과 걱정도 어디론지 사라져 버린다. 책과 씨름하고, 원고지 앞에서 궁싯거리던 그 같은 서재에서 개운한 마음으로 이런 생각에 잠기는 것은 참으로 유쾌한 일이다.

책상 앞에 붙은 채, 별일 없으면서도 쉴 새 없이 궁싯거리

고, 생각하고, 괴로워하고 하면서, 생활의 일이라면 촌음을 아
끼고, 가령 뜰을 정리하는 것도 소비적이니, 비생산적이니 하
고 경시하던 것이, 도리어 그런 생활적 사사(些事)에 창조적,
생산적인 뜻을 발견하게 된 것은 대체 무슨 까닭일까?

시절의 탓일까? 깊어가는 가을이, 이 벌거숭이의 뜰이 한층
산 보람을 느끼게 하는 탓일까?

오 월

피천득

오월은 금방 찬물로 세수를 한 스물한 살 청신한 얼굴이다.
하얀 손가락에 끼여 있는 비취가락지다.

오월은 앵두와 어린 딸기의 달이요, 오월은 모란의 달이다.

그러나 오월은 무엇보다도 신록의 달이다. 전나무의 바늘잎
도 연한 살결같이 보드랍다.

스물한 살이 나였던 오월, 불현듯 밤차를 타고 피서지에 간
일이 있다. 해변가에 엎어져 있는 보트, 덧문이 닫혀 있는 별
장들. 그러나 시월같이 쓸쓸하지 않았다. 가까이 보이는 섬들
이 생생한 색이었다.

得了愛情痛苦
失了愛情痛告

젊어서 죽은 중국 시인의 이 글귀를 모래 위에 써놓고, 나는 죽지 않고 돌아왔다.

신록을 바라다보면 내가 살아 있다는 사실이 참으로 즐겁다.

내 나이를 세어 무엇하리. 나는 지금 오월 속에 있다.

연한 녹색은 나날이 번져가고 있다. 어느덧 짙어지고 말 것이다. 머문 듯 가는 것이 세월인 것을. 유월이 되면 ‘원숙한 여인’ 같이 녹음이 우거지리라. 그리고 태양은 정열을 퍼붓기 시작할 것이다.

밝고 맑고 순결한 오월은 지금 가고 있다.

생명과 영혼의 율동으로서의 멋

박경리

한이라든가 신바람 같은 것은 우리 민족 고유의 정서라 할 수 있고, 멋 또한 독특한 우리 민족의 정서다. 그것은 다 같이 추상적인 것으로서 복합적인 내용을 지니고 있으며 의의가 응축되어 있는 언어, 즉 표현이다. 그럼에도 불구하고 표현의 한계를 느끼는 말이기도 하다. 그것은 느낌의 세계이기 때문일 것이다.

우선 멋이라 했을 때 맨 먼저 머리에 떠오르는 것이 일연(一然)이 쓴 《삼국유사(三國遺事)》다. 알다시피 《삼국유사》는 불교적 색채가 짙은 사서(史書)지만 한편 우리 민족의 정신사라 할 수 있으며 알게 모르게 오늘에 이르기까지 우리들 의식 속의 큰 흐름이라 볼 수도 있을 것이다.

《삼국유사》 속에는 여러 인물들의 행위나 개성이 기술돼 있다. 그 개성들은 멋으로 나타나는데 그중의 하나로 처용(處容)을 들 수 있겠다. 노래로 아름다운 자기 아내를 범한 역신을 뉘우치게 한 처용의 감정 처리는 실로 놀라운 정신미의 극치를 이루고 있다. 그것은 인간이 도달한 높은 경지의 정신적 균형으로서의 멋이다.

그리고 또 하나, 소를 몰고 가던 노인이 벼랑에 핀 꽃을 탐내는 수로부인(水路夫人)을 위해 꽃을 꺾어 바치면서 〈헌화가〉를 불렀다는 얘기가 있다.

서양에서는 소위 기사도의 전범(典範)으로 돼 있는 것이지만 말에서 내리려는 여왕을 위해 물 고인 땅바닥에 망토를 벗어 까는 기사, 그 정경을 눈앞에 떠올릴 때 우선 젊음을, 그리고 용맹과 사랑(헌신)을 감지할 수 있다. 그러니까 그것은 현세적 혹은 세속적인 것이라 할 수도 있으며 정열과 욕망을 수반하는 것으로도 보여진다.

〈헌화가〉의 경우와는 매우 대조적이다. 젊음을 초월하고 욕망도 다 털어버리고 속세를 떠난 노인의 〈헌화가〉가 보여주는 정신적 세계는 잡다한 것을 다 생략하고 가장 원천적인 것, 균형으로서의 자연 그 자체와도 같은 순수하고 높은 경지를 느낄 수 있다. 욕망을 다 걸러내버린 담백한 자연이 모든 생명에게 베푸는, 그러나 그것은 희생이나 친절의 개념과 다른 연민, 자비라고나 할까. 희생이라는 일방적 부담이나 친절이라는 다

분히 냉담하게 유리된 감정과는 다르게 무사(無私)하며 있는 모습 그대로 정직하다고나 할까. 그러니까 천의무봉(天衣無縫)의 상태가 최고의 멋의 경지가 아닐는지.

멋은 문화의 산물이다. 어쩌다 생각이 나지만 그것이 추상적이든 구체적인 것이든 각기 다른 민족의 문화는 그들 나름의 다른 것으로 통합돼 있고 사람과 땅 사이에서 균형을 이루고 있으며 하나의 구조물같이 튼튼하게 짜여져 있는 것이 참 절묘하다는 느낌인데, 물론 그것에는 긴 세월의 흐름이 있었기 때문일 것이다. 흔히들 전통이라고 하지만 각기 다른 민족, 다른 환경 속에서 판이한 문화는 세월만큼 정돈되고 완성을 향해 진행돼왔다 할 수 있을 것이다. 해서 역사의 길고 짧음을 말하게 되는 것이기도 하다.

그러나 오늘은 다르다. 그것을 세계화라 말하기도 하고 시간과 거리의 단축에서 온 것이라고도 하지만, 그래서 대부분의 사람들, 민족 혹은 국가는 얻은 것 못지않게 많은 것을 잃어가고 있다. 그중의 하나가 멋이 지닌 의미의 상실이다. 또 이질적인 것의 수용은 균형을 깨고 혼란을 가져온다. 진정으로 그러한 이질적인 것이 통합되고 균형을 잡기까지는 많은 세월이 필요할 것이다. 궁극적인 인류의 꿈이지만 세계의 통합은 문화의 통합이다. 앞서 멋은 문화의 산물이리 했지만 반대로 문화는 멋에 의해 형성된다, 그렇게 말한다면 과장일까.

문화는 신바람에 의해 이루어지고 한(恨)의 본질을 추구하는 데서 진행된다, 이 말 역시 과장일까.

신바람이나 한에 대해 여기서 설명할 시간이 없기 때문에 이야기가 매우 허술해지지만, 멋이 사고와 행위와 생활방식에 관한 미학이라면 신바람은 창조의 기쁨이며 한은 생명의 본질에 대한 물음과 소망이다, 하고 불충분하지만 요약해보았을 때 오늘과 같이 그러한 우리 민족의 정서가 축소되거나 배격되는 상황에서는 황당하다 할지 모르겠지만 과연 확대 해석이 과장이라고만 말할 수 있을까.

오늘은 문명에 의해 완성된 시대가 아니다. 오히려 인류나 모든 생물들은 생존에 위협을 받고 있다. 이대로 문명이 독주하는 세계화는 통합의 꿈을 실현하지 못할 것이며 문화에 의한 통합만이 존속의 가능성이 있는데, 그러기 위해서는 확대 해석한 부분은 반드시 부활돼야 한다고 믿는다.

멋은 자연스러운 것, 자연스러운 것은 생명 그 자체며 정신이나 행동거지에서도 자연스러울 때 멋으로 나타나는 것이다. 어떤 물체나 조형예술도 자연스러울 때 멋을 발견하게 되는 것이다. 멋은 균형이며, 균형은 존재하게 하는 것이며, 예술가가 작품 제작에 임해 균형을 추구하는 것은 결국 생명을 추구하는 것이다.

멋이나 신바람과 한, 이 세 가지 말은 일본어에서는 찾기가 어렵다. 굳이 말한다면 멋은 '이키〔意氣〕', 신바람은 '교〔興〕', 한이라는 말은 숫제 해당되는 것이 없다. 일본에도 '우리미'로 발음되는 한이 있지만 그것은 다만 원한·원망일 뿐 우리의 한이 지니는 생명의 본질에 대한 비애와 소망이 포함돼 있지 않다. '교'도 재미나다는 단순한 표현일 뿐 역시 창조적 기쁨은 없는 말이다. 특히 멋에 비등하다고 보는 '이키'도 정신적 미의식이 전적으로 배제된 에로티시즘과 그로테스크가 농후한 일종의 미의식이다. 지극히 현세적이며 쾌락적인 것이다. 농염한 여인의 모습, 단칼에 사람을 베는 무사의 모습, 그것에 준한 것에 대한 표현이다.

철저하게 현실적이며 지상적인 것으로 어쩌면 오늘의 일본, 소위 자본주의가 성공을 거둔 오늘의 일본은 그 같은 맥락으로 짚어볼 수 있지 않을까 싶다. 오늘의 우리나라 현실도 그렇다. 이러한 현실을 구가하는 사람도 있고 일본을 선망하는 사람도 적지 않은데 과연 그것에는 한계가 없겠는가. 우리는 그 한계를 지금 눈앞에 바라보고 있다. 이대로 나간다면 인간은 쾌락만을 위해 존재하는 동물이 되고 말 것이며 일하는 기계로 전락하고 말 것이며 물질 만능은 자연을 피폐하게 하고 생(生)의 설 자리는 없어질 것이다.

진정 우리는 원하는 삶을 살고 있는가. 이러한 세상을 꿈꾸며 출발하지는 않았을 것이다. 문명은 융성하나 사람들은 야만으로 퇴화하고 있는 것이다. 현재는 패션쇼의 전성기요, 개성의 시대라고도 하고 미스코리아가 관심의 대상이다. 또 멋이라는 말도 그런 것에만 집중적으로 쓰여지고 있다. 사실 그런 부분에 멋이라는 말이 쓰여지는데 이의가 있을 수 없고 그런 부분이 여분으로 있는 것 역시 이상할 것은 없다.

다만 그런 것에만 국한돼 있다는 것이 문제라 생각한다. 조형적인 것, 색채, 인간의 존엄함과는 상관없이 과시한다는 것은 일종의 자비(自卑)의식으로도 보여지는 것이다. 영혼이 따르지 않는 것, 물질의 종이 되어 야기되는 제반 현상은 진정한 멋과는 거리가 먼 것이다. 멋은 결코 천박한 것은 아니다. 아름다운 감정이 흐르는 선(線)과도 같은 것이 아닐까.

우리 민족의 문화는 멋으로 집약된다고 나는 생각한다. 직선은 생경하다. 그러나 곡선은 유연하다. 그리고 흐름이다. 우리의 산천이 그러하고 우리의 구조물, 의복 할 것 없이 일체의 생활용품에도 곡선을 선호한 흔적이 역력하다.

심지어 버선의 코까지, 외씨 같은 버선발이라는 그야말로 간드러진 표현도 바로 그 곡선에서 비롯된 것이 아닌가. 생명은 율동감이다. 흔들리며 배어 나오는 영혼의 율동이기도 한 것이다. 살아 있는 것은 존중돼야 한다. 살아 있다는 것은 추상적인 것이며 결코 물질 그 자체는 아닌 것이다.

그 수평선을

김남조 숙대 명예교수, 시인

오늘 보고 싶은 건 하늘까지 맞닿은 수평선이다.

하늘이 바다요 바다가 하늘이라 할 만큼 둘은 한 가지 색조에 풀어져 시야의 끝머리에 가로누워 있으리라. 그 꿈속 같은 광경을 능히 현실인 듯이 상상해낸다. 한 필의 연이은 비단 피륙처럼 머리 위 공중에서 아슴푸레한 저편까지 포물선을 그으며 높이 멀리 이어져 있을 그 수평선을.

눈에도 굶주림이 있어서 오랫동안 못 본 것에게 목마름을 탄다. 언제쯤 수평선을 봤던가 싶게 그 기억을 떠올리기조차 어려운 지경에서 나는 오늘 불현듯 치받는 충동에 겨워 간절히 바다 생각에 집중한다.

삶의 영광이여!

언제나 생각하는 일이지만 우리의 주변엔 아름다운 것으로 가득 차 있다. 종교와 자연과 예술만 하더라도 이에는 제약이 없고 특권자도 없으며, 원하는 이가 원하는 만큼을 누려도 좋은 전적인 허용만이 있을 뿐이다.

어려운 시대, 삭막한 감정들에 기름 바를 자연과 식어가는 심장의 피를 데워줄 예술심과 그리고 만유 위에 계시옵신 조물주 하나님. 이들로 말미암아 우리는 혼자 있으되 혼자가 아니며 쫓겨난 듯이 마음 추운 날에도 깊고 달가운 위안의 악수를 받곤 한다.

산의 장쾌함과 바다의 무량함도 기실 위대한 관현악 안에서 호흡을 맞추는 악기들같이 서로 도와 완미한 조화에 나아가고 있음을 새삼 말할 나위도 없다.

바다에 가서 먼 수평선을 바라보면 오늘도 역시 그 수평선은 유순한 양떼들처럼 드러누워 느리고 유장한 심호흡을 하고 있으리니 그 맥동 가히 손에 잡히는 듯하다. 거기에 선 사람의 지친 몸도 커다란 요람 속에서처럼 포근히 쉬게 될 것임을, 천천히 흔들어주는 손길로써 온갖 긴장과 피로를 만져 치유해줄 것이리라.

수평선이 보고 싶다.

배를 타고 한없이 바다 위를 흘러가면서 바다와 하늘이 마주 보는 광활한 공간 안에 안기고 싶다. 하늘 청청, 바다도 청청, 그 풍경을 생각만 해도 시원하다. 씻어주고 새롭게 해줄 거대한 세척장.

바다와 하늘은 서로가 서로에게 거울 같은 것일까? 산울림 같은 것일까? 육지에는 하늘의 모습이 비치지 않는데 물 위에 언제나 선명히 피어오르는 하늘의 그림자가 있다. 작은 호수 거나 허리띠처럼 가늘고 긴 실개천이나 심지어는 두메의 우물 속에도 하늘은 고요히 내려 잠기어 그림자를 지운다.

석양 머리엔 화선지처럼 선주황의 염료가 번지고 서서히 은자(銀紫)로 바뀌었다가 다시 수묵색으로 갈아입은 빛깔들의 층계. 밤이 되면 순금빛 불티를 뿌리는 억천만 개의 별들까지 고스란히 물 위에 얹히는 그 놀라움이라니!

비단실 스치듯이 미풍이 지날 때도 섬세히 그 모습 비추는가 싶은, 그토록 영롱한 명경(明鏡). 바다여! 바다여!

하늘의 거울로 생겼는가,
하늘의 산울림으로 생겼는가,
바다여.

배를 타고 육지를 떠나는 이는 약속처럼 수평선을 바라본다, 둘이, 셋이, 더 여럿이, 모두 다 수평선을 바라본다. 끝없이 이어지는 사막의 모래 언덕인 양 이 또한 가도가도 새로운 수평선이 눈앞에 펼쳐지며 한도 없는 그것을.

그 영원한 반복, 지금 막 창조된 듯 청신한 수평선이 한 꺼풀씩 새 빛깔을 갈아입는다. 지구는 둥글다 하니 천 년, 만 년을 돈들 끝이 있으랴. 새로이 솟아나는 수평선인들 진실로 진실로 다함이 있으랴.

나는 바다로 가야지
외로운 바다와 하늘을 보아야지.
내가 원하는 건
키 큰 배 한 척과
길을 인도할 별 하나뿐.

수려한 바다의 시 한 구절을 읊어본다. 바다는 외로운 곳인가, 하늘도 외로운 곳인가, 천지 만물은 다 외로운 것인가.

바다의 광막함. 산과 하늘과 그리고 사람의 영혼 속 그 무변 광대함을 잠시 묵상한다. 그러나 이는 비어 있는 성질이 아니고 꽉 차서 넘치는 그 성질이다. 자유로운 비상을 위하여 비워 두는 허공. 이만큼 헐거운 테두리 안에서만 비로소 안주할 우리의 영혼이어니.

프랑스의 작가 스탕달의 전기에는 그간의 고뇌스럽던 연애를 청산하고 여객선에 몸을 실었을 때 거기에서 무애의 상명한 바다를 보았으며 가슴 속에 폭탄처럼 터지는 감격의 소용 돌이를 이로써 경험했다고 말해주고 있다. 힘과 깨달음과 새로운 영감이 분출함으로 해서 만감의 눈물을 흘렸었다고 술회하고 있다. 사람을 회생시키는 바다, 아름답게 약동하는 새 활력의 바다가 그를 품속에 껴안고 그간의 모든 상처를 고쳐주었음이리라.

바다의 모성, 그러면서 때때로는 걷잡을 수 없는 맹위와 잔혹을 불지르기도 한다. 군함을 침몰시키는 바다, 도시 위를 덮치는 바다, 산 사람을 삼키는 바다 등등.

언젠가 제주도의 서귀포에서 며칠을 보내게 되었을 때 나는 수시로 바다 기슭에 나가 앉았었다. 저녁 나절 수면을 굽어보고 있으면, 무섭게 끌어당기던 그 사나운 힘. 그 바다는 나직이 나에게 말했었지.

들어오너라 오너라 오너라
나의 중심에까지 부디 오너라
나는 간절하다고.

결결이 꿈틀거리는 검은 물이랑을 보고 있으면 이상하게도 물 속에 떨어지고 싶고 하마터면 떨어지려고만 하는 묘하게 다급한 충동이 치받아 올랐다. 말로는 설명할 수 없을 만큼 상렬하고 횡포한 바다의 마력을 그때 전신을 떨며 절감했던 기억이 새롭다.

한없이 넓은 바다, 깊은 바다, 먼 바다, 영원한 바다, 어쩌면 신의 모상(模像)일 것도 같은 바다.

내 오늘 보고 싶은 건 하늘까지 맞닿은 수평선이다. 바람도 아닌 것이 안개도 아닌 것이 한 겹 입혀져서 꿈속처럼 아득한 그 수평선이 보고 싶다.

죽은 새를 위하여

박완서

밖을 내다보기 위해, 혹은 빛을 끌어들이기 위해 인간들은 집에 창을 낸다. 나도 집 앞 개울 건너 밤나무숲을 바라보기 위해 큰 창을 냈다. 창살도 없는 통유리창 때문에 저만치 있는 밤나무숲이 마치 우리 집 마당처럼 보였다. 유리창은 이렇게 경치를 빌려보는 데 편리한 것인 줄만 알았지 유리창을 통해 경치가 집 안으로 들어올 수도 있다는 건 미처 몰랐다.

새벽에 눈을 뜬 지 채 5분도 안 되어서였다. '딱' 하는 생나뭇가지 부러지는 소리와 함께 맹렬한 속도로 날아온 새가 유리창에 부딪히면서 땅으로 떨어졌다. 나도 모르게 비명을 지르며 밖으로 뛰어나가 보니 목뼈가 부러져 즉사한 새가 창밖에 널브러져 있었다. 부부였을까. 한 마리도 아닌 두 마리였다. 무슨 새인지 이름은 알 수 없었다. 크기는 참새보다는 비둘기에 가까웠지만 깃털은 참새와 비슷했다.

작년에도 유리창에 부딪혀 새가 즉사한 불상사가 두 번이나 있었기 때문에 새가 왜 그런 실수를 하는지 알고 있다. 밖에서 유리창 안을 들여다보면 앞산이 그대로 비쳐 보인다. 낮에는 안의 사물들과 겹쳐 보이지만 해 뜨기 전 어둑신한 새벽녘이면 유리 속은 더 어둡기 때문에 도리어 그 안에 비친 앞산은 실물보다 훨씬 깊고 신비한 심산유곡처럼 보이는 것이다.

새가 속은 것이다. 그리고 나는 새를 속여먹은 것이다. 산에다 덫을 놓아 오소리나 멧돼지, 산토끼 등을 닥치는 대로 사냥해 그 간을 내먹고 피를 빠는 인간들한테 분노하고 치를 떨 자격이 나한테 있을까. 이런 자괴심조차 나는 믿을 수가 없다. 나는 아차산 골짜기에 이 집을 새로 지을 때 자연친화적인 집을 지으려고 애썼다. 높게 짓지 않으려 했고, 외벽도 흙벽의 부드러운 질감을 닮은 마감재를 썼으며, 황토색과 초가지붕 빛깔의 중간쯤 되는 부드러운 색으로 칠했다. 자연친화적 좋아하네. 창살도 없는 통유리창을 어쩔 것인가. 자연의 일부인 인간이 이렇게 자연을 무자비하게 파괴하고 착취하다가는 결국 인간도 살아남지 못하리라, 이렇게 너스레를 떠는 것을 초목이나 산짐승이 알아듣는다면 그런 인간우월주의에 아마 구역질이 날 것이다. 자연과 문명은 어차피 적대적인 것이 아닐까.

촌구석에서 태어난 내가 처음으로 문명과 충돌한 것도 유리
창을 통해서였다. 어머니에 의해 서울로 끌려오다시피 하다가
경유한 소도시 개성에서 나는 처음으로 유리창이라는 걸 보았
다. 석양을 반사한 유리창은 화염을 내뿜는 것 같았다. 나는
비명을 지르며 엄마 치마꼬리에 매달렸다. 그전부터 나에게
유리와 불의 이미지는 따로가 아니었다. 오빠가 읍내 소학교
에 다닐 때 학교에서 받아온 학용품 중 화경(火鏡)이 내가 난생
처음 본 유리였다. 하필이면 그 볼록한 유리의 쓸모가 불을 만
드는 거라니. 화경을 통해 까만 종이 위에 햇빛을 모으면 연기
가 모락모락 나면서 타들어가 구멍이 생겼다. 그걸 가지고 어
른 몰래 장난을 치다가 짚더미에 불이 옮겨 붙어 집을 태울 뻔
한 일이 있었다. 그 무섭고 불길한 물건으로 온통 창을 싸바른
기차를 타고 도시로 온 게 자연과의 조화로운 삶과 영이별하
는 것이었다.

아차산에는 온갖 새들이 산다. 그러나 생긴 걸 보고 이름을
알 수 있는 새는 까치, 참새, 굴뚝새 등 동네로 자주 내려오는
새들이고, 소리로 무슨 새인지 알 수 있는 것은 소쩍새와 뻐꾹
새가 고작이다. 봄부터 지금까지 산에 온갖 잡새들이 별의별
소리로 지저귀지만 어떻게 생긴 새인지 그 모습을 본 적은 없
다. 나는 혜경이랑 산에 갈 때마다 새소리에 홀린 나머지 죽어
서 무언가로 태어날 수만 있다면 새로 태어나고 싶다는 소리

를 여러 번 했다. 우리 집 유리창에 부딪혀 죽은 새는 한 쌍이었으니 필시 엄마 아빠였을 것이다. 둥지에서 먹이를 찾으러 나간 엄마 아빠를 기다리다 지친 새끼들이 피나게 울고 있을지도 모른다. 내가 듣고 즐거워한 온갖 새소리 중에는 그 어린 새끼들의 슬픈 원성도 들어 있었을 것이다. 인간과 자연을 갈라놓는 건 이런 극복할 수 없는 착각이 아닐까.

내가 우리 집에서 죽인 건 새뿐이 아니다. 작년에는 개도 한 마리 죽음에 이르게 했다. 똘똘이라는 요크셔테리어 종의 개인데, 원래 딸네가 아파트 안에서 기르던 거였다. 딸네 식구들은 우리 집에 올 때면 꼭 개를 데리고 왔다. 딸의 말인즉슨 똘똘이가 산을 좋아한다는 거였다. 아치울 가자는 말만 나오면 길길이 뛰기 때문에 미리 말하면 안 된다고 했다. 우리 집 마당도 좋아했지만 산에 데리고 갈 때마다 앞서면서 좋아라 어쩔 줄 모르는 게 볼 만했다. 공중으로 한 길은 솟구쳐 몸을 회오리바람처럼 선회시키면서 온몸으로 기쁨을 표시했다.

딸은 그런 개를 집 안에만 가두어 기르기가 안됐으니 여름 동안만 엄마가 맡아달라고 했다. 집 안에서 기르던 개를 밖에서 길러도 괜찮을지 걱정하면서도 시험 삼아 길러보기로 했다. 마당에 개집을 놓고 개가 가장 좋아하던 손자의 속옷을 깔아주었다. 똘똘이는 첫날부터 적응을 잘해 끽소리 없이 제집에서 자고 낮에는 바깥세상을 즐겼다. 때로 주인 없는 동네 고양이가 우리집에 얼씬거릴라치면 으르렁거리며 싸움을 걸어 피투성이가 될 때까지 싸워 이겨 자신의 영역을 확고하게 지켰다. 그러나 낮에 바깥마루에 앉아 우두커니 앞산을 바라보고 있을 때면 그 꼴이 너무도 작고 고적해 보여 괜히 가슴이 뭉클해지곤 했다. 그 표정은 날로 심오하고 착잡해져 마치 철학을 하고 있는 것 같았다.

철학자를 닮아가던 똘똘이가 어느 날 아침 싸늘한 시체가 되어 마당에서 발견됐다. 외상도 토사물도 고통의 흔적도 없이 자는 듯이 죽어 있었다. 나는 그 조그만 개를 숲속에 갖다 묻으며 조금 울었던가. 한 번도 그 개를 사랑하지 않은 데 대한 뉘우침이었다면 그건 얼마나 알량하고 위선적인 눈물인가. 똘똘이가 산을 좋아할 거라는 우리의 착각이 그 개를 죽음에 이르게 한 게 아닐까. 딸네 식구들은 다 바쁘다. 아침 일찍 각각 출근하고 등교했다가 저녁 늦게야 들어온다. 온종일 혼자서 집을 지키다가 일주일에 한 번 일요일에나 주인과 같이 외출할 수 있다면 그 동반이 산이건 바다건 시장통이건 어찌 행복하지 않았으랴. 그래서 그토록 미친 듯이 좋아하는 걸 오직 산행만을 즐기는 줄로 알았으니. 몇천 년 동안 인간 위주로 길들여놓고 나서 졸지에 자연으로 돌아가라니 얼마나 황당했을까.

그러나 똘똘이가 철학을 한 것만은 틀림없다고 생각힌다. 인간이라는 족속이 즐기는 착각에 대해, 자연하고도 인간하고

도 소통이 불가능해진 자신의 운명에 대해 생각하고 또 생각
했을 것이다. 인간이 개똥철학이라고 비웃건 말건.

인도의 나무들

강인숙 건대 교수, 수필가

사는 일이 힘에 겨워 어디론가 도망을 가고 싶어지는 때면, 나는 팔베개를 하고 누워 인도를 생각한다.

어포인트먼트가 필요 없다는 나라, 공작새가 깃을 벌리고 아스팔트 위를 유유히 걸어다니고, 아직도 쇠똥을 연료로 쓰는 여인들이 사는 고장. 문 스톤보다 책값이 비싼 ― 그 태고와 현대가 뒤죽박죽으로 뒤섞여 있는 나라는 이상하게도 첫눈에 나를 매혹시켰다. 그래서 나는 늙어 기력이 쇠잔해지면 인도에 가서 쉬고 싶다는 생각을 하게 되었다. 영혼을 정화시킨다는 그곳의 강물에 이따금 발을 담그고, 조금씩 먹고 조금씩 사는 슬기를 배우면, 죽음을 기다리는 노년의 세월이 아주 평화로울 것 같은 느낌이 들었던 것이다. 그것은 어쩌면 인도의 나무들이 풍기는 열반 같은 정밀(靜謐)의 분위기 때문이었는지도 모른다.

몇 해가 지났는데도 나는 인도에서 처음 맞은 그 새벽의 신비한 풍경을 잊을 수 없다. 땅에서 안개가 조용히 피어오르고 있었다. 그 안개 너머에 겨울인데도 부겐벨레아의 꽃이 무더기로 피어 있었다. 그리고 나무들이 있었다. 당산에 있는 신목(神木)과도 같고 성황당에 서 있는 느티나무와도 같은 장엄한 거목(巨木)들이 넓은 사원의 잔디밭 사이사이에 띄엄띄엄 떨어져서 우뚝우뚝 솟아 있었던 것이다. 밑둥이 안개에 가려져 있어 나무들은 수면에 뜬 섬 같은 인상을 주었다.

그런 거목들은 어디에나 있었다. 인디안 게이트의 여유 있는 녹지대, 유채꽃이 한없이 피어 있는 아그라 근처의 노란 들판, 화테푸르 시키리로 들어가는 길섶 같은 곳에서 나는 수시로 그 신목 같은 장엄한 나무들을 만났다.

이상하게도 그 나무들은 늘 땅을 떠나 있어, 잎만 뭉게구름처럼 풍성하게 이고 있는 형상을 하고 있었다. 때로는 안개가, 때로는 땅거미가, 때로는 들판을 가득 채운 유채꽃이 나무의 짧은 밑둥을 가려버리기 때문이다. 그래서 그것은 섬과 같았고, 어떤 때는 또 뭉게구름 같았다. 그 그늘 아래 누우면 무사(無私)의 정밀경에 도달할 것 같은 안심스런 마음이 저절로 솟게 하는 신비한 힘을 가진 나무들이었다.

며칠 후에 대사관 차로 시내 구경을 할 기회가 있었는데, 그

차 속에서 나는 인도의 나무에 대한 놀라운 이야기를 듣게 되었다. 인도의 나무는 수종(樹種)과 연륜(年輪)을 가리지 않고 모두가 여름이면 꽃을 피운다는—믿기 어려운 이야기였다. 하지만 그건 사실이란다. 나는 눈을 감고 풍성하게 널려 있는 거대한 나무들의 뭉게구름 같은 잎 사이에서 일제히 원색의 꽃들이 피어나는 광경을 상상해보았다. 그것은 풍요롭고 황홀한 구도였다. 풍토의 여건에 따라 어느 나무나 다 꽃을 피울 수 있다는 사실은 얼마나 달가운 하나의 계시인가. 나는 그런 계절에 다시 인도에 찾아와 그 무변의 광활한 땅이 꽃으로 뒤덮이는 광경을 꼭 보고 싶었다.

하지만 내가 그 소원을 입 밖에 내자, 우리의 안내인은 펄쩍 뛰며 질색을 했다. 그 계절은 바로 인도의 지옥이라는 것이다. 나무마다 꽃을 매달게 하는 그 원동력은 다름 아닌 인도의 살인적인 더위 그것이기 때문이란다. 더위 때문에 해충이 모조리 죽어버리는—끔찍한 고장이 여름의 인도라 한다. 벌레가 그 생명을 유지하지 못할 정도의 혹서라면, 인간의 생존인들 얼마나 고달플까?

세상에 어둠을 수반하지 않는 밝음이란 없는 것, 그냥 공짜로 밝음만 주어지는 그런 지복(至福)의 상태는 있을 수 없다는 엄숙한 깨달음이, 꽃으로 뒤덮이는 인도에 내한 나의 횡홀한 꿈을 산산이 부수어버렸다. 결국 섬 같기도 하고 뭉게구름 같기도 한 거목들의 위용(偉容)은 벌레도 살 수 없는 열혈지옥을 참고 견딘 인고의 역정에 대한 신의 보상이었던 것이다. 거창한 나무 밑둥마다 제단을 쌓고 싶어한 옛 사람들의 마음을 이해할 것 같은 기분이 되었다. 그렇다면 더위는 나무의 질곡인 동시에 구제가 아니겠는가.

그랬는데 세월이 다시 흐르고, 쌓이는 연륜이 내게 감당할 수 없는 힘든 일을 자꾸만 떠맡기는 시간이 거듭되자, 혹서의 참담한 신화는 내 속에서 삭아 자취를 감추고, 풍요의 상징 같은 거목의 느긋한 여유와 정밀만이 남아 나날이 그 부피가 커져갔다. 늙으면 그곳에 가 쉬고 싶다는 생각이 다시 살아나는 것이다.

그렇게 편리한 심리적 전환이 가능한 것이 여행객이 누리는 특권이요 축복이다. 내가 아는 인도는 날씨가 청명하고 쾌적한 1979년 2월의 뉴델리와, 알라를 부르는 영검스러운 음향이 하얀 대리석 벽면에 신비하게 메아리치던 타지마할, 그리고 아그라밖에는 없다. 얻어들은 더위의 무서움에 대한 이야기는 사실상 나와 무관하다. 내게 있어서 인도는 아직도 시원한 곳이고, 거기에는 풍성한 잎을 인 무우수(無憂樹)들이 벌레를 모르는 푸르름 속에서 여전히 신목처럼 권위 있게 빛나고 있을 뿐이다.

갈 잎

이영희 수필가

누런 낙엽이 온 산을 뒤덮고 있다. 등성이와 골짜기, 언덕 저 멀리까지. 비탈 아래 있는 작은 산막의 지붕도 분간할 수 없다. 두어 달 전만 해도 울창하던 숲이었건만 어느새 이렇게 되어버렸는지 모르겠다. 멀건 하늘에 앙상한 가지를 벋고 있는 나무들의 키가 유난히 길어 보인다.

그런데 짙은 회색의 이 나무들은 단단하고 두꺼운 껍질이 온통 갈라져 있다. 낙엽 또한 크기와 모양은 조금씩 다르지만 갈잎뿐이다. 아마 이 산은 오랜 옛날부터 도토리 상수리가 떨어져서 절로 돋아나 자란 떡갈나무, 신갈나무, 상수리나무 등 모두가 참나무 족속인 모양이다.

바람 한 점 없는 하오, 갈잎을 보며 갈잎을 밟으며 참나무들 사이 오솔길을 천천히 걷는다. 긴 햇살이 살그머니 비추는 곳도 있다. 갈잎들은 눈을 가늘게 하고 조용히 미소하는 것 같다. 어제 이른 아침에는 이슬에 녹녹한 채 가만히 눈을 감고 생각에 잠겨 있는 것 같았는데.

갈잎들은 지난여름 나무에 매달려 계속된 태풍의 그 많은 거센 비바람의 휘둘림으로부터 이제야 평안한 안식을 누리고 있는 듯하다. 그래서인지 나도 이 산에 막 들어설 때의 스산하던 마음이 사라지고 차분하고 편안해진다. 어쩐지 모르게 끼어들어 있던 번거롭고 어지러운 그 세계에서 벗어나 조용한 내 자리로 되돌아온 것 같다.

갈잎들은 책갈피에 넣었던 것처럼 납작한 것은 없다. 대롱처럼 말린 것도 있지만 거의가 가슴을 오긋이 오므리거나 허리를 굽히고 서로 몸을 의지하고 있다. 갈잎들이 모여 있는 모양이란 곰실곰실 여간 귀여운 것이 아니다.

나는 걸음을 멈추고 서서 잠자코 내려다본다. 그들은 가만가만 소곤거리고 있는 것 같다. 갓난아기처럼 곰지락거리며 옹알옹알하고 있는 것도 같다. 나는 한참이나 이렇게 조용히 바라보고 있다가 깜짝 놀랐다. 갈잎들이 한 잎 한 잎 모두 방글거리는 어린 애기의 얼굴인 것 같아 보이기 때문이다. 오래전 밖에서 돌아오는 나에게 어서 오라며 꼭 어린아이와 같이 웃으시던 아흔 아홉이나 되신 우리 할머니의 얼굴인 것도 같고…….

어떤 이에게는 낙엽이란 늙고 병들어 버림받은 것이다, 혹은 꿈의 껍질이다 하며 슬퍼한다. 하기야 길 위에 떨어져 밟히기도 하고 구르다 미끄러지다 어디론지 날아가버리던 낙엽, 아직 푸르건만 벌레에 먹혀 그물처럼 잎맥만 남은 채 나무 아래 누워 비를 맞고 있는 낙엽, 그런 것을 보면서는 나도 슬펐다.

하지만 커다란 은행나무 아래 수북이 쌓여 있는 노랑 은행잎, 이파리마다 윤이 나며 여러 가지 색으로 예쁘게 물들어 잔뜩 떨어져 있는 감잎, 자주나 주홍 등으로 물든 단풍나무 아래 쏟아져 있는 단풍잎, 이런 것들은 얼마나 화려하고 신비스럽고 또 아름답던가.

나는 그것들을 바라보고 있노라면 내 마음도 그와 같이 채색이 되어온다. 조용히 접었던 날개가 어디로 날자는 것인지 다시금 펄럭이며 설레어온다. 그러나 지금 여기 온 산을 덮고 조용히 있는 모양도 없고 색깔 또한 누렇기만 한 갈잎들은 바라볼수록 마음이 차분히 가라앉는다. 고단한 긴 여행으로부터 허물없고 편안한 내 본래의 집으로 돌아온 것처럼 느껴진다.

서 있자니 다리며 발가락이 옴질거려진다. 어릴 때 짚 덤불 속에 파묻히듯 갈잎들 사이로 끼어들고 싶은 것이다. 아기가 되어 방글거리는 아기들과 아기처럼 웃으시는 아기 같은 할머니와 얼굴을 부비며 함께 키득거리고 싶은 것이다.

다람쥐 한 마리가 도토리를 물고 부지런히 갈잎 속으로 숨

는다. 멧새 한 마리가 이쪽저쪽 나지막한 나뭇가지로 날며 갈
잎들을 들여다본다. 아마 오늘 밤 잠자리를 찾는 모양이다.

두물머리

유경환 시인, 아동문학가

사람들은 이곳을 두물머리라고 부른다. 한자로 표기되면서 양수리(兩水里)가 된 것이나, 사람들은 여전히 두물머리라 일컫는다. 두물머리. 입 속으로 가만히 뇌어보면, 얼마나 정이 가는 말인지 느낄 수 있다.

그토록 오래 문서마다 양수리로 기록되어왔어도, 두물머리는 시들지 않고 살아 우리 말의 혼을 전해준다. 끈질기고 무서운 힘이기도 하다.

두물머리를 시원스럽게 볼 수 있는 곳은, 물가가 아닌 산 중턱이다. 가까운 운길산. 남양주 운길산에 이르는 산길에 올라보면, 눈앞에 두물머리가 좌악 펼쳐진다. 두 물줄기 만나는 모습이 한눈에 들어온다.

교통 체증에 걸리지 않는다면 서울에서 불과 한 시간. 그래

주말은 피하고, 날씨가 고우면 오늘처럼 주중에 온다. 주위엔 볼거리가 여러 곳에 있다. 다산 선생의 유적지, 차 맛을 제대로 맛볼 수 있는 수종사, 연꽃이 볼 만한 세미원, 또 종합영화 촬영소도 있다.

만나면 만날수록 큰 하나가 되는 것이 물이다. 두 물줄기가 만나 큰 흐름이 되는 모습을 내려다보노라면, '물이 사는 방법이 저것이로구나.' 하는 생각이 절로 든다. 만나고 만나서 줄기가 커지고 흐름이 느려지는 것. 이렇게 불어난 폭으로 바다에 이르는 흐름이 되는 것.

바다에 이르면 엄청난 힘을 지닌 승천이 가능해진다. 물의 승천이야말로 새롭게 다시 사는 실제 방법이다. 만약 큰 하나가 되지 못하고 갈라지게 되면, 지천이나 웅덩이로 빠져들어 말라버리게 된다. 이것은 물의 실종이거나 죽음인 것이다.

두 물이 만나서 하나의 물이 되는 것을 글자로 표기할 때 '한'은 참으로 크고 넓다는 뜻을 지닌다. 두 물줄기가 서로 껴안듯 만나, 비로소 '한강'이 된다. 운길산 산길에서 내려다보면, 이 모든 것을 실감하게 된다.

한강을 발견하는 곳이 운길산이라고 말하고 싶다. 만나도 격정이 없는 다소곳한 흐름. 서로가 서로를 편안하게 받아들이는 모습은 정말 아름다운 풍광이다. 만나서 큰 하나가 되는 것이 어디 이곳의 물뿐이랴.

살펴보면 우주 만물이 거의 다 그렇다. 들꽃도 나무도 꽃술의 꽃가루로 만난다. 그리하되, 서로 만나서 하나 되는 기간이 봄 여름 가을 겨울의 네 철 안에 이루어지도록 틀 잡혀 있어 짧은 편인데, 다만 사람의 경우엔 이 계절의 틀이 무용이다. 계절의 틀을 벗어날 능력이 사람에겐 주어져 있다.

하나가 다른 하나를 만나서 새로운 하나를 만들지 못하면, 그 끝 간 데까지 외로울 수밖에 없다. 외롭지 않을 수 없는 이치가 거기 잠재해 있다. 다른 하나를 선택하기 위한 기다림. 선택을 결정하기까지, 채워지지 아니하는 목마름이 자리잡기에, 외로울 수밖에 없는 노릇이다. 원래 거기 자리잡고 있는 바람은, 완성을 기다리는 바람인 것이다.

이 외로움을 견디면서 참아내느라 스스로 생각하고 또 생각하다가 때로는 뒤를 돌아보게 된다. 여기 반성과 성찰의 기회가 오며, 명상도 따르게 마련이다. 명상은 해답을 찾는 노력의 사색이다.

해답을 얻는다 하여도, 그것은 물음표인 갈고리 모양 또 다른 물음을 이어올리고 끌어올리기 일쑤다. 이런 과정을 통해 삶을 진지하게 짚어보는 기회와 만난다. 곧 자기와의 만남이 가져오는 성숙인 것이다.

물은 개체(個體)라는 것을 만들지 않는다. 스스로 그것을 받아들이지 않기에, 큰 하나를 만들 수 있다. 개체를 부정하기 때문에, 새로운 하나에로의 융합이 가능하다.

개체를 허용치 않으므로 큰 하나일 수 있다는 사실, 이는 큰 하나가 되기 위한 순명일 수도 있다. 다른 목숨들이 못 따를 뜻을 물이 지니고 있음을 이렇게 안다.

사람이 그 어떤 목숨보다 길고 긴 사색을 한다지만, 물이 바다에 이르기까지 맞고 또 겪는 것에 비하면, 입을 다물어야 옳다. 흐르면서 부딪혀야 하고, 나뉘었다 다시 만나야 하고, 갇히면 기다렸다 넘어야 한다. 이러기를 얼마나 되풀이하는가. 그러면서도 상선약수(上善若水)의 본을 잃지 않는다.

두물머리를 내려다보며 이곳에 이르기까지 얼마나 많은 만남이 있었던가를 짐작해본다. 수없이 거친 만남. 하나, 작은 만남은 이름을 얻지 못하고, 큰 것만 이름을 얻는다. 작은 것들이 있기에 큰 것이 있거늘, 큰 것에만 이름이 붙은 것을 어쩌랴.

산전수전 다 겪은 사람이 지닌 인품의 향기처럼, 두물머리에서부터 물은 유연한 흐름을 지닌다. 여기 비끼는 햇살이 비치니, 흐름이 반짝이기 시작한다. 두물머리는 그 어느 곳보다 아름답다. 보기에 아름다운 것보다 깊이 지니고 있는 뜻이 아름답다.

낮에는 꽃들이 앉고 밤에는 별들이 앉는 숲이 아름답다고 여겼는데, 오늘 보니 두물머리는 그 이상이다. 조용한 물고기들 삶터에 날이 저물자, 하늘의 별이 있는 대로 다 내려와 쉼터가 된다. 만나서 깊어진 편안한 흐름. 이 흐름이 그 위의 모든 것 다 받아 안을 수 있는 넉넉한 품까지 여니, 이런 수용이 얼마나 황홀한지, 어느 시인이 이를 다 전해줄 수 있을까 묻고 싶다.

보이지 않는 곳서 익는 열매

유경환

여름에 무성했던 풀이 자취 없이 사라진다. 마른 잎으로 겨울바람에 꺾여 불려가거나, 흙먼지를 뒤집어쓰고 있다가 눈 밑으로 스러지고 만다.

그래도 봄이면 초록으로 다시 퍼진다. 지천으로 돋아서 너른 들을 뒤덮는다. 보이지 않는 곳에서 겨울을 이겨낸 씨앗이, 목숨을 틔워 생명을 올려 보내는 일은 아름답다.

생명이 이렇게 보이지 않는 곳에서도 이어지고 있다는 사실, 이것이 새삼 놀라는 것은 그동안 별 생각 없이 살아온 삶에 대한 반성이나 다름없다. 요즘 경이롭고 신비롭다는 생각까지 곁들여, 나는 눈길을 휘둥그레 사방으로 돌린다.

생명을 보이지 않는 곳에서 이어오는 것은 풀씨만이 아니다. 산열매도 있다. 산열매는 대개 고운 색깔을 지닌다. 잘 익으면 탐스러운 색깔이 된다. 이렇게 눈에 띄는 색깔을 지니는 것은, 날짐승이나 길짐승에게 먹혀서 멀리 퍼질 수 있도록, 색깔을 스스로 진하게 만들어 입는 지혜다.

그런데 눈에 잘 띄지 않는 색깔로 보이지 않는 곳에 열리는 산열매도 있다. 이런 산열매는 대부분 자잘하여 소박한 모습을 지닌다.

그러하건만, 보잘것없는 듯한 이런 산열매가 요즘 내게 덕스럽게 보이기 시작하니, 내 눈이 달라진 것이 아닌가 싶다.

실토하자면, 사막을 보고 나서 그리 되었다. 눈길이 달라진 것이 아니라 생각이 달라진 것이다. 척박한 땅에서 며칠 체험이 사고방식을 바꿔놓았다. 척박한 땅이지만 놀라운 규모의 비닐 농장이나 유리 농원 시설이 곳곳에 들어서 있다. 자동 물뿌리개 시설 가동으로 탐스러운 농작물을 생산하여도, 눈길이 닿는 곳마다 흙먼지 일고 모랫바람이 쌓이는 곳이면, 금세 숨이 막히고 눈이 피로해진다.

떨릴 만큼 추운 밤추위가 앉힌 새벽이슬을, 해가 오르기만 하면 목마르게 핥아간다. 이런 환경에 시달려보면, 서로 감싸 안고 이어지는 산자락의 풀밭이 그리워지게 마련이다. 이런 그리움이 자잘하고 소박하게 열리는 산열매에 대해 다시 생각하도록 동기를 만들어주었으니, 마침내 그 나소곳한 모습이 덕스럽기까지 하다는 해석을 하게 된 것이다.

담당하는 역할과 해내는 기능이 경이롭고 신비로우면 외양에 상관없이 만족할 수 있다. 뿐만 아니라 이런 것들이 모인 삶터에 대해서도 고마워하게 된다.

산열매를 말하면서 자잘하고 소박하다고 표현하다가 '보잘 것없는 듯'이라는 말을 하였다. 산열매가 지닌 본성을 이르는 데 적절치 못한 말이라는 생각이 든다. 나의 교만이 때때로 이런 식으로 노출되는 것을 어쩌랴.

가만히 들여다보면 자잘하고 소박한 외양 그 어딘가에, 그윽한 빛을 숨기고 있는 산열매들이다. 바로 이런 산열매의 덕에, 산야는 헐벗지 아니하고 짙푸를 수 있다.

가늘고 가늘어도 그런 뿌리들이 서로 얽힌 얽힘에 힘입어, 흙먼지나 모랫바람을 막아낼 수 있다. 산야의 비옥은 산열매들의 덕이 왜 아니겠는가.

잘 보이는 곳의 산열매는 크든 작든, 실하든 실하지 못하든, 날짐승이나 길짐승 심지어는 사람에게도 따먹힌다. 하지만 보이지 않는 곳의 산열매는 그 본성대로 타고난 기능과 역할만 다하는 존재다.

이런 산열매를 덕스럽게 바라보는 눈으로, 비로소 내가 몰랐던 나를 다시 본다. 눈썹 끝에 와 닿는 저녁놀도 아울러 본다. 타고난 기능과 역할만 다하는 고귀함에 눈썹이 젖는다.

눈부신 곳

서 숙 이대 교수, 수필가

겨울 빛이 부시다. 점심을 먹고 여의도를 한 바퀴 돈다. 놀이터를 지나 MBC 앞을 걸어 국민은행 사거리를 지나며 길 좌우에 자리잡은 노점상들을 둘러본다. 아파트 창을 있는 대로 열어젖힌 듯 상쾌해진다.

이 노점상들은 은행과 증권사가 밀집한 이 거대 공간에서, 뭐랄까, 일조의 통풍장치 같은 역할을 한다. 이들은 또, 63빌딩과 트럼프 타워를 향해 고공비행이 숨가쁜 이곳에서 땅 위에 납작하게 밀착되어, 그러니까 균형추가 되어, 우리의 시선을 끌어내린다. 허공에 진을 친 이들이 공중 분해되는 것을 막으려고 발목을 확실하게 밑에 붙들어두려는 형상이라고 할까.

아파트 단지에는 제법 큰 규모의 슈퍼마켓도 서너 개 있고 지하상가들도 있고 일주일마다 요일별로 번갈아가며 서는 야

채시장도 있지만 도로변에는 크고 작은 노점상들과 각양각색
의 좌판들이 줄지어 성업중이다. 우리은행 앞의 과일가게 두
개, 꽃과 군고구마를 파는 노점상 하나, 신호등 건너 두 개의
빵집이 나란히 있고 한양슈퍼 가는 짧은 길가에 과일점 하나,
생선좌판 두 개, 채소좌판 한 개… 등이다. 또 거기서 국민은
행까지 가는 길에는 열두어 개도 넘는 좌판점들이 있다. 한 번
은 걸어가며 좌판 위의 물건들을 대충 꼽아봤더니 남자넥타
이, 구두, 자동차좌석 방석, 열쇠, 손톱깎이, 손칼, 양말, 머리
핀, 리본, 스카프, 티셔프, 건전지, 충전지 등 말 그대로 만물
상이다. 겨울 들어 오뎅 파는 트럭이 한 곳, 군밤 파는 곳이 두
곳 더 늘었다.

어느 날은 훤한 대낮에 길 위에서 샛노란 오리 자명종시계
큰 것 작은 것 한 세트가 굿모닝 굿모닝 앵무새처럼 연발하는
것에 끌려 만 원 주고 사 들고 들어온다. 또 한 번은 이천 원
주고 군밤 한 봉지를 사서 살살 까 먹으며 걸어오기도 한다.

이들 붙박이 노점상들 외에도 봄이 되면 이따금씩 서울 근
교에 사는 아주머니들이 논밭에서 솎아온 듯한 냉이, 쑥, 상추
들을 포대에 담아놓고 팔기도 한다. 냉이 오백 원어치 주세요.
그냥 지나가려다가 흙냄새가 나는 듯하여 말하면, 에이 천 원
어치는 사야지요. 비닐봉지를 꾹꾹 채워주기도 한다. 또 날씨
좋은 날은 곡물장이 서기도 한다. 열두 가지도 넘는 듯한 갖가

지 이름도 다 모르는 곡식들이 보도 위에 쫙 늘어선다. 검정
콩, 노란콩, 흑미, 분홍색 기장, 자주색 팥, 노란색 조, 뽀얀 찹
쌀. 또 뭐가 있나. 그 곡식들은 길가에 햇빛 아래서 알록달록
선명하게 반들거리는 것이 무슨 야생열매 같기도 하고 작은
색동구슬 또는 예쁜 돌멩이 같기도 하다. 갖가지 색깔들로 실
에 꿰어 목에도 팔에도 발목에도 걸고 싶을 정도이다.

아파트 주민들은 슈퍼마켓에 들락거리면서도 이들 노점상
들의 단골이기도 하다. 그래서 생긴 지 십여 년이 넘는 과일노
점 서너 개는 규모가 커지면서 이럭저럭 성업중이다. 주민들
은 슈퍼마켓에서는 진열대의 물건들을 바구니에 담은 뒤 계산
대에서 카드를 내밀고 서명한 뒤 걸어 나와서는 노점상 아주
머니들과 이건 얼마예요, 두 개만 줘요, 잔돈 여기 있어요, 등
을 주고받는다.

나도 슈퍼마켓에 다니지만 귤이나 포도, 사과 등은 단골 아
주머니에게 사는 편이다. 때로는 그냥 밖에 나왔다가 외상으
로 귤을 한 보따리씩 가져오기도 한다. 외상이라는 단어도 쓰
지 않은 채, 아줌마 귤 스무 개만 주세요 하면 된다. 귤을 받아
들고 올 때면 이웃집에서 그냥 얻어가는 것 같다. 아주머니가
외상값 적는 것을 본 적이 없다. 며칠씩이고 그 길로 지나가지
않으면 잊어버리기 십상이고 한참 지나서야 돈을 주고 또 한
보따리 얻어오곤 한다.

강 건너 한옥 동네에서 몇십 년을 살다가 이곳 아파트 단지로 처음 이사왔을 때 12층짜리 시멘트 건물 사이를 걸어가며 느꼈던 비정한 감정을 지금도 기억한다. 그때 여기저기 앉아 야채를 다듬는 아주머니들을 보며, 사과를 닦고 또 닦는 아저씨들을 보며, 괜찮아, 여기도 사람 사는 곳이야, 스스로 안심시키던 것도 기억한다. 그렇다. 그때도 지금도 이들은 이 황량한 동네에 숨통을 열어주는 사람들이다.

아파트 여자들은 단골들이 있어서 그 아주머니들과 이런저런 집안일, 그리고 옆 동에 사는 사람들의 속사정까지 서로 주고받는다. 그 집 둘째아들이 취직했대. 어젯밤에 그집에 부부 싸움이 났대. 그 집 남자가 갑자기 죽었는데 알고 보니 거기가 작은집이었대…… 주민들이 이야기를 하고 아주머니들은 과일을 싸주며 그러게요, 고개를 끄덕이며 들어주는 쪽이다. 나도 어느 여름 발목에 깁스를 했을 때 단골 아주머니가 사과도 배달해주고 그 옆 좌판에서 감자도 한 무더기 사다주고 발 삔 데는 생감자를 으깨서 얹으라고도 해주었다. 지금도 명절에 내가 배와 사과를 사면 산소에 가져 가라면서 몇 개를 더 주기도 한다. 과일가게 옆 은행 입구에는 꽃 파는 아주머니가 있다. 그 아줌마는 아이들 등교시간이 시작되는 이른 아침부터 서너 개의 양동이에 시장에서 받아온 싱싱한 꽃들을 담아놓고 하루를 시작한다. 봄학기가 시작되면 꽃 양동이 주위는 싱그러운 활기가 넘친다.

일학년 어린 아이들, 교복 입은 여학생들, 요새는 남학생들도 꽃다발, 꽃바구니 또는 장미 한두 송이 조심스럽게 들고 신호등이 바뀔 때까지 건널목에 서 있다. 꽃 파는 아줌마는 좀 떨어진 곳에 화덕을 놓고 여름이면 삶은 옥수수, 겨울이면 군고구마를 파는데 어느 여름 옥수수 사려는 여자와 언성을 높였다. 옥수수값이 얼마나 비싼데, 오백 개를 삶아 팔아야 오천 원이 남는데, 그것도 모르고 자꾸 더 달라고……. 옥수수 오백 개를 팔아야 오천 원이 남는다는 소리가, 내가 잘못 들은 것인지, 한동안 뱅뱅 돌다가 사라지기도 했다.

그런데 과일가게와 신문 가판대와 꽃 아줌마들이 있는 그 어디쯤에 콩을 까서 파는 할머니가 나타난 것은 지난 가을쯤인 듯하다. 몸집이 아주 작고 마르고 등이 몹시 굽은 할머니는 쪽 찐 머리에 수건을 쓰고 손바닥만 한 담요 위에 앉아 콩다발을 까며 앉아 있다. 한쪽에는 깐 콩들을 비닐봉지에 담아 몇 개 겹쳐놓았다. 나는 건널목을 건너와서 거기 납작하게 엎드려 있는 할머니의 등을 보고 주춤했다. 할머니가 너무 작고 쇠약해 보였다. 그러나 할머니는 몇날 며칠 계속 그 자리에 나와 있었다. 이 작은 할머니가 하루종일 콩을 까고 있구나, 콩을 사야겠구나. 그러다가 어느 날, 콩 주세요 할미니, 히는 소리에 얼른 고개를 들고 나를 보는 할머니의 얼굴을 보고 또 한번 움찔했다. 나를 똑바로 쳐다보는 할머니의 눈은 쌩쌩했다. 주름이 자글자글한 얼굴의 표정도 확실했다. 늙고 불쌍한 작은 할머니가 오갈 데 없어 길에 나앉아 콩을 까서 팔고 있는 것이 아니었다. 절대 아니었다. 할머니는 '현역' 이었다. 거기 건널목을 오가는 사람들, 누구 못지않았다.

그는 늘 같은 자리에 같은 각도로 몸을 앞으로 구부리고 앉아 있다. 늘 같은 양의 콩다발을 앞에 놓고 손을 움직이고 있다. 허리를 펴고 손 놓고 앉아 두리번거리는 것을 본 적이 없다. 어느 날은 할머니가 손끝으로 쉬지 않고 까고 있는 것이 붉은콩이 아니라 작은 염주알이라는 생각이 들었다. 이 여의도 바닥에 앉아 지나가는 사람들, 자동차들, 거동이 불편한 이들, 아파트 단지 안에서 별별 사정들을 안고 살아가고 있는 사람들을 위해 그가 하루종일 염주를 돌리는 거라는 생각이 들었다.

그런지도 몰랐다. 그의 쌩쌩하고 확실한 표정, 그 거침없는 표정은 그래서 가능한 것인지 몰랐다. 그렇게 쉬지 않고 염주를 돌리니까, 쉬지 않고 손끝을 움직이니까 얼굴이 그렇게 방금 겨울철 찬물에 세수하고 난 것처럼 보이는 것이다.

오늘 아침나절 바람이 제법 강하게 부는데 할머니는 여전히 그 자리에 앉아 있는데 그 앞에 까지 않은 콩다발이 수북하다. 그런데 말이지, 가령 어떤 이가 할머니를 처음 보고 안쓰러워서 이렇게 말한다면 어떨까. 할머니, 이 콩 다 팔면 얼마예요? 저한테 다 파시고 날씨도 추운데 일찍 들어가세요, 라고 한다면.

얼마 전에 읽은 인디언들의 시장 풍경이 떠오른다.

옛날 옛적 인디언 동네 장터. 어느 인디언이 양파 스무 줄을 좍 길바닥에 널어놓고 팔고 있다. 백인 한 사람이 지나가다가 물었다. 이 양파 한 줄에 얼마요. 5전이오. 두 줄에 얼마요. 10전이오. 열 줄에 얼마요. 50전이오. 스무 줄에 얼마요. 100전이오. 그럼 내가 스무 줄 다 살 테니 값을 좀 깎아주시오.

인디언이 말했다. 아니오. 나는 한꺼번에 다 팔지 않겠소. 안 판다고요? 당신은 여기 양파를 팔려고 앉아 있는 거 아니오? 의아해서 쳐다보는 백인에게 인디언이 말했다.

나는 이 장터를 사랑하거든요. 난 여기 앉아 햇빛을 즐깁니다. 나는 햇빛과 바람에 흔들리는 종려나무 잎들을 바라보는 것이 좋아요. 여자들이 어깨에 두른 알록달록하고 화려한 숄도 모포도 담요도 보기 좋아요. 또 나는 친구들을 만나는 것이 좋아요. 친구들이 와서 인사하고 담배를 피우며 아이들과 곡물에 대해서, 집에서 키우는 가축에 대해서 이런저런 이야기를 하는 것도 좋아해요. 그러니까 이런 것들이 나의 삶인 것이지요. 그것을 위해 나는 하루종일 여기 앉아서 스무 술의 양파를 파는 것입니다. 그러니 내가 이 양파를 한꺼번에 당신에게 팔아버린다면 나의 하루는 끝이 납니다. 그럼 나는 내가 사랑하는 것들을 다 잃게 되지요. 그러니 그런 일은 안할 것입니다.

할머니는 여전히 거기 모퉁이에서 허리를 구부리고 앉아 콩을 까고 있다. 할머니가 한꺼번에 콩을 다 팔 것인지 아닌지 물어볼 수 없는 일이다. 기껏 내가 할 수 있는 일이란 여의도 바닥을 한 바퀴 돌다가 정신이 번쩍 드는 그의 얼굴이 보고 싶어, 할머니, 콩 주세요, 또 한 봉지 사들고 와 냉동실에 넣어두는 일이다.

밀접한 증권가와 은행가. 공중에서 명멸하는 전광판 숫자들과 일확천금. 그 아래 한 뼘 땅 위에 앉아 그는 하루종일 두 손으로 콩을 까고 곱은 손가락으로 종이돈과 동전들을 조심스럽게 챙긴다. 그런 그의 모습이 매순간 우리를 잠식해오는 거대도시의 추상을 균열시킨다. 작은 지렛대가 되어 우리 삶의 변함없는 착지점이 어디인지 일깨워준다.

이 청정의 가을에

김초혜 시인

눈물처럼 슬픈 가을이 온다. 바람으로 먼저 오는 가을, 그리하여 우리의 살갗을 스치며 영혼을 춥게 하고 마침내 우리를 허무라는 지향 없는 방황 속으로 끌어들인다.

그리고 가을은 하늘에서 온다. 그리하여 우리의 눈을 맑게 하고, 영혼을 슬프게 울리고, 고독이라는 끝 모를 시간 앞에 우리를 무릎 꿇게 한다.

달이 밝은 가을밤 창가에 서면 목까지 차 오르는 그리움, 그 그리움은 근원을 모르는 슬픔이다. 글쎄, 그것이 가을의 얼굴인가. 가을의 손짓인가.

어느 사람이 있어 이 가을의 막연한 그리움과 적막함과 서글픔의 정서를 분석하고 자세히 해명한다면 그건 또 얼마나 무의미한 일일까. 무엇 때문이라고 그 명료함이 설명된다고

하여도 가을이 주는 적막한 우울과 그리움의 사색이 치유될
수는 없으리라고 생각한다.

가을은 태고로부터 그런 계절이며, 자연으로부터 태어남을
받은 우리 인간은 끊임없이 그 정서의 회오리 속에서 살아온
것이 아니랴. 가을이 없었다면 인간에게 철학이 없었을 것이
라는 생각도 해본다.

예로부터 사람들은 가을의 긴 밤을 통해서 인생을 생각하는
깊이를 더했고 학문을 연마했고, 자신을 되돌아보는 시간을
가졌던 것이다. 그것은 누가 시켜서 되는 것이 아니라 가을이
오면 저절로 이루어지는 자연스러운 우리의 삶인 것이다.

가을의 슬프고 애달픈 정서는 감상으로서가 아니고 우리들
에게 많은 일깨움을 주기도 한다. 더러는 머무는 것보다 떠날
때 맞추어 떠나는 것이 더 아름답다는 교훈을 주기도 하고 기
쁨과 슬픔을 수월하게 견뎌낼 수 있는 지혜를 주기도 한다.

아이는 아이대로, 소녀는 소녀대로, 어른은 어른대로 가을
에서 느끼는 감정의 빛깔은 같지만 그 내용이 조금씩 차이가
있을 뿐일 것이다.

팔십 인생을 산 노인이 플라타너스 넓은 잎이 떨어져 내리
는 걸 보며 느끼는 삶의 허무와 고적이, 소녀가 느끼는 뜻 모
를 서글픔과 그리움과 그 농도나 깊이가 다를 뿐 감정의 흐름
은 동일한 것이리라.

달 밝은 가을밤 우리는 잠들지 못한다. 그 가을밤에 쉽게 잠들지 못하는 영혼은 곱고 착한 영혼이다. 가을 달을 지키며 가슴 저려 하고, 애달픈 그리움으로 가슴 적시는 영혼은 지순하고 순결한 영혼이다.

그건 부끄러움이 아니며, 가식이 아니며, 철없음이 아니며 위선은 더구나 아니다. 왜냐하면 그 행위가 누구에게 보이고자 함이 아니고 오로지 자기 혼자 느끼고 표현되는 것이어서다.

가을밤을 쉽게 잠드는 사람의 영혼은 메마른 영혼이다. 가을 달을 보고도 아무런 느낌이 없는 영혼은 이미 아름다움을 잃은 영혼이다. 어쩌면 인간으로서 느껴야 할 삶의 아픔이나 부끄러움을 잃어버린 가엾은 영혼이다.

가을밤엔 일찍 잠들지 말자.

잠 오지 않는 그 밤의 시간에 스스로의 삶을 깊이 생각하자. 그 허망함에 대하여, 그 쓸쓸함에 대하여, 그 적막함에 대하여, 그리하면 나의 욕심에 대하여, 나의 탐욕에 대하여, 나의 이기에 대하여 부질없음의 반성과 염치없음의 부끄러움이 생기게 되리라. 그러한 시간을 내일에 모두 잊는다 해도, 다시 그 다음날에 또 갖게 됨으로 우리의 영혼은 그나마 청결과 순결을 유지해나가는 것이 아니랴.

가을은 우리로 하여금 종교적 자세를 갖게 하는 계절이나. 범속하고 악한 것이 허망하고 덧없는 것이라고 일깨워주기도

하고, 어리석은 이들을 모두 용서해주라는 맑음을 선사하기도
하는 계절이다.

가을밤, 창문을 열어놓고 잠언록이라도 펼칠 일이다. 그리
고 한 구절씩을 되새김하여 읽어볼 일인 것이다. 그리하면 거
기에 일상의 소란 속에서 망각했거나 잊혀진 우리네 삶의 맑
은 강물이 흐르고 있음을 발견하게 되리라.

가을을 깊이 앓는 일은 순결한 일이며 고결한 일이다. 그 밀
도만큼 자신의 삶이 정화되고 맑아진다는 것을 체득하는 길이
다.

가을은 거두어들이는 계절이다. 자연은 그 혜택을 베풀면서
인간들이 지나치게 탐욕하거나 자만할지 몰라 그것을 방지하
기 위하여 진한 허무감을 느끼게 하는 정서를 함께 보내준 것
이리라.

마음은 또 지향 없는 길을 떠나 먼 하늘가를 헤매이리라. 일
상의 생활이 아무리 건조하고 복잡하고 권태로워도 잠시라도
거기에서 벗어나 가득가득 담겨오는 가을 하늘의 싱싱한 호흡
을 마음껏 내 것으로 하자.

그리하면 이 인생의 어렵고 어리석은 일들은 저절로 사라지
리라.

제3부 … 삶

페이터의 산문

이양하

만일 나의 애독(愛讀)하는 서적을 제한하여 이삼 권 내지 사오 권만을 들라면, 나는 그 중의 하나로 옛날 로마의 철학자(哲學者), 황제 마르쿠스 아우렐리우스의 명상록(瞑想錄)을 들기를 주저하지 아니하겠다. 혹은 설움으로, 혹은 분노로, 혹은 욕정(欲情)으로 마음이 뒤흔들리거나, 또는 모든 일이 뜻 같지 아니하여, 세상이 귀찮고, 아름다운 친구의 이야기까지 번거롭게 들릴 때, 나는 흔히 이 견인주의자(堅忍主義者) 황제를 생각하고, 어떤 때에는 직접 조용히 그의 명상록을 펴 본다. 그리하면 그것은 대강의 경우에 있어, 어느 정도의 마음의 평정(平靜)을 회복해주고, 당면한 고통과 침울(沈鬱)을 많이 완화(緩和)해주고 진무(鎭撫)해준다. 이러한 위안의 힘이 어디서 오는지는 확실하지 않다. 모르거니와, 그것은 "모든 것을 어떻게

생각하는가는 네 마음에 달렸다.", "행복한 생활이란 많은 물
건에 의존하는 것이 아니라는 것을 항상 기억하라.", "모든 것
을 사리(捨離)하라. 그리고, 물러가 네 자신 가운데 침잠하라."
…… 이러한 현명한 교훈에서만 오는 것은 아닐 것이다. 그것
은 도리어 그 가운데 읽을 수 있는 외로운 마음, 끊임없는 자
기 자신과의 대화(對話)가 생활의 필요조건이 되어 있는 마음,
행복을 단념하고 오로지 마음의 평정만을 구하는 마음에서 오
는 것인지도 모른다. 다시 말하면, 목전(目前)의 현실에 눈을
감음으로써, 현실과의 일정한 거리를 유지할 수 있고, 또 어떤
때는 현실을 아주 무시하고 명상(冥想)할 수 있는 마음에서 오
는 편이 맞을는지도 모른다. 이러한 의미에 있어, 그 위안은
건전한 성질의 것이 아니라고도 할 수 있겠다. 사실, 일종의
지적 오만(知的傲慢) 또는 냉정한 무관심(無關心)이, 황제의 견
인주의의 자연한 귀결(歸結)이요, 동시에 생활 철학으로서의
한 큰 제한이 된다는 것은 거부할 수 없는 일이다. 그러나 그
반면, 견인주의가 황제의 생활에 있어 가장 아름답게 구현(具
現)되고, 견인주의자의 추구하는 마음의 평정이, 행복을 구할
수 있는 마음의 한 기본적 자체가 된다는 것만은 또 수긍하지
아니할 수 없는 사실이다.

　　다음에 변역해본 것은 직접 명상록에서 번역한 것이 아니
요, 월터 페이터[영국의 예술 비평가, 작가]가 그의 〈쾌락주의자

168

(快樂主義者) 메이리어스〉의 일장(一章)에 있어서, 황제의 연설이라 하여, 명상록에서 임의로 취재(取材)한데다 자기 자신의 상상(想像)과 문식(文飾)을 가하여 써놓은 몇 구절을 번역한 것이다. 페이터는 다 아는 바와 같이, 세기말(世紀末)의 영국의 유명한 심미비평가(審美批評家)로, 아름다운 것을 관조(觀照)하고 아름다운 글을 쓰는 데 일생을 바친 사람이다. 나는 그의 〈문예 부흥(文藝復興)〉의 찬란한 문체(文體)도 좋아하나, 이 몇 구절의 간소하고 장중(莊重)한 문체도 거기 못지아니하게 좋아한다. 그리고, 황제의 생각도 페이터의 붓을 빌어 잃은 것이 없을 뿐 아니라, 한층 아름다운 표현을 얻었다 할 수 있지 아니한가 한다.

사람의 칭찬 받기를 원하거든, 깊이 그들의 마음에 들어가 그들이 어떠한 판관(判官)인가, 또 그들이 그들 자신에 관한 일에 대하여 어떠한 판단을 내리는가를 보라. 사후(死後)에 칭찬받기를 바라거든, 후세에 나서 너의 위대한 명성(名聲)을 전할 사람들도, 오늘같이 살기에 곤란을 느끼는 너와 다름없다는 것을 생각하라. 진실로 사후의 명성에 연연(戀戀)해하는 자는, 그를 기억해주기를 바라는 사람의 하나하나가, 얼마 아니하여 이 세상에서 사라지고, 기억자체도 한동안 사람의 마음의 날개에 오르내리나, 결국은 사라져버린다는 것을 알지 못하는 사람이다. 네가 장차 볼 길 없는 사람들의 칭찬에 그렇게 마음을 두는 것은 무슨 이유인고? 그것은 마치 너보다 앞서 이 세상에 났던 사람들의 칭찬을 구하는 것이나 다름이 없는 어리석은 일이 아니냐?

참다운 지혜로 마음을 가다듬은 사람은, 저 인구(人口)에 회자(膾炙)하는 호머의 시구 하나로도, 이 세상의 비애(悲哀)와 공포(恐怖)에서 자유로울 수 있을 것이다.

사람은 나뭇잎과도 흡사한 것. 가을바람이 땅에 낡은 잎을 뿌리면, 봄은 다시 새로운 잎으로 숲을 덮는다.

잎, 잎, 조그만 잎. 너의 어린애도, 너의 아유자(阿諛者)도, 너의 원수도, 너를 저주(詛呪)하여 지옥에 떨어뜨리려 하는 자나, 이 세상에 있어 너를 헐고 비웃는 자나, 또는 사후에 큰 이름을 남길 자나, 모두가 다 한가지로 바람에 휘날리는 나뭇잎. 그들은 참으로 호머가 말한 바와 같이 봄철을 타고난 것으로, 얼마 아니 하여서는 바람에 불리어 흩어지고, 나무에는 다시 새로운 잎이 돋아나는 것이다. 그리고 이들에게 공통한 것이라고는 다만 그들의 목숨이 짧다는 것뿐이다. 그럼에도 불구하고, 너는 마치 그들이 영원한 목숨을 가진 것처럼, 미워하고 사랑하려고 하느냐? 얼마 아니 하여서는 네 눈도 감겨지고, 네가 죽은 몸을 의탁(依託)하였던 자 또한 다른 사람의 짐이 되어 무덤에 가는 것이 아닌가? 때때로 현존(現存)하는 것, 또는 인제 막 나타나려 하는 모든 것이 어떻게 신속히 지나가는 것인가를 생각하여보라. 그들의 실체(實體)는 끊임없는 물의 흐름, 영속(永續)하는 것이라고는 하나도 없다. 그리고, 바닥 모를 때의 심연(深淵)은 바로 네 곁에 있다. 그렇다면, 이러한 것들 때문에 혹은 기뻐하고, 혹은 서러워하고, 혹은 괴로워한다는 것이 어리석은 일이 아니냐? 무한한 물상(物像) 가운데 네가 향수(享受)한 부분이 어떻게 작고, 무한한 시간 가운데 네게 허여(許與)한 부분이 어떻게 짧고, 운명 앞에 네 존재가 어떻게 미소(微小)한 것인가를 생각하라. 그리고, 기꺼이 운명의 직녀(織女) 클로토의 베틀에 몸을 맡기고, 여신(女神)이 너를 실 삼아 어떤 베를 짜든 마음을 쓰지 말라.

공사(公私)를 막론하고 싸움에 휩쓸려 들어갔을 때에는, 때때로 그들의 분노와 격렬한 패기(覇氣)로 오늘까지 알려진 사람들—저 유명한 격노(激怒)와 그 동기(動機)를 생각하고, 고래(古來)의 큰 싸움의 성패(成敗)를 생각하라. 그들은 지금 모두 어떻게 되었으며, 그들의 전진(戰塵)의 자취는 어떻게 되었는가! 그야말로 먼지요, 재요, 이야기요, 신화(神話), 아니 어떡하면 그만도 못한 것이다. 일어나는 이런 일 저런 일을 중대시(重大視)하여, 혹은 몹시 다투고 혹은 몹시 화를 내던 네 신변(身邊)의 사람들을 상기(想起)하여보라. 그들은 과연 어디 있는가? 너는 이들과 같아지기를 원하는가?

죽음을 염두에 두고, 네 육신과 영혼을 생각해보라. 네 육신이 차지한 것은 만상(萬象) 가운데 한 미진(微塵), 네 영혼이 차지한 것은 세상에 충만(充滿)한 마음의 한 조각. 이 몸을 둘러보고, 그것이 어떤 것이며, 노령(老齡)과 애욕(愛慾)과 병약(病弱) 끝에 어떻게 되는 것인가를 생각해보라. 또는, 그 본질(本質), 원형(原形)에 상도(想到)하여 가상(假象)에서 분리된 정체(正體)를 살펴보고, 만상의 본질이 그의 특수한 원형을 유지할 수 있는 제한된 시간을 생각해보라. 아니, 부패란, 만상의 원리 원칙에도 작용하는 것으로, 만상은 곧 진애(塵埃)요, 수액(水液)이요, 악취(惡臭)요, 골편(骨片). 너의 대리석은 흙의 경결(硬結), 너의 금은(金銀)은 흙의 잔사(殘渣)에 지나지 못하고, 너의 명주 옷은 벌레의 잠자리, 너의 자포(紫袍)는 깨끗지 못한 물고기 피에 지나지 못한다. 아! 이러한 물건에서 나와 다시 이러한 물건으로 돌아가는 네 생명의 호흡 또한 이와 다름이 없느니라.

천지에 미만(彌漫)해 있는 큰 영(靈)은 만상을 초와 같이 손에 넣고, 분주히 차례차례로 짐승을 빚어내고, 초목을 빚어내

고 어린애를 빚어낸다. 그리고, 사멸(死滅)하는 것도 자연의 질
서에서 아주 벗어져 나가는 것은 아니요, 그 안에 남아 있어 역
시 변화를 계속하고, 자연을 구성하고, 또 너를 구성하는 요소
로 다시 배분(配分)되는 것이다. 자연은 말없이 변화한다. 느티
나무 궤짝은 목수가 꾸며놓을 때 아무런 불평도 없었던 것과
같이, 부서질 때도 아무런 불평을 말하지 아니한다. 사람이 있
어, 네가 내일, 길어도 모레는 죽으리라고 명언(明言)한다 할지
라도, 네게는 내일 죽으나 모레 죽으나 별로 다름이 없을 것이
다. 따라서, 너는 내일 죽지 아니하고, 일 년 후, 이 년 후, 또는
십 년 후에 죽는 것을 다행한 일이라고 생각지 않도록 힘써라.

만일 너를 괴롭히는 것이 있다면, 그것은 네 마음이 그렇게
생각하는 까닭이니까, 너는 그것을 쉬 물리칠 수 있을 것이다.
죽음이란 무엇인가? 만일 죽음에 부수(附隨)되는 여러 가지 외
관(外觀)과 관념(觀念)을 사리하고, 죽음 자체를 직시(直視)한다
면, 죽음이란 자연의 한 이법(理法)에 지나지 아니하고, 사람은
그 이법 앞에 겁을 집어먹는 어린애에 지나지 못하는 것을 알
것이다. 아니, 죽음은 자연의 이법이요 작용일 뿐 아니라, 자
연을 돕고 이롭게 하는 것이다.
철인(哲人)이나 법학자(法學者)나 장군(將軍)이 우러러보이
면, 이러한 사람으로 이미 죽은 사람을 생각하라. 네 얼굴을

거울에 비추어 볼 때에는 네 조상 중의 한 사람, 옛날의 로마 황제의 한 사람을 생각하여보라. 그러면, 너는 도처(到處)에 네 현신(現身)을 볼 수 있을 것이다. 그리고는 이러한 것을 생각하여보라. ─ 그들이 지금 어디 있는가? 대체 어디 있을 수 있는가? 그리고 네 자신 얼마나 오래 머물러 있을 수 있는가? 너는 네 생명이 속절없고 너의 직무, 너의 경영이 허무하다는 것을 알지 못하느냐? 그러나, 머물러 있으라. 적어도, 치열한 불길이 그 가운데 던져지는 모든 것을 열과 빛으로 변화시키는 것과 같이, 이러한 세상의 속사(俗事)나마 그것을 네 본성(本性)에 맞도록 동화(同化)시키기까지는.

세상은 한 큰 도시, 너는 이 도시의 한 시민으로 이때까지 살아왔다. 아, 온 날을 세지 말며, 그날의 짧음을 한탄하지 말라. 너를 여기서 내보내는 것은, 부정(不正)한 판관이나 폭군이 아니요, 너를 여기 데려온 자연(自然)이다. 그러니 가라. 배우가, 그를 고용한 감독이 명령하는 대로 무대에서 나가듯이. 아직 5막을 다 끝내지 못하였다고 하려느냐? 그러나, 인생에 있어서는 3막으로 극 전체가 끝나는 수가 있다. 그것은 작자(作者)의 상관할 일이요, 네가 간섭할 일이 아니다. 기쁨을 가지고 물러가라. 너를 물러가게 하는 것도 혹은 선의(善意)에서 나오는 일인지도 모를 일이니까.

청춘 예찬

민태원 소설가

청춘! 이는 듣기만 하여도 가슴이 설레는 말이다. 청춘! 너의 두 손을 가슴에 대고 물방아 같은 심장의 고동을 들어보라. 청춘의 피는 끓는다. 끓는 피에 뛰노는 심장은 거선(巨船)의 기관과 같이 힘 있다. 이것이다. 인류의 역사를 꾸며 내려온 동력은 바로 이것이다. 이성은 투명하되 얼음과 같으며, 지혜는 날카로우나 갑 속에 든 칼이다. 청춘의 끓는 피가 아니라면 인간이 얼마나 쓸쓸하랴? 얼음에 싸인 만물은 죽음이 있을 뿐이다.

그들에게 생명을 불어넣는 것은 따뜻한 봄바람이다. 풀밭에 속잎 나고, 가지에 싹이 트고, 꽃 피고 새 우는 봄날의 천지는 얼마나 기쁘며 얼마나 아름다우냐! 이것을 얼음 속에서 불러내는 것이 따뜻한 봄바람이다. 인생에 따뜻한 봄바람을 불어보내는 것은 청춘의 피가 뜨거운지라, 인간의 동산에는 사랑

의 풀이 돋고, 이상의 꽃이 피고, 희망의 놀이 뜨고, 열락의 새
가 운다.

사랑의 풀이 없으면 인간은 사막이다. 오아시스도 없는 사
막이다. 보이는 끝끝까지 찾아다녀도, 목숨이 있는 때까지 방
황하여도 보이는 것은 거친 모래뿐이다. 이상의 꽃이 없으면
쓸쓸한 인간에 남는 것은 영락(零落)과 부패뿐이다. 낙원을 장
식하는 천자만홍(千紫萬紅)이 어디 있으며, 인생을 풍부하게
하는 온갖 과실(果實)이 어디 있으랴?

이상! 우리의 청춘이 가장 많이 품고 있는 이상! 이것이야
말로 무한한 가치를 가진 것이다. 사람은 크고 작고 간에 이상
이 있음으로써 용감하고 굳세게 살 수 있는 것이다.

석가는 무엇을 위하여 설산(雪山)에서 고행을 하였으며, 예
수는 무엇을 위하여 황야에서 방황하였으며, 공자는 무엇을
위하여 천하를 철환(轍環)하였는가? 밥을 위하여서, 옷을 위하
여서, 미인을 구하기 위하여서 그리하였는가? 아니다. 그들은
커다란 이상, 곧 만천하의 대중(大衆)을 품에 안고 그들에게 밝
은 길을 찾아주며, 그들을 행복스럽고 평화스러운 곳으로 인
도하겠다는 커다란 이상을 품었기 때문이다. 그러므로 그들은
길지 아니한 목숨을 사는가시피 살았으며 그들의 그림자는 천
고(千古)에 사라지지 않는 것이다. 이것은 가장 현저하여 일월
(日月)과 같은 예가 되려니와 그와 같지 못하다 할지라도 창공

176

에 반짝이는 뭇 별과 같이, 산야에 피어나는 군영(群英)과 같이, 이상은 실로 인간의 부패를 방지하는 소금이라 할지니, 인생에 가치를 주는 원질(原質)이 되는 것이다.

이상! 빛나는 귀중한 이상! 그것은 청춘의 누리는 바 특권이다. 그들은 순진한지라 죄악에 병들지 아니하고, 그들은 앞이 긴지라 착목(着目)하는 곳이 원대하고, 그들은 피가 더운지라 실현에 대한 자신과 용기가 있다. 그러므로 그들은 이상의 보배를 능히 품으며 그들의 이상은 아름답고 소담스러운 열매를 맺어, 우리 인생을 풍부하게 하는 것이다.

보라, 청춘을! 그들의 몸이 얼마나 튼튼하며, 그들의 피부가 얼마나 생생하며, 그들의 눈에 무엇이 타오르고 있는가? 우리 눈이 그것을 보는 때에, 우리의 귀는 생(生)의 찬미(讚美)를 듣는다. 그것은 웅대한 관현악이며, 미묘한 교향악이다. 뼈끝에 스며들어가는 열락의 소리다.

이것은 피어나기 전인 유소년(幼少年)에게서 구하지 못할 바이며, 시들어가는 노년에게서 구하지 못할 바이며, 오직 우리 청춘에게서만 구할 수 있는 것이다.

청춘은 인생의 황금시대(黃金時代)다. 우리는 이 황금시대의 가치를 충분히 발휘하기 위하여, 이 황금시대를 영원히 붙잡아 두기 위하여 힘차게 노래하며 힘차게 약동(躍動)하사.

인 연

피천득

　지난 사월, 춘천에 가려고 하다가 못 가고 말았다. 나는 성심(聖心)여자대학에 가보고 싶었다. 그 학교에, 어느 가을 학기, 매주 한 번씩 출강한 일이 있었다. 힘드는 출강을 한 학기 하게 된 것은, 주 수녀님과 김 수녀님이 내 집에 오신 것에 대한 예의도 있었지만, 나에게는 사연이 있었다.

　몇십 년 전, 내가 열일곱 되던 봄, 나는 처음 동경(東京)에 간 일이 있다. 어떤 분의 소개로 사회교육가 미우라 선생 댁에 유숙(留宿)을 하게 되었다. 시바쿠(芝區) 시로가네(白金)에 있는 그 집에는 주인 내외와 어린 딸, 세 식구가 살고 있었다. 하녀도 서생(書生)도 없었다. 눈이 예쁘고 웃는 얼굴을 하는 아사코〔朝子〕는 처음부터 나를 오빠같이 따랐다. 아침에 낳았다고 아사코라는 이름을 지어주었다고 하였다. 그 집 뜰에는 큰 나무

178

들이 있었고, 일년초 꽃도 많았다. 내가 간 이튿날 아침, 아사코는 '스위트피'를 따다가 화병에 담아, 내가 쓰게 된 책상 위에 놓아주었다. 스위트피는 아사코같이 어리고 귀여운 꽃이라고 생각하였다.

성심여학원 소학교 일학년인 아사코는 어느 토요일 오후, 나와 같이 저희 학교까지 산보를 갔었다. 유치원부터 학부까지 있는 가톨릭 교육기관으로 유명한 이 여학원은, 시내에 있으면서 큰 목장까지 가지고 있었다. 아사코는 자기 신장을 열고, 교실에서 신는 하얀 운동화를 보여주었다.

내가 동경을 떠나던 날 아침, 아사코는 내 목을 안고 내 뺨에 입을 맞추고, 제가 쓰던 손수건과 제가 끼던 작은 반지를 이별의 선물로 주었다. 옆에서 보고 있던 선생 부인은 웃으면서 "한 십 년 지나면 좋은 상대가 될 거예요" 하였다. 나는 얼굴이 더워지는 것을 느꼈다. 나는 아사코에게 안데르센의 동화책을 주었다.

그 후, 십 년이 지나고 삼사 년이 더 지났다. 그동안 나는 국민학교 일학년 같은 예쁜 여자 아이를 보면 아사코 생각을 하였다.

내가 두 번째 동경에 갔던 것도 사월이었다. 동경역 가까운 데 여관을 정하고 즉시 미우라 선생 댁을 찾아갔다. 아사코는 어느덧 청순하고 세련되어 보이는 영양(令孃)이 되어 있었다. 그 집 마당에 피어 있는 목련 꽃과도 같이. 그때 그는 성심여학원 영문과 삼학년이었다. 나는 좀 서먹서먹하였으나, 아사코는 나와의 재회(再會)를 기뻐하는 것 같았다. 아버지 어머니가 가끔 내 말을 해서 나의 존재를 기억하고 있었나 보다.

그날도 토요일이었다. 저녁 먹기 전에 같이 산보를 나갔다. 그리고 계획하지 않은 발걸음은 성심여학원 쪽으로 옮겨져 갔다. 캠퍼스를 두루 거닐다가 돌아올 무렵, 나는 아사코 신장은 어디 있느냐고 물어보았다. 그는 무슨 말인가 하고 나를 쳐다보다가, 교실에는 구두를 벗지 않고 그냥 들어간다고 하였다. 그리고는 갑자기 뛰어가서 그날 잊어버리고 교실에 두고 온 우산을 가지고 왔다. 지금도 나는 여자 우산을 볼 때면, 연두색이 고왔던 그 우산을 연상한다. 〈셀부르의 우산〉이라는 영화를 내가 그렇게 좋아한 것도 아사코의 우산 때문인가 한다. 아사코와 나는 밤늦게까지 문학 이야기를 하다가 가벼운 악수를 하고 헤어졌다. 새로 출판된 버지니아 울프의 소설 〈세월〉에 대해서도 이야기한 것 같다.

그 후, 또 십여 년이 지났다. 그동안 제2차 세계대전이 있었고, 우리나라가 해방이 되고, 또 한국전쟁이 있었다. 나는 어쩌다 아사코 생각을 하곤 했다. 결혼은 하였을 것이요, 전쟁 통에 어찌 되지나 않았나, 남편이 전사하지 않았나 하고 별별 생각을 다 하였다. 1954년, 처음 미국 가던 길에 나는 동경에 들러 미우라 선생 댁을 찾아갔다. 뜻밖에 그 동네가 고스란히 그대로 남아 있었다. 그리고 미우라 선생네는 아직도 그 집에 살고 있었다. 선생 내외분은 흥분된 얼굴로 나를 맞이하였다. 그리고 한국이 독립이 되어서 무엇보다도 잘됐다고 치하를 하였다. 아사코는 전쟁이 끝난 후, 맥아더 사령부에서 번역 일을 하고 있다가, 거기서 만난 일본인 2세와 결혼을 하고 따로나서 산다는 것이었다. 아사코가 전쟁 미망인이 되지 않은 것은 다행이었다. 그러나 2세와 결혼하였다는 것이 마음에 걸렸다. 만나고 싶다고 그랬더니, 어머니가 아사코의 집으로 안내해주셨다.

뾰족 지붕에 뾰족 창문들이 있는 작은 집이었다. 이십여 년 전 내가 아사코에게 준 동화책 겉장에 있는 집도 이런 집이었다. "아! 이쁜 집! 우리, 이담에 이런 집에서 같이 살아요."

아사코의 어린 목소리가 지금도 들린다.

십 년쯤 미리 전쟁이 나고 그만큼 일찍 한국이 독립되었더라면, 아사코의 말대로 우리는 같은 집에서 살 수 있게 되었을지도 모른다. 뾰족 지붕에 뾰족 창문들이 있는 집이 아니라도. 이런 부질없는 생각이 스치고 지나갔다.

그 집에 들어서자 마주친 것은 백합같이 시들어가는 아사코의 얼굴이었다. 〈세월〉이란 소설 이야기를 한 지 십 년이 더 지났었다. 그러나 그는 아직 싱싱하여야 할 젊은 나이다. 남편은 내가 상상한 것과 같이 일본 사람도 아니고 미국 사람도 아

닌, 그리고 진주군(進駐軍) 장교라는 것을 뽐내는 것 같은 사나
이였다. 아사코와 나는 절을 몇 번씩 하고 악수도 없이 헤어졌
다.

그리워하는데도 한 번 만나고는 못 만나게 되기도 하고, 일
생을 못 잊으면서도 아니 만나고 살기도 한다. 아사코와 나는
세 번 만났다. 세 번째는 아니 만났어야 좋았을 것이다.

오는 주말에는 춘천에 갔다 오려 한다. 소양강 가을 경치가
아름다울 것이다.

나의 어머니를 위한 여섯 개의 은유

이어령

어머니와 책

나의 서재에는 수천 수만 권의 책이 꽂혀 있다. 그러나 언제나 나에게 있어 진짜 책은 딱 한 권이다.

이 한 권의 책, 원형의 책, 영원히 다 읽지 못하는 책, 그것이 나의 어머니다. 그것은 비유로서의 책이 아니다. 실제로 활자가 찍히고 손에 들어 펴볼 수도 있고 읽고 나면 책꽂이에 꽂아둘 수도 있는 그런 책이다.

나는 글자를 알기도 전에 책을 먼저 알았다. 어머니는 내가 잠 들기 전 늘 머리맡에서 책을 읽고 계셨고 어느 책들은 소리 내어 읽어주시기도 했다.

특히 감기에 걸려 신열이 높아지는 그런 시간에 어머니는 소설책을 읽어주신다. 나는 아련한 한약 냄새 속에서 《암굴왕》·《무쇠탈》·《흑두건》, 그리고 이름조차 기억할 수 없는 이야기들을 들었다.

겨울에는 지붕 위를 지나가는 밤바람 소리를 들으며, 여름에는 장맛비 소리를 들으며, 나는 어머니의 하얀 손과 하얀 책의 세계를 방문한다.

어머니와 책의 세계는 꼭 의사가 주사를 놓고 버리고 간 상자와 같은 것이었다. 주삿바늘은 늘 나를 두렵게 했지만, 그 주사약의 앰풀을 담았던 상자 속의 반짝이는 은지나 흰 종이솜은 포근하고 아름다웠다.

39도의 높은 신열 속으로 용해해 들어가는 신비한 표음문자들을 나는 지금도 기억하고 있다. 그리고 상상력의 깊은 동굴 속에서 울려오는 신비한 모음의 울림 소리를 듣는다.

조금 자라서 글자를 익히고 스스로 책을 읽게 되고 몽당연필로 무엇인가 글을 쓰기 시작한 뒤에도, 나에게는 언제나 어머니의 손에 들려 있던 책 한 권이 있었다.

어머니의 목소리가 담긴 근원적인 그 책 한 권은 지금도 나를 따라다닌다.

그 환상의 책은 60년 동안에 수천 수만의 책이 되었고, 그 목소리는 나에게 수십 권의 글을 쓰게 하였다.

빈약할망정 내가 매일 퍼내 쓸 수 있는 상상력의 우물을 가지고 있다면, 그리고 내가 자음과 모음을 갈라내 그 무게와 빛을 식별할 줄 아는 언어의 저울을 가지고 있다면, 그것은 오로지 어머니의 목소리로서의 책에서 비롯된 것이다.

어머니는 내 환상의 도서관이었으며 최초의 시요, 드라마였으며 끝나지 않는 길고 긴 이야기책이었다.

어머니와 나들이

어머니는 최초의 외출, 집을 떠나고 마을을 떠나고 그리고 고향을 떠나는 법을 가르쳐주셨다. 그냥 떠나는 것이 아니라 돌아오는 것, 집으로 돌아오고 마을로 돌아오고 그리고 고향으로 돌아오는 법도 가르쳐주셨다.

그것이 우리말 가운데 가장 미묘하고 아름다운 '나들이'다. 나들이는 나가면서 동시에 들어오는 모순을 함께 싸버린 아름다운 우리말이다.

어머니는 나의 작은 손을 잡으신다. 그리고 보리밭 사잇길과 산모퉁이, 마차 길, 신작로, 이렇게 작은 길에서 점점 넓어지는 길로 나는 어머니를 따라서 나들이를 한다.

아버지가 서울에서 사오신 작은 가죽 구두를 신고 흙을 밟으면 이상한 소리가 난다. 그것은 새 가죽이 +겨지는 구두 소리가 아니라 눈부신 이공간(異空間) 속으로 들어가는 내 작은 심장의 고동 소리였는지도 모른다.

길가에 있는 뱁풀을 처음 본 것도, 땅개비가 뛰는 것도, 하늘에 높이 떠서 원을 그리는 솔개도 모두 어머니의 등 너머로 본 풍경들이다. 나들이하실 때의 어머니의 몸에서는 레몬·파파야나 박하분 냄새가 났다.

이 나들이의 절정은 십 리쯤 떨어진 외갓집을 찾아갈 때다. 그곳으로 가려면 장승이 서 있는 서낭당 고개를 넘어야 한다 (여기가 바로 나의 에세이《흙 속에 저 바람 속에》의 마지막 장에 나오는 바로 그 서낭당 고개다).

설화산 뒤편의 이 작은 분지에는 유난히 대추나무와 감나무가 많았고 그 나무가 우거진 곳에 외가가 있었다.

긴 돌담을 돌아 솟을대문과 십장생도가 그려진 어머니의 장롱 속 같은 안채로 들어가면 정말 믿기지 않도록 늙으신 외할머니가 살고 계셨다.

미숫가루라도 외가에서 먹는 것은 집의 것과는 다른 맛이 난다.

사랑채로 가는 일각 대문 너머로는 인기척이 없는 남새밭이 있었고, 한구석에는 양 모양을 조각한 이상한 석물들이 모여 있었다. 벽장 그림이나 벽지의 무늬도 다 달랐다.

어머니가 원주 원씨고 외할머니는 덕수 이씨라는 것, 어머니의 어머니가 외할머니라는 것, 그리고 여자들의 성은 서로 다르다는 것을 알게 된 것도 이 나들이에서 배운 것들이다.

외갓집은 공간만이 아니라 그 시간도 달랐다. 벽 시계는 모양도, 시간마다 치는 종소리도 우리 집 시계와는 달랐다. 종소리는 깊은 우물물 속에서 들려오는 것 같은 소리를 냈고, 문자판에는 알 수 없는 글자들과 십이간지의 동물들이 그려져 있었다.

어머니의 어머니가 살고 계시는 이 외갓집은 기왓골의 이끼처럼 훨씬 오래된 시간으로, 이곳에 오면 어머니는 나처럼 작은 신발을 신은 아이가 되는 것 같았다.

왜냐하면 떠날 때가 되면 어머니와 할머니는 서로 우신다. 외할머니는 긴 돌담을 돌아 우리가 서낭당 고개를 넘어갈 때까지 서 계시고 뒤돌아보기만 하면 빨리 가라고 손짓을 하신다.

늦은 날에는 집에 돌아가기도 전에 별들이 나오고, 이 나들이로 나의 장딴지에는 조금 알이 배고, 키는 한 치가 더 큰 것 같은 생각이 든다.

떠나는 것과 돌아오는 것, 만남과 헤어짐……. 번쩍이는 비늘을 세우고 먼 이국의 바다로 헤엄쳐 나갔다가 다시 모천(母川)으로 회귀하는 연어 떼처럼, 어머니는 나에게 떠나는 법과 돌아오는 법을 가르쳐주신다.

이제는 돌담도 다 무너지고 감나무도 잘리고 없는 빈 마당뿐인 외갓집인데도, 가죽 소리가 나는 작은 구두를 신고 나는 어머니를 따라 이따금 외갓집 나들이를 한다.

어머니와 뒤주

바깥 하늘이 눈부시게 개일 때일수록 대청마루는 어둡다. 그 그늘진 곳에 계목나무의 묵직한 뒤주가 있고, 그 위에는 모란꽃 무늬를 그린 청화백자 같은 것이 놓여 있다.

나보다 키가 커서 그 뒤주 속을 들여다보려면 까치발을 떼야만 한다. 네 기둥과 두꺼운 나무판자로 짜여진 뒤주 모양은 어머니가 안방에 앉아 계신 것처럼 늘 마음을 든든하게 한다.

끼니때가 되면 이 뒤주에서 '수복강녕'이라고 손수 붓글씨로 쓰신 복 바가지로 어머니는 하얀 쌀을 퍼내신다. 대식구가 먹어야 하는 그 양식은 옛날이야기에 나오는 화수분 단지처럼 그 뒤주 속에서 어머니의 바가지 속으로 넘쳐 나온다. 많을 때에는 족히 30명이 넘는 식솔을 거느리시는 어머니는 이 뒤주처럼 묵직하고 당당하시다.

그러나 어머니는 밖에 나가실 때마다 끼니때가 아닌데도 꼭 뒤주 문을 여신다. 그리고는 엎드려서 손가락으로 글씨를 쓰신다. 왜 그러시는지를 몰라 하루는 어머니께 여쭈어보았다.

어머니는 말씀하셨다.

"쌀 위에 글씨를 써놓으면 남들이 양식을 퍼내 갈 수가 없게

188

된단다. 글씨 자국이 지워질 테니 말이다. 양식이 아쉬운 사람이 있으면 그냥 도와주어야지 훔쳐 가게 해서는 안 되는 거야. 양식이 아까워서가 아니란다. 뒤주를 자물쇠로 잠그면 남을 의심하는 것이니 그들이 상처를 받게 되고, 그렇다고 그냥 놔두고 집을 비우면 나쁜 짓을 할 생각이 없었던 사람들도 나쁜 짓을 하게 되는 거지. 쌀을 퍼 간 사람보다 그런 틈을 준 사람이 더 죄를 짓는 거란다."

어머니는 어렵게 사는 사람과 불쌍한 사람을 늘 돕고 후한 덕을 베풀어주시는 분으로 소문이 나신 분이다. 그러면서도 어머니는 뒤주처럼 대청 한복판에 떡 버티고 앉아 집안을 지키신다.

어머니는 어두운 대청마루에 신전처럼 자리하고 있는 뒤주다.

어머니와 금계랍

나는 막내였다. 늦게까지 어머니의 품에서 떠나려 하지 않았기 때문에 젖에 금계랍(金鷄蠟)을 바르셨다고 한다. 금계랍은 하루거리(학질)에 먹는 키니네다. 그 맛이 얼마나 쓴 것인지 나는 잘 안다.

우리가 성장한다는 것은 어머니의 몸으로부터 조금씩 떨어져 나가는 의식(儀式)이기도 하다. 그것이 나에게는 금계랍의 맛일 것이다.

태어나는 순간부터 우리는 그 아픔을 겪어야 한다. 모태로부터 태어나는 순간 어머니와 연결된 그 탯줄을 끊어주지 않으면 안 된다.

어머니의 가슴에서 떨어져야 하는 이유도 마찬가지다. 어머니는 자식을 위해서 금계랍의 맛을 맛보게 한다. 어머니의 위대한 사랑은 이런 고통을 자진해서 받아들인다는 데 있다.

두 살 터울인 윗형과 나는 많이 싸웠었다. 어머니는 어느 날 우리가 몹시 싸우는 것을 보고 끝내 회초리를 드셨다. 처음으로 호된 매를 맞게 된 것이다.

우리 형제는 묵묵히 그 자리에 서서 매를 맞고 있었다. 그러자 어머니는 때리다 말고 이렇게 소리치셨다.

"이 바보들아, 너희들은 남의 애들처럼, 그래, 도망칠 줄도 모르니."

이 말에 용기를 얻어 바깥으로 도망치고 말았다. 어머니는 우리를 매질하면서도 마음이 아프셨던 것이다. 도망치기를 속으로 원하셨던 것이다.

내가 금계랍의 쓴맛을 빨고 있을 때, 어머니는 그보다 몇 배나 더 쓴맛을 맛보고 계셨던 것이다.

어머니의 금계랍 맛은 어떤 꿀보다도 달다.

어머니와 귤

수술을 받기 위해서 어머니는 서울로 가셨다. 이른바 대동아 전쟁이 한창 고비였던 때라 마취제도 변변히 없는 가운데 수술을 받으셨다고 한다. 그런 경황에서도 어머니는 나에게 예쁜 필통과 귤을 보내주셨다.

필통은 입원 전에 손수 사신 것이지만, 귤은 병문안 온 손님들이 어렵게 구해서 가져온 것이라고 했다. 어머니는 귀한 것이라고 머리맡에 놓고 보시다가 끝내 잡숫지를 않으시고 나에게 보내주신 것이다.

그 노란 귤과 거의 함께 어머니는 하얀 상자 속의 유골로 돌아오셨다. 물론 그 귤은 어머니도 나도 누구도 먹을 수 없는 열매였다. 그것은 먹는 열매가 아니다. 그것은 사랑의 태양이었고 그리움의 달이었다. 그 향기로운 몇 알의 귤은 어머니와 함께 묻혀졌다.

서울로 떠나시던 마지막 날, 어머니는 나보고 다리를 주물러 달라고 하셨다. 열한 살이었으니까 이젠 어머니의 다리를 주무를 수 있을 만큼 그렇게 성장한 것이다. 정말 다리가 아프셔서 그러셨는지, 혹은 막내라고 늘 걸려 하셨는데 그만큼 자란 것을 확인하고 싶으셔서 그러셨는지, 혹은 내 손을 가까이 느끼시며 마지막 작별을 하려고 하신 것인지 확실하지 않지만 다리를 주물러 달라고 하셨다.

왜 그랬던가. 나는 숙제를 해야 한다고 꾀를 부리고는 제대로 다리를 주물러 드리지 않았다. 어머니는 내 얼굴을 물끄러미 쳐다보셨다. 나는 어머니의 신병이 무엇인지 잘 몰랐던 것이다. 그것이 정말 마지막인지 몰랐던 것이다.

나는 더러 산소에 갈 때 귤을 산다. 홍동백서에는 지정되어 있지 않은 색깔이지만 제상에다가 귤을 고인다. 그리고 귤을 살 때마다 나는 귤 값이 너무나 싼 것에 대해서 절망을 한다. 분노를 한다. 어머니가 머리맡에 놓고 가신 그 귤은 지폐 몇 장으로 살 수 있는 그런 귤이 아니었기 때문이다.

내 이제 어디에 가 그 귤을 구할 것이며, 내 이제 어디에 가 어머니의 다리를 주물러드릴 수 있을까.

어머니와 바다

나는 열한 살에 어머니를 잃을 때까지 바다를 본 적이 없다. 그림책이나 사진에서 본 바다 말고는 하얀 모래밭, 소금기 있는 해풍, 해안의 바위와 파도, 그리고 무엇보다도 무한히 퍼진 푸른 수평선을 몸으로 체험해본 적이 없다.

그런데 분명히 나의 어린 시절에도 그 바다가 있었다. 그것은 바로 어머니다.

한자의 바다 해(海)에는 어머니의 모(母)자가 들어 있다. 그리고 바다를 가리키는 불란서의 '메르'는 어머니를 뜻하는 '메르'와 똑같다(mer와 mère의 차이밖에 없다). 그래서 불란서에는 어머니 속에 바다가 있고, 중국에는 바닷속에 어머니가 있다는 말이 생겨나기도 했다.

바다는 넓고 깊다. 어머니의 무한한 사랑과 은혜는 바다와 같다. 그리고 인류의 생명은 바다에서 탄생했다. 바다는 생명의 시원이며 최초의 인류를 잉태한 양수다. 그러므로 누구에게나 생명의 발원이 된 모태는 태초의 바다인 것이다.

그러나 그만한 이유로, 그리고 그러한 관념적인 풀이로 내가 바다를 보기 전에 이미 바다를 보았다고 말하는 것은 아니다. 내가 말하는 어머니와 바다의 동질성은 보다 감각적이고 구체적인 것이다.

바다는 늘 나에게 살아 있는 죽음으로 다가온다. 바다는 살아 있는 어떤 것보다 생명력에 가득 차 있다. 어떤 짐승이 저렇게 강렬하게 숨 쉴 수 있고, 소리칠 수 있고, 쉴 새 없이 생동할 수 있겠는가. 어떤 풀, 어떤 나무가 저렇게 늘 푸른빛으로 번지고 뻗쳐서 이 지상을 덮을 수 있을 것인가.

그러나 바다의 생명체는 가상현실일 뿐 실제로 살아 있는 것은 아니다. 바다의 표면은 끝없이 변화하지만 결코 살아 있는 꽃처럼 꺾을 수는 없다.

파도는 말보다 힘차게 뛰지만, 그리고 그 부력으로 우리를 잔등이에 태울 수도 있지만, 그 푸른 말갈기를 손으로 잡을 수는 없다. 슬프게도 바다에는 육체가 없기 때문이다. 그래서 영원하면서도 공허한 그 바다는 육체가 아니라 영혼이라고 불러야 옳을 것이다.

살아 있는 것 같으면서도 죽어 있는 것, 꽉 차 있으면서 텅 비어 있는 것, 이것이 바다의 역설이다.

돌아가신 어머니, 그러나 늘 내 눈앞에서 생생하게 살아 움직이시는 어머니, 살아 있는 어떤 사람보다도 가깝게 계신 어머니, 기쁠 때 제일 먼저 달려가 자랑하는 어머니, 슬플 때, 고통스러울 때 아직도 응석을 부릴 수 있는 어머니, 그러나 언제나 발을 딛고 서 있는 이 딱딱한 흙의 저편 밖에서만 존재하고 있는 어머니, 이 '현존하는 거대한 부재', 그 바다가 바로 나에게 있어서의 어머니인 것이다.

나는 오늘도 이 갈증의 바다 앞에 서 있다.

움직이는 고향

허세욱 시인, 수필가

어머님이 홀로 되신 지 어언 2년이 다가온다. 그러니까 내 마음의 포근한 고향도 때마다 봇짐을 싸듯이 자리를 옮기기 2년이 가까워온다.

고향이 고향으로 불리는 내력은 많다. 누구는 자기가 출생한 곳을, 누구는 선영이 있는 곳을, 누구는 호적상의 본적을, 누구는 친족의 집단취락을 말하지만, 나에겐 부모가 계신 곳, 어머니가 계신 곳을 말한다. 어머니가 담그신 청국장 시루가 아랫목에 좌정한, 그런 발효된 메주 냄새 속에서 나는 고향을 물씬하게 느낀다. 본적은 있어도 고향이 없는 것은 메주 냄새에 밴 어머니의 퀴퀴한 안방이 없기 때문이다.

칠십 평생을 시골 지주 며느리요, 4대 봉사의 중부(宗婦)였던 어머님이 아버님을 여읜 뒤 홀연 정착을 마다하시고 무거운 노구를 이끌고 여기저기 자식 집을 찾아 때 아닌 유랑을 한다. 실향민도 피난민도 아니면서, 자그마한 비닐 가방을 드시고, 그것도 겨우 천 원짜리 거무죽죽한 가방을.

내 집에 오시자마자, 까치집처럼 반공(半空)에 매달려 창을 열면 현기증을 느끼신다는 아파트가 싫어서, 남도 칠백 리 밖 막둥이 자식집에 가시겠다고 당장 가실 채비를 하신다. 이른 아침 어머님이 거처하시는 방으로 건너가면 어느새 방을 치우시고는 동그마니 앉아 계신다. 들고 오셨던 가방은 옷매무새나 하듯이 단정하게 금방이라도 들고 나설 수 있게 꾸리셨다. 그렇게 깔끔하게 정돈된 가방에서 나는 죄책과 슬픔을 느낀다. 행여 역마벽으로 아침 저녁 들락거리는 나의 소홀 때문인가? 아니면 여기도 저기도 정착할 곳이 못 된다는 황혼기의 적막이나 초조 때문일까?

어쩌다가 나는 그 보퉁이의 내역이 궁금해서 어머니 몰래 가방을 풀어보았다. 치마 저고리 한두 벌에 속옷 몇 벌, 그리고 언젠가 내가 구해드린 강위산(强胃酸) 약병, 눈에 익은 귤과 사과, 부스러기 된 과자, 껌, 사탕, 땟국이 절반쯤 밴 수건에 빗과 손거울이 한쪽으로 구겨져 있었다. 젊은이 같으면 큰 자개장에다 걸어둘 옷이 여기에 뭉쳐 있고, 울긋불긋 경대에 즐비할 세면 도구가 여기에 끼어 있고, 분합에나 넣어야 할 상용 약들이 여기서 구르고 있는 것이다. 더구나 간식으로 드린 과

일과 과자를 여기에 모아 두신 것을 보았을 때 갑자기 축축해
지는 눈언저리가 무겁다.

그리고 가장자리 주머니엔 언젠가 해드린 금비녀가 헝겊조
각에 말리어 있고, 새 며느리가 지어드렸을 새 버선이 셀로판
종이에 싼 채로 있고, 똘똘 말아둔 몇 장의 지폐도 보였다. 말
하자면 옷장도 경대도 분합도 모두 여기 다목적 가방에 담겨
있는 셈이다. 어쩌면 어머님의 동산(動産) 전부가 아닐까?

일흔하고도 삼 년이나 살다 얻은 동산이란 게 기껏해야 우
리가 잠시 동안 외국 나들이할 때 한 손에 추켜 든 트렁크의
몇 분의 일밖에 되지 않았다. 연륜과 함께 불어야 할 목록이거
늘, 우리 어머니의 경우엔 헌신짝 하나라도 붇기는커녕, 갈수
록 얄팍해지고 있다. 점차 적자(赤子)로 환원되는 과정이기에
정녕 무거운 것이 싫어서일까?

기실 그 비닐 가방 속 동산의 용처는 꼭 어머님을 위한 것만
은 아니다. 귤·껌·사탕 따위는 각지에 흩어져 사는 손자 손녀
들에게 줄 선물로 충용될 것이 뻔했다. 말이 났으니 말이지 어
머님은 상부(喪夫)한 뒤 이 집의 대가모(大家母)에서 손자들의
보모로 전업된 셈이다. 일은 훨씬 번거롭고 정은 보다 분산되
어야 했다. 갈 곳은 많아도 마음은 늘 공허했고, 한가한 시간
은 많아도 늘 초조했디. 그때마다 어머님은 저 봇짐을 싸 들고
피곤한 여로에 훌쩍 오르셨으리라. 그렇다면 거기 비닐 가방

에 포개진 두어 벌 치마 저고리엔 주름마다 무거운 고적(孤寂)이 접혀 있는 거다.

더러 아버님 산소를 찾을라치면 어머님께선 못 견디게 흐느끼시느라 몸을 가누지 못했다. 2년 전 같으면 정말 낯설기만 한 산기슭에서 지금은 고향집 안방보다 편안한 마음으로 심중에 쌓인 설움을 털어놓고 계셨다. 어머님의 심경에도 모든 것을 호소할 수 있는 고향이 옮겨지고 있는 걸까? 언젠가 정말로 돌아갈 수 있는 곳이 고향이라면, 아버님 곁을 자기 고향으로 내심 짐작했고 또 벌써부터 다정하게 어루만지고 있는 걸까? 거기 돋아나는 쑥 내음이나 향긋한 흙 내음을 메주 냄새처럼 맡고 있는 걸까? 우리가 시종(始終)과 사생(死生)을 한가지로 본다면 더욱 그럴 수 있다. 어머님 내심 속엔 이미 고향이 옮겨가고 있었다.

어제 아침 전주 막내 동생 집으로 떠나는 어머님은 여느 때처럼 그 비닐 가방을 들고 떠나셨다. 말이야 서울이 갑갑해서 견딜 수 없다지만 기실 백일이 갓 넘은 손녀의 재롱을 보고 싶어서였고 그보다는 선산 가까운 데서 축축한 진흙을 밟고 싶어서가 아닐까?

오늘따라 새 봄이 깊어갔다. 라디오에선 〈고향의 봄〉이 물결치지만 왠지 내가 뛰놀던 복숭아꽃, 살구꽃, 아기진달래가 한창일 고향집에 대한 절실한 그리움을 잃어가고 있는 거다.

가만히 생각하면, 지금 그곳엔 백양목 흰 두루마기 아버님도
세상을 뜨셨고, 메주를 끓이시던 어머님도 고향 아닌 타관에
계시기 때문이다.

이런 생각은 지난가을에도 그러했었다. 어머님이 둘째 아우
를 따라 대구에 계셨을 때였다. 그 가을이 저무는 어느 날 나
는 고향에 간다는 마음으로 기차를 탔는데 낯선 추풍령을 향
하고 있었다.

때로는 전주가, 때로는 대구가, 때로는 태생지(胎生地)가 고
향으로 여겨진다. 그런데도 막상 어머님이 내 집에 계실 때면
서울이 고향으로 받아들여지지 않는 것은 또 무슨 모순일까?

이십 년 전만 해도 우리 몸을 감싸고 있는 의류들이 거의 어
머님의 손때 묻은 목면질(木棉質) 그런 것이었다. 적어도 우리
알몸에 닿는 내의만이라도. 지금 우리 몸뚱이에 걸쳐진 의류
한 오라기의 실도 어머님이 주신 것은 없었다. 지금 우리 몸뚱
이에 어머님의 손때가 무용해지듯이, 고향도 저만큼 먼 거리
에서 때로는 그립고 때로는 아예 잊혀지고 만다.

그래도 나에겐 고향이 있다. 그런데 어머님 내심에 움직이
고 있는 고향의 소재(所在)처럼, 나도 고향의 소재가 안개처럼
몽롱해지고 더러는 어머님의 소재를 따라 옮겨지고 있다. 어
미님의 꾀죄죄한 봇짐을 따라 나의 목마른 향수는.

고향을 그리는 마음은 어머니를 그리는 마음. 안산(案山)처

럼 내 곁에 앉아 있어도 꼬까옷 동년(童年)을 재현시켜주던 어
머님이 자꾸만 먼 길을 떠나시니 고향은 더구나 아물아물 멀
어지고 여기저기로 움직인다.

거꾸로 보기

법 정

침묵의 숲이 잔기침을 하면서 한 꺼풀씩 깨어나고 있다. 뒤 곁 고목나무에서 먹이를 찾느라고 쪼아대는 딱따구리 소리가 자주 들리고, 산비둘기들의 구우구우거리는 소리가 서럽게 서럽게 들려오고 있다.

해마다 이맘때쯤이면 숲을 찾아오는 저 휘파람새. 할미새가 뜰에 내려와 까불까불 가벼운 몸짓으로 인사를 한다. 저 아래 골짝에서부터 안개처럼 보얗게 새 움이 터서 밀물처럼 산허리로 올라오고 있다.

머지않아 숲에는 수런수런 신록(新綠)의 문이 열리리라. 그때는 나도 숲에 들어가 한 그루 정정한 나무가 되고 싶다. 나무들처럼 새 움을 틔우고 가지를 뻗으면서 연둣빛 물감을 풀어내고 싶다. 가리워둔 속뜰을 꽃처럼 활짝 열어 보이고 싶다.

허허, 이 봄날이 나를 흔들려고 하네.

귀는 항시 듣던 소리를 즐거워하고 눈은 새로운 것을 보고자 한다는 말은 그럴 법하다. 음악을 듣더라도 귀에 익은 곡만을 즐겨 듣고, 새 것을 찾아 눈은 구경거리의 발길을 멈추려고 하지 않는다. 그러니 귀는 좀 보수적이고 눈은 제법 진보적인 셈.

재작년이던가 여름날에 있었던 일이다. 날씨가 화창하여 밀린 빨래를 해치웠었다. 성미가 비교적 급한 나는 빨래를 하더라도 그날로 풀을 먹여 다려야지 그렇지 않으면 찜찜해서 심기가 홀가분하지 않다. 그날도 여름 옷가지를 빨아 다리고 나서 노곤해진 몸으로 마루에 누워 쉬려던 참이었다. 팔베개를 하고 누워서 서까래 끝에 열린 하늘을 무심히 바라보고 있었다. 그러다가 모로 돌아누워 산봉우리에 눈을 주었다. 갑자기 산이 달리 보였다. 하, 이것 봐라 하고 나는 벌떡 일어나, 이번에는 가랑이 사이로 산을 내다보았다. 우리들이 어린 시절 동무들과 어울려 놀이를 하던 그런 모습으로.

그건 새로운 발견이었다. 하늘은 호수가 되고, 산은 호수에 잠긴 그림자가 되었다. 바로 보면 굴곡이 심한 산의 능선이 거꾸로 보니 훨씬 유장하게 보였다. 그리고 숲의 빛깔은 원색이 낱낱이 분해되어 멀고 가까움이 선명하게 드러나 얼마나 아름다운지 몰랐다. 나는 하도 신기해서 일어서서 바로 보다가 다시 거꾸로 보기를 되풀이했다.

　이러한 동작을 누가 지켜보고 있었다면 필시 미친 중으로 여겼을 것이다. 그러나 여기에서 나는 새로운 사실을 캐낼 수 있었다.

　우리가 일상적으로 사람을 대하거나 사물을 보고 인식하는 것은 틀에 박힌 고정관념(固定觀念)에 지나지 않는다. 그렇기 때문에 이미 알아버린 대상에서는 새로운 모습을 찾아내기 어렵다. 아무개 하면, 자신의 인식 속에 들어와 이미 굳어버린 그렇고 그런 존재로밖에 볼 수가 없는 것이다. 이건 얼마나 그릇된 오해인가. 사람이나 사물은 끝없이 형성되고 변모하는 것인데.

　그러나, 보는 각도를 달리함으로써 그 사람이나 사물이 지닌 새로운 면을, 아름다운 비밀을 찾아낼 수가 있다. 우리들이 시들하게 생각하는 그저 그렇고 그런 사이라 할지라도 선입견에서 벗어나 맑고 따뜻한 '열린 눈'으로 바라본다면 시들한 관계의 뜰에 생기가 돌 것이다.

　내 눈이 열리면 그 눈으로 보는 세상도 열리는 법이니까.

　인도의 신비가이며 철학자, 그리고 구루(세계적인 스승)인 크리슈나무르티는 그의 저서 《아는 것으로부터의 자유》에서 다음과 같이 말하고 있다.

　"우리가 보는 법을 안다면 그때는 모든 것이 분명해질 것이다. 그리고 보는 일은 어떤 철학도, 선생도 필요로 하지 않는다. 아무도 당신에게 어떻게 볼 것인가를 가르쳐줄 필요가 없다. 당신이 그냥 보면 된다.”

그 어떤 고정관념에도 사로잡히지 말고 허심탄회 빈 마음으로 보라는 것. 남의 눈을 빌 것 없이 자기 눈으로 볼 때 우리는 대상을 보다 정확하게 파악할 수 있을 거라는 말이다.

차를 즐기는 사람들은 흔히 이런 말을 한다. 어디서 나오는 무슨 차는 맛이 좋고, 어디 차는 맛이 시원치 않다고. 물론 기호에 따라 그렇게 말할 수도 있겠지만 차 맛에 어떤 표준이 있는 것은 아니다. 형편없는 찻감만 아니라면 한 잔의 차를 통해 삶에 대한 잔잔한 기쁨과 감사를 누릴 수 있을 것이다. 요는 그 차가 지닌 특성을 알맞게 우릴 때 바로 ‘그 차 맛’을 알 수 있다. 사람의 일도 마찬가지다. 인격에 고정된 어떤 틀이 있는 것은 아니다. 그 사람이 지닌 좋은 덕성(德性)을 찾아낼 수 있다면 그는 내게 좋은 친구가 될 것이다.

한동안 나는 그 희한한 광경을 혼자서만 즐길 수 없어, 내 산거(山居)를 찾아오는 사람들에게 널리 보여주었다. 나이 많은 노스님이건 어린 사미승이건, 신사와 숙녀를 가릴 것 없이, 나는 마치 숙달된 조교처럼 그들 앞에서 앞산을 거꾸로 내다보는 동작을 해 보였다. 그러면 그들도 천진한 어린이가 되어 거꾸로 내다보면서 좋아라 했다.

이렇다 할 구경거리가 없는 산이라 사물을 보는 또 하나의 시각(視角)을 통해 함께 즐기곤 했었다. 좀 점잖지 못한 동작이긴 하지만, 여럿이서 그런 놀이를 하고 있을 때의 광경 또한 볼 만한 것이었다. 이런 산중 아니고야 모두가 점잔만 빼는 이 세상 어디에서 그런 동작을 지을 수 있겠는가.

지난 3월 서울에 갔을 때, 가톨릭 신자인 데레사의 인도로 어떤 수도원을 찾아간 일이 있다. 수도원이라고 하면 번듯한 건물에 담장이 높고 으레 수위실이 있을 것을 연상한다. 그러나 우리가 찾아간 그 수도원은 동네 끝 야산 아래 있는 조그만 초가집이었다. 경기도 고양군 중면 일산 9리 밤가시골. 학생들 가슴에 다는 명패만 한 크기의 문패. '예수의 작은 자매회'라고 빛이 바랜 나무쪽에 씌어 있었다. 그 문패처럼 이 세상에서 아마도 가장 작은 수도원일 것이다. 마을 집을 사서 들어왔기 때문에 겉으로 보기엔 여느 민가나 다름이 없었다.

성당은 대청마루, 아무 장식도 없고 벽에 붙인 조그만 감실(龕室)과 그 아래 켜져 있는 호롱불. 재래식 밥상이 하나 놓여 있었는데, 제대(祭臺)로 쓰이는 것인가. 프랑스에서 왔다는 수녀님 두 분과 수련 수녀까지 합해서 열 사람도 채 안 되는 조촐한 모임이었다.

마침 점심시간이 되어 주인과 나그네가 함께 한 상에 둘러앉아 구수한 냉이국과 김치에 맛있는 공양을 했다. 처음 찾아간 나그네에게도 전혀 부담을 주지 않는 편안한 집이었다. 이

곳 자매들은 마을에 일손이 바빠지면 밭에 나가 일을 거든다고 했다. 그래서 마을 사람들에게는 고맙고 가까운 이웃이 되는 모양이다. 조그마한 초가에서 항상 웃음이 넘치는 걸 보고, 수도회의 이름 그대로 '작은 자매들의 우애회'로구나 싶었다.

아마 초기 교회가 이와 같았으리라. 신라 때 일선군 모례네 집을 절로 만들었을 때도 이랬으리라. 그러나 오늘의 교회나 사원은 그 건물만 하더라도 얼마나 호화롭고 비대해졌는가. 건물과 기구가 비대해진 만큼 그 종교가 지닌 본래의 기능이 순수하게 이행되고 있을까. 혹시나 선민의식에 도취, 수도자와 시민들 사이가 물에 기름 돌 듯하고 있는 것은 아닐까?

일산의 밤가시골 초가집 수도원에서 오늘의 교회와 사원을 바라보는 '눈'을 나는 그날의 선물로 받아왔다.

가난하고 소탈하고 그러면서도 평화와 기쁨이 넘치는 자매들의 있음이, 겉치레로 속이 비어가는 오늘 우리에게 빛과 소금이 되었으면 싶었다.

우리들의 얼굴

법 정

　사람의 얼굴에서 신(神)의 모습을 본다는 말도 있지만, 사람의 얼굴을 말없이 바라보노라면 문득 안쓰럽고 가엾은 연민의 정을 느낄 때가 있다. 개인적이거나 사회적인 처지로 보아 몹시 미운 놈일지라도 한참을 무심히 바라보고 있으면, 미운 생각은 어디로 사라지고 측은하고 가엾은 생각만 남는다. 아무리 의젓하고 뻣뻣한 사람이라 할지라도 돌려 세워보면 그 뒤뜰에는 우수의 그늘이, 인간적인 비애가 서려 있다.

　얼굴은 가려진 내면의 세계를 드러내고 있다. 환한 얼굴과 싱그러운 미소로써 기쁨에 넘치는 속뜰을 드러내고, 그늘진 표정과 쓸쓸한 눈매로써 우수에 잠긴 속마음을 표현한다. 그러므로 얼굴은 얼의 꼴.

　요즈음, 만나는 사람마다 사는 재미가 없다고들 한다. 그러고 보니 얼굴마다 수심이 서리고 굳어 있는 것 같다. 이것이 80년대의 얼굴인가. 우리가 기대하던 그런 얼굴이란 말인가. 내 입에서도 곧잘 재미없는 세상이란 소리가 새어 나온다. 언제는 깨가 쏟아지게 신나고 재미있는 세상이었던 것처럼.

한 입 두 입 '재미없는 세상'이라고 뇔 때, 우리들이 살아가는 이 세상은 돌림병처럼 온통 재미없는 것으로 가득 채워지고 말 것이다. 그렇지 않아도 별로 재미가 없는 세상을 말로써 거듭거듭 다질 때, 어쩌다 움터 나올 재미도 그 싹을 틔울 수 없게 된다.

어차피 우리가 사는 세상은 낙원이 아닌 사바세계(娑婆世界). 사바세계란 그 어원은 범어(梵語)에서 온 말인데 '참고 견디면서 살아가는 세상'이란 뜻이다. 참고 견디면서 살아온 데 길이 든 우리는, 또 참고 견디면서 살 수밖에 없을 것 같다.

산다는 것은 무엇인가. 숨 쉬고 먹고 자고 배설하는 것만으로 만족한다면 짐승이나 다를 게 없다. 보다 높은 가치를 찾아 삶의 의미를 순간순간 다지고 드러냄으로써 사람다운 사람이 되려는 것이다. 그러니 산다는 것은 순간마다 새롭게 피어남[轉生]이다. 이 탄생의 과정이 멎을 때 잿빛 늙음과 질병과 죽음이 문을 두드린다.

먼저 살다 간 사람들의 말에 의하면 하나같이, 인생은 짧다고 한다. 어물어물하고 있을 때 인생은 곧 끝나버린다는 것.

후딱 지나가버리는 것이 아니라 곧 끝나버린다는 말이다. 현재의 이 육신을 가지고는 단 한 번뿐인 인생, 언제 어디서 어떻게 될지 예측할 수 없는 불확실한 존재인 우리. 그렇다면 얼마 안 되는 시간을, 그것도 팔다리에 기운이 빠지기 전에 각자에게 배당된 그 한정된 시간을 마음껏 활용해야 할 것이다. 자기 몫의 삶을 후회 없이 살아야 한다. 무슨 일이건 생각이 떠올랐을 때 바로 실행할 일이다. 지금이 바로 그때이지 따로 시절이 사람을 기다려주는 것은 아니니까.

12세기 선승(禪僧) 원오 극근(圓悟 克勤)은 그의 어록(語錄)에서 이런 말을 하고 있다.

"생야전기현(生也全機現) 사야전기현(死也全機現)"

살 때는 삶에 철저하여 그 전부를 살아야 하고, 죽을 때는 죽음에 철저하여 그 전부를 죽어야 한다. 삶에 철저할 때는 털끝만치도 죽음 같은 걸 생각할 필요가 없다. 또한 죽음에 당해서는 조금도 생에 미련을 두어서는 안 된다. 살 때에도 제대로 살지 못하고 죽음에 이르러서도 죽지 못하는 것은 사람이 아니라 그림자다.

사는 것도 내 자신의 일이고 죽음도 내 자신의 일이라면, 살아 있는 동안은 전력을 기울여 뻐근하게 살아야 하고, 죽을 때는 미련없이 신속하게 물러나야 한다.

그때그때의 자신에게 충실하지 않으면 안 된다. 선(禪)의 특색은 이와 같이 현재를 최대한으로 사는 데에 있다. 생과 사에 철저할 때 윤회의 고통 같은 것은 발붙일 틈이 없을 것이다.

사람의 얼굴은 다행히도 저마다 다르고 그 나름의 특색을 지니고 있다. 그럴 수밖에 없는 것이, 생각과 말과 행동양식, 즉 업(業)이 각기 다르기 때문에 서로 다른 얼굴로 나타난 것이다. 그러므로 사람은 누구나 세상에서 단 하나밖에 없는 절대적인 존재다. 우리들은 이 지구상에서 자기의 특성을 실현하도록 초대받은 나그네들. 사람은 자기 자리에 맞도록, 분수와 특성에 어울리도록 행동해야 한다. 그렇지 않고 남의 자리를 엿보거나 가로채면서 자기 특성을 버린다면 그는 도둑일 뿐 아니라 이것도 저것도 실현할 수 없다.

저마다 특색을 지닌 얼굴이기 때문에 남의 얼굴을 닮아서는 안 된다. 자기 얼굴을, 자기다운 얼굴을 가꾸어나가야 한다. 자기 얼굴을 가꾸려면 뭣보다도 자기답게 살 수 있어야 할 것이다. 자기 얼굴은 그 누구도 아닌 자기 자신이 만들기 때문. 그래서 사람의 얼굴을 가리켜 이력서라고 하지 않던가.

사람의 얼굴은 사랑으로 둘러싸이지 않을 때는 굳어진다. 그건 사람의 얼굴이 아니라 얼굴의 단순한 소재(素材)다. 맑은 영혼이 빠져 나가버린 빈 꺼풀.

사람에게 웃음과 눈물이 있다는 것은 얼마나 다행한 일인가. 웃음과 눈물이 우리를 구원한다. 웃음과 눈물을 통해 닫혀

진 밀실에서 활짝 열린 광장으로 나아갈 수 있기 때문이다. 웃는 얼굴은 우리에게 살아가는 기쁨을 나누어준다. 눈물 어린 얼굴에서 친구의 진실을 본다. 반대로 우거지상을 한 굳은 얼굴이나 찌푸린 얼굴은 우리들의 뜰에 어두운 그늘을 드리우고 살아가는 기쁨을 앗아간다.

역사상 독재자들의 얼굴에는 누구누구 할 것 없이 웃음이 없다. 무섭도록 굳어 있기만 하다. 그의 내면이 겹겹으로 닫혀 있기 때문이리라. 누가 자기한테 오래오래 해 처먹으라고 욕이라도 하지 않나, 혹은 자기 자리를 탈취하려고 음모를 꾸미지나 않을까 해서 늘 불안하고 초조할 것이다. 이 다음에는 어리석은 백성들한테 또 어떤 먹이를 던져줄까, 머리를 짜다보면 잠자리인들 편하겠는가. 그래서 잔뜩 굳어져 무서운 얼굴을 하고 있을 수밖에.

자기 얼굴은 자기가 만든다고 했다. 자기가 만든다는 말은 동시에 자기에게 책임이 있다는 뜻이기도 하다. 링컨의 절친한 친구 한 사람이 링컨이 대통령에 취임하자, 새로운 각료로 기용해보라고 어떤 사람을 천거했다. 링컨은 친구가 소개해 보낸 사람을 만났지만 그를 기용하지는 않았다. 며칠 후 친구가 대통령을 찾아와, 자기가 소개한 사람의 어디가 마음에 들지 않아 거절한 거냐고 물었다. 이때 링컨의 말.

"얼굴이 마음에 들지 않아서라네."

“여보게, 얼굴이야 부모가 만들어준 것인데 그의 책임은 아니지 않는가.”

친구의 항의를 듣고 링컨은 이렇게 말한다.

“어릴 적에는 부모가 만들어준 얼굴로 통하지만, 인간이 마흔을 넘어서면 자기 얼굴에 대해서 자기 자신이 책임을 지지 않으면 안 된다네.”

그렇다. 우리는 아무리 재미없는 세상에서라도 우리들의 얼굴을 만들 책임이 있다.

편 지

김후란 시인

편지는 받을 때 희망이요, 읽고 나면 실망이라고 한다. 펼치기까지의 기대가 컸던 탓으로 오히려 읽고 나서의 허전함이 실망을 안겨준다는 것이다.

한마디로 그렇게만 정의할 수는 없을 것이나, 어쨌든 편지란 보내는 이에 따라서 또 담겨진 사연에 따라서 유열(愉悅)과 비감(悲感)의 촉발제라 여겨진다.

다분히 정감 어린 생명체이다. 아니 빗속을 날아온 천사의 젖은 날개이다.

애틋하게 연민의 깃을 쓰다듬으며 한동안 겉봉을 뜯지 않은 채 망연히 들고 있을 때가 있다. 느낌만으로 벌써 보낸 이와의 대화가 시작된 것이다.

오랫동안 편지를 쓰지 않았다.

편지를 기다리는 재미도 줄었다. 전화 탓이다. 전화가 통할 수 있는 한 우리는 주저없이 전화 다이얼을 돌리는 것이다. 쾌적한 신호가 가고 응답이 있으면 일은 간결하게 처리되어진다.

듣고 싶은 목소리일 때 퉁겨나듯 탄력 있는 호흡의 일치를 느끼고 행복한 일순간을 맛보기도 한다.

그렇다 하더라도 대화가 끝나고 나서의 허전함이 너무 클 때가 있다. 허공에 멈춘 빈 손을 내려다보며 못 견디게 쓸쓸해지는 것이다.

편지도 이 점에서는 마찬가지긴 하다.

기다리던 편지였건만 막상 읽고 나면 미진한 마음, 제한된 지면에서 오는 아쉬움, 결국 마음 놓고 기대 앉아 오래오래 나누는 이야기만큼 흡족할 수는 없는 것이다.

그래도 막상 얼굴을 마주하고는 도저히 표현이 안 되던 밀도감(密度感) 짙은 심중의 한 오라기까지도 전달할 수 있는 데에 글의 위력이 있을 것이다. 그래서 우리는 밤 새워 편지를 쓸 수 있으며 받은 편지를 소중히 간직하기도 한다.

왜 내가 감미로운 사랑의 편지에 관해서 이야기하는 걸까. 사랑이 담긴 편지에도 사랑의 유형 나름일 것이며 연인 사이, 부모와 자식 사이, 혹은 사제지간이나 친구 사이 등 주고받는 대상과 사연에 따라 빛깔과 내음과 열도나 순도가 다를 것이다. 스테판 츠바이크의 〈모르는 여인의 편지〉처럼 일방적인 사랑의 아픔을 생의 마지막 순간에 불길처럼 태워 보낸 무서운 편지도 있는 것이다.

읽는 이의 가슴에 칼을 꽂거나 상처를 입히는 편지, 기대어 오는 마음을 차갑게 잘라내는 거절의 편지, 허망한 위선의 편지, 슬픔을 전하는 안타까운 편지, 쓰는 사람도 받는 사람도 고통의 용광로에 던져진 듯 괴로운 편지도 이 세상엔 얼마든지 있는 것이다.

전화의 혜택을 모르던 시절 외롭고 고된 출가외인 규수들은 육친에의 정을 그리움이 사무친 묵필로 적어 눈물로 얼룩지워 보내곤 했다. 멋을 아는 풍류객은 시조 한 수를 읊어 편지를 대신하기도 하였다.

편지가 현대인의 일상물이 아닌 데서 편지 쓰기가 점점 어려워진다고 한다.

서툴고 번거로워 쓸 엄두가 안 난다고도 한다. 그러면서도 편지를 받으면 우선 반가워진다. 받은 쪽에서 말한다면 서투른 편지는 애교로 받아줄 수 있으나 역시 읽기에 좋은 문필이어야 함은 물론이다. 서툰 게 지나쳐서 고통과 불쾌를 가져온다면 그 역시 생각해볼 문제일 것이다. 나는 요설(饒舌)을 싫어한다. 편지도 마찬가지여서 상황하고 요령부득일 때는 읽을 수가 없다.

미사여구(美辭麗句)를 빌어서 장식한 남의 목소리보다는 문맥이 선명하고 직정(直情)적인 표현이 좋다. 그 위에 적절한 예의와 성의가 담겨 있다면 그 편지는 일단 성공했다고 볼 수 있을 것이다.

편지는 말 없는 웅변, 한마디로 열 가슴을 열어 보인다. 쓰기에 따라서는 읽는 사람의 영혼까지도 쓸어안을 농밀한 편지가 될 수도 있다. 훈훈한 정에 끌려 혼자 서 있어도 혼자가 아님을 절감케 하기도 한다.

릴케가 시작(詩作) 지도를 부탁해온 카프스에게 진지하고도 친절한 답장을 보내고 여행 중에도 계속 따뜻한 편지로 젊은 시인을 격려한 것이라든가, 괴테와 실러가 10여 년간 우정이 넘치는 편지를 주고받음으로써 서로 격려해온 사실은 귀한 일이었다.

세상이야 어떻게 변하든 편지를 주고받는다는 건 아름다운 인간사의 하나라 하고 싶다. 쓸 수만 있다면 얼마든지 쓰는 게 좋을 것이다.

편지를 보내고 답장을 기다리는 동안의 끊으려야 끊을 수 없는 유대감, 편지를 쓰면서 상대방을 생각하고 있었을 시간의 소중함, 그런 사사로운 감각 같은 것이 진정 우리 생활엔 있어줘야 하지 않겠는가.

하나 온갖 테마로 엮어진 갖가지 편지 중에도 가장 절실한 건 아마도 써놓고 보내지 못하는 편지일 것이다.

쓰고도 보내지 못하는 편지, 영원히 보낼 수 없는 편지, 그런 편지를 밤이 깊도록 쓰고 앉은 외로운 가슴의 사연일 것이다.

귀한 만남

김후란

내 책장 한쪽에는 조그만 조개껍질, 깨어진 기왓장 조각, 무늬가 새겨진 돌 등이 있다. 모두 나의 추억이 담긴 기념품이다. 크고 작은 인연으로 나와 만나진 어느 날의 귀한 벗들이다.

인생이란 그런 것이다. 살아오는 동안에 만나진 무수한 인연을 징검다리 뛰어넘듯 건너뛰면서 마음 한구석에 그 인연을 소중히 간직하고 더러는 잊어버려 가며 사는 하나의 과정이라 할 수 있다.

바닷가를 거닐다가 눈에 띈 영롱한 조개껍질을 집어 든다. 다시 보면 발길에 채이도록 흔한 조개껍질에 불과할 수도 있으나, 그 중에서 유독 내 눈을 끌어당긴 한 순간의 인연이 귀해서 집에까지 가져온 것이다.

낡은 절을 찾아갔다가 뒤뜰에 뒹구는 기왓장 조각을 발견하고 옛스런 무늬에서 그 옛날 숨결을 느낀다.

몇백 년간 절 지붕에 얹혀 있다가 새 기와에 밀려 버림받은 기왓장, 그 한 조각에서 기와 굽던 이와 나의 만남이 이뤄진 사실도 생각하면 신기한 것이다.

한 번은 친구와 더불어 햇볕이 따가운 강가를 거닐었다. 가느다란 강물은 맑았으나 모래밭을 끼고 도는 게 아니라 빽빽하게 들어찬 돌밭을 안고 흘렀다. 우리는 돌더미 속에 주저앉아 땀을 닦았다. 사방에 널려 있는 큰 돌 작은 돌이 어지러웠고 우리를 압도했다.

그런데 우연히, 참으로 우연한 한 개의 돌이 나를 올려다보고 있는 걸 보았다. 손바닥만 하고 납작하게 생긴 돌에 농무(農舞)를 추고 있는 사람 모습이 박혀 있었다. 나는 그 돌을 집었다.

들여다볼수록 무늬는 살아서 춤을 춘다. 농악(農樂) 소리가 울리고 상모 끝에 길게 늘어진 끈이 빙글빙글 돈다. 이 돌이야 전문적인 수석 수집가에겐 어떻게 인정을 받을지 모르지만 무늬는 일품이다.

나는 이 한 개의 돌을, 아니 그 속에 살고 있는 농무 추는 사람과의 만남을 위해서 나도 모르게 돌밭 강가까지 끌려 온 게 아닌가 하는 생각이 들 정도였다.

생각하면 살아가는 데 있어서 만남이 갖는 의미와 무게는 말할 수 없이 크고 소중하기만 하다. 그 중에도 사람과 사람과의 만남은 자신의 구체적인 삶에 직접 영향을 미치는 것이어서 더구나 그 비중은 크고도 무겁다.

돌아다보면 나의 경우도 잊을 수 없는 몇몇 사람과의 뜻 깊은 만남이 있었다. 그들은 저마다 다른 소리로 부딪쳐왔다. 나 또한 그들에게 크든 작든 어떤 영향을 미쳤을 것임에 틀림없을 것이다.

인간 생활이란 그렇게 서로 영향하는 사람끼리 성장의 계기가 되어주고 혹은 상처를 입히면서 살기 마련인 것 같다.

친구가 그랬다. 사랑하는 마음으로 한때 혹은 오래오래 이어진 사람과의 만남이 그랬다. 스승이 그랬다. 선배가 그랬고 후배가 그랬다. 그뿐인가. 읽고 싶었던 책을 제대로 찾아 읽었을 때, 한 권의 책을 통한 저자와 나와의 만남은 깊은 정신적 공감자(共感者)로서의 기쁨을 안겨준다.

그러나 사람과 사람 사이의 만남이란 반드시 기쁨으로만 연결되지 않는 게 인간관계임을 뼈저리게 느낄 때가 있다.

'만남'에는 또 언젠가 '헤어짐'이 있기 때문이다. '약속과 파이는 깨어지기 위해서 만들어진다'는 속담이 있지만 만남이야말로 헤어지기 위해서 있었던 것처럼 반드시 이별의 쓴 잔을 마시게 한다. 그렇게 만나고 헤어지고 하면서 단련되어가는 게 인간사이다. 마치 불에 달군 쇠가 망치로 두드려 맞으면서 더욱 야무진 쇠붙이 물건이 되어지듯이.

그렇더라도 만남은 매번 새롭고 매번 귀하다.

잠시 헤어질 때의 아쉬움도 크건만, 사소한 오해나 불가피한 일로 아주 결별해야 하는 쓰라린 아픔도 있다. 결코 그런 일은 없으리라고 여겼던 사이에도 인간의 얄팍한 마음은 야박하게 돌아서기도 하기 때문이다. 그런 고통은 또다시 겪는 한이 있더라도 처음 만나 두 마음이 하나로 얽히는 순간의 순수한 기쁨을 어찌 거부할 것인가. 운명의 잔을 들어 다소곳이 마실 수밖에 없다.

허나 옳지 않은 만남, 만나지 않았어야 하는 만남이라면 깨끗이 미련없이 던져버리는 용기가 필요하다. 이성(理性)의 힘으로 무모한 감정을 누르고 지배해야 하는 것도 이런 때일 것이다.

친구를 잘못 만나 자기 자신이 진흙탕으로 끌려 가는 수도 있다. 가난 때문에 타락하는 경우보다는 나쁜 교우(交友)로 인해 일생을 잘못된 길에서 헤매는 경우가 더 많다는 사실은 인간관계의 무서운 인연을 말해준다.

만나지 않았어야 하는 만남을 거부하고 그 운명의 잔을 쏟아버리는 용기야말로 인간이기 때문에 가능한 일이다. 고통 중에도 가장 잔혹하고 살점을 도려내는 아픔이긴 하지만 살아가는 데 있어서 그것은 어쩔 수 없는 시련이리 할 것이다.

본래의 자기 자신을 잃지 않고 오히려 한층 아람차게 키워

가기 위해서 우리는 아름답고 유익한 만남을 기대해가고 싶다.

가슴과 가슴이, 영혼과 영혼이 뜨겁게 얽혀드는 신선한 자극을 체험해야 한다.

외롭고 두렵고 힘겨운 인생 도정을 덜 외롭게, 덜 두렵게, 덜 힘겹게 살아가게 하는 아름다운 만남이어야 한다. 해질 무렵 하나 둘 불이 켜지는 가로등(街路燈)처럼 우리의 인생길을 서로가 밝혀주는 불빛이 되자.

우 산

최순희 소설가, 수필가

성북행 전철 속에 우산을 두고 내렸다. 성북구청을 찾아가야 할 일이 생기자, 성북구청이니 성북 어딘가에 있겠지 하고 무턱대고 전철 탈 생각만 한 것부터가 잘못이었다. 서울의 대중교통 수단으로는 전철이 최고라는 귀뜸을 너무 많이 들은 모양이다.

아침나절부터 꾸무럭하던 날씨가 오늘은 드디어 비가 와줄 듯싶었다. 지난 한 주일 내내 한번 펴보지도 못하고 들고만 다니던 우산을 가슴 설레며 챙겨 나섰다.

나는 비를 참 좋아한다. 비 오는 서울 거리에서의 애틋한 추억이 많은 내가, 비가 귀한 곳에서 너무 오랜 세월을 비를 그리워만 하며 살아버렸다.

봄비가 오리라는 일기예보가 나오기도 전부터 나는 동네 시장에 가서 우산을 하나 골라두었다. 깜장, 노랑, 남색의 물감을 붓끝으로 톡톡 찍어놓은 듯한 무늬가, 산뜻하면서도 우수 어린 듯한 분위기라 마음에 꼭 들었다. 처음 들고 나간 날 친구에게 자랑을 하니, 친구는 그것 아이들용 우산 아니냐며 웃었다. 어째 좀 작더니만 싶었지만 오히려 더욱 애착이 갔다.

지하철 노선도를 보고 종각역에서 성북행 전철로 갈아탔다. 붐비지 않을 시각이긴 했으나 너무 텅텅 빈 것이 이상했다. 그제야 성북구청이 과연 이 전철 끝인 성북역 가까이에 있어줄 것인지 불안해졌다. 서울 지리에 어둡긴 해도 돈암동 어디께면 되리라고 생각했는데 아무래도 너무 많이 가는 것 같다. 마지막 두어 구간은 넓은 기차간에 승객이라곤 나 혼자 남았다. 나는 왜 그랬는지 내내 들고 있던 우산을 그때사 말고 좌석 옆에 기대어 세워두었다. 그리고 우리의 짧은 인연은 그것으로 끝나버렸다.

역사를 빠져나오면서 성북구청을 물으니, 시내 쪽으로 한참 되돌아가야 한다며 버스를 두 번 갈아타라고 일러준다. 그리운 서울 거리를 이방인처럼 어릿어릿 헤매는 나의 모습이라니. 터벅터벅 택시 정거장으로 걸어가는데 첫 번째 빗방울이 코끝에 톡 떨어진다. 내 우산! 말할 수 없는 허전함과 아쉬움에 기운이 쪽 빠지는 것 같다. 봄빛과 가을빛이 한데 어울린 우산을 받고 이십대의 내가 걷던 서울 거리를 다시 걸어보리라던 감상적인 꿈은, 미처 한 번 펴보지도 못한 우산과 함께 이렇게 떠나고 말았다.

내 것이 되자마자 내 손에서 달아나버린 몇 개의 알록달록한 물건들이 기억 저편에 떠오른다.

색동 고무신을 양손에 든 서너 살배기 내가 뒤뚱거리며 논둑길을 걸어가고 있다. 앞서 가는 엄마의 머리에는 읍내에서부터 이고 온 장 보퉁이가 무겁다. 엄마가 "조심해라, 둠벙이다" 하는 순간 논둑 옆 둠벙으로 툭 떨어져버린 고무신 한 짝. 동동 꽃잎처럼 떠 있는 색동 고무신을 멀뚱히 내려다보며, 너무 놀라 울지도 못하던 어린 내 모습이 나는 여직도 안타깝다. 엄마가 장대를 가져다가 건져 올리려고 했지만 오히려 물에 꼴깍 잠겨버리곤 다시는 떠오르지 않았다.

초등학교 1학년 겨울, 갓 시집온 새언니가 빨간 털실로 목도리를 짜주었다. 다른 동무들 것처럼 그냥 손으로 짠 것이 아니라, 신식 편물기계로 매끈하게 짜서 동그란 방울까지 단 예쁜 목도리였다. 외투라고 별달리 따뜻한 옷도 없었던 그때는 겨울도 지금보다 훨씬 더 추웠던 것 같다. 북풍을 안고 삼사십 분이나 웅크리고 뛰어 간신히 학교에 가 닿으면, 얼었던 귀가 녹으면서 언제나 눈물이 났다. 첫날 책상 속에 풀어 넣어두고 공부 시간 간간이 손으로 더듬어보곤 한 목도리는, 쉬는 시산에 잠시 변소에 다녀온 사이 사라져버렸다. 그 애통함과 분노,

그리고 집에 돌아갈 일이 꿈만 같던 하루……. 그러나 내성적이던 나는 담임선생님께 그 사실을 일러바칠 용기도 없었다.

2학년 나던 여름에는 일본식 나무 '게다'가 유행이었다. 엄마에게 한번 졸라보았으나 짤막하게 안 된다는 대답이다. 며칠 후, 언니가 그냥 따라만 오라더니 신발 가게로 데려가 빨간 바탕에 초록색 꽃이 그려진 게다를 사주었다. 나는 너무 가슴이 벅차 그저 벌쭉 웃기만 했다. 동무들에게 자랑하고 싶어 뛰어나갔지만 매미 울음 한가한 골목은 텅 비어 있었다. 그러나 그 게다도 인연이 없었다. 집 앞 도랑 위로 깨금발을 하고 폴짝 한 번 건너뛴 순간, 반으로 짝 쪼개져버린 것이다. 아무에게도 빨간색 게다 샀다 자랑 한번 못해보고.

잃어버린 물건이 어디 이것뿐이랴. 아니, 내가 잃어버린 것들이 어디 물건뿐이랴. 그래도 인연이 짧았던 물건에 대한 애착은, 인연이 짧았던 사람에 대한 미련보다는 거두어들이기가 훨씬 수월한 것을.

오래 뜸 들이는 성격 탓으로 마음속으로 좋아하다가, 막상 가까이 다가가보지도 못하고 멀어져버린 많은 만남들을 생각한다. 이상스럽게도 사람을 만나 이야기를 나누는 순간, 어느 만큼 나를 열어 보일 수 있는 대상인지 금세 파악이 된다. 그러나 자존심 때문인지 수줍음 때문인지, 늘상 상대방이 먼저 다가와주기만을 바라고 있는 사이 그들은 실망하고 멀어져가버렸다. 사람은 너무 많은데도 정작 사람은 없어, 저녁 해를 바라보며 우두커니 창가에 서보는 날이면 가슴속에 후드득 빗방울처럼 외로움이 떨어져 내리는 것 같다. 상대방이 너무 가까이 다가와 내 속을 들여다볼까 봐 서둘러 문을 닫고서는, 금 밖으로 나를 밀쳐낸 것이 오히려 그들이었던 듯 설움을 타는 이 모순.

그러나 사람과의 내내 아쉬웠던 인연들도 사실은 그저 그것으로 족한 것이었다는 작은 깨달음이 요즈음 와서 생겨나는 중이다. 가까웠으나 잘 지켜지지 못하고 멀어지게 내버려둔 인연보다는, 좀더 가까워지지 못했음을 아쉬워할 수 있는 여지가 더 좋지 않은가. 천경자의 글 속에 나오는 '길례 언니'의 화사한 뒷모습처럼, 내게 다가왔다가 그대로 스쳐 지나가버린 한 조각 빛으로 기억하는 것도 좋으리. 나 또한 누군가에게 또 하나의 길례 언니가 아니었을까 하고 화려한 꿈도 꾸어보면서.

첫 봄비를 기다리는 두어 주일 내게 작은 설렘을 준 것만으로도 고마운 인연이었으니, 잘 가라, 나의 우산아. 색동 고무신과, 빨간 털목도리와, 빨간 바탕에 초록 꽃무늬가 고왔던 나무 게다와 함께, 달콤한 슬픔으로 내 가슴속에 남으라.

점점 굵어지는 빗방울에 하늘색 비닐 우산을 펴 들고. 내 고운 우산이 흙탕물 속을 철벅거리기 좋아하는 어느 삭은 세집 아이 손에 들어가기를 빌며 성북구청을 찾아 걸어갔다.

해 후

이태동

　우리가 힘겨운 생의 여정(旅程)을 살아가는 동안 가장 고통스럽지만 애틋하게 느껴지는 아쉬운 감정은 잃어버렸던 그 누구와 길 위에서 이루어지는 해후(邂逅)의 순간에서 온다. 곰곰이 생각해보면, 우리들은 모두 '자기 앞의 생(生)'을 살아가면서 어느 누구를 만나 무덤까지 함께 가거나, 아니면 깊은 정을 나누었지만 헤어져야만 하는 비극적인 슬픔으로 괴로워해야 할 운명에 놓이게 된다.

　그러나 해후는 서로 만나 깊은 정을 나누었으나 피할 수 없는 운명이나 넘을 수 없는 벽 때문에 이별을 하지만, '만남은 이별을 낳고 이별은 새로운 만남을 약속' 하듯, 오랜 시간이 지난 후, 숱한 기다림 속에서 낯설지만 친숙한 얼굴을 다시 만나는 것을 의미한다. 서로가 그리워하면서도 부딪치는 삶의 파도에 떠밀려 배반 아닌 배반으로 헤어져 수많은 세월 동안 가슴에 묻고 있던 잃어버린 사람을 거리에서나 혹은 어느 유리벽 찻집에서 만나게 되면, 그 고마움이야 무엇으로 다 표현할 수 있으랴.

그러나 '해후'가 가져다주는 찰나적인 놀라움 속에 느껴지는 순수한 만남의 환희가 해질 녘의 찬란한 황혼 빛처럼 사라지고 나면, 서로의 변한 모습에 절망하게 된다. 어딘가 낯선 장소에서 서로가 마주 앉아 다가선 모습에 눈을 주었을 때 발견한 어두운 낯설음이 세월의 파도가 스쳐간 자국이든지 아니면 홍진(紅塵)이 묻은 상처이든지 간에 그것은 그렇게 중요하지 않다. 중요한 것은 강물처럼 흘러간 시간의 간격이 가져온 변화의 아픔이다. 그래서 "옛 애인을 만나지 말아야 한다. 만나면 그 모습은 누더기와 같다"는 옛말이 생겨나지 않았을까.

프루스트도 이와 유사한 감미롭고 쓰라린 경험을 그의 산문(散文)에서 다음과 같이 쓰고 있다.

"… 나는 몸이 약하고 상상력이 지극히 조숙한 열 살 되는 소년을 안다. 그는 자기보다 나이 많은 소녀에게 순진한 사랑을 바쳤다. 그는 그 소녀가 지나가는 것을 보려고 언제나 창가에 서 있있다. 그는 그 소녀를 보지 못하면 울고, 보면 또 봤대서 울었다. 그가 그 소녀 곁에서 지내는 순간은 지극히 드물고 지극히 짧았다. 그런데 그는 침식(寢食)을 잊어버린 어느 날 창에서 몸을 던졌다. 사람들은 처음 그가 죽은 것은 소녀에게 가까이 갈 수 없는 것을 절망하였기 때문이라고 생각했다. 그러나 사실은 이와 반대로 그가 죽은 것은 그 소녀와 장시간 이야기를 나눈 뒤라는 것이 판명되었다. 소녀는 그에게 지극히 친절히 대해주었던 것이다. 그래서 사람들은 이렇게 상상했다. 그는 이러한 도취를 다시 거듭할 기회가 없을 것을 생각하고 삭막한 여생(餘生)을 버린 것이라고. 그러나 그가 그의 동무에게 때때로 고백한 바로 미루어보면, 그는 소위 그 꿈의 여왕을 만날 때마다 일종의 기만을 느꼈다고 생각이 든다."

물론 어느 누구든지 다시 만날 수 없는 운명에 놓여 있었지만 오랫동안 그리워했던 사람을 우연히 만나게 되면, 지나간 시간의 괴리가 가져온 상처 때문에 절망한다. 그러나 그 절망의 두려움 때문에 그렇게도 그리웠던 그 얼굴을 외면하게 되거나 그로부터 자신을 멀어지게 만들면 더욱 비참하게 만든다. 능동적인 참된 삶은 소유하는 것이 아니고 그리움으로 이루어지는 아름다운 시간의 연속이 아닐까.

너무나 오랫동안 마음속 깊이 새겨져 있는 순수한 사랑과 우정을 갖고 있는 사람들이라면 누구나 서로가 만난 얼굴이 아무리 변했더라도, 과거의 아름다운 모습보다 시간의 힘에 외상(外傷) 입은 모습에 애정의 눈길을 주어야만 한다. 눈을 들고 바라보는 순간 그리워했던 사람의 일그러진 모습 아래 순수한 옛 모습의 그림자가 조용히 숨을 쉬며 잠을 깨고 있기 때문이다. 아일랜드의 민족시인 예이츠는 결코 맺을 수 없었던 그의 애인, 모드 곤의 '변한 얼굴의 슬픔'을 사랑하며 다음과 같이 노래했다.

그대 늙어서 머리 희어지고 잠이 많아져
난로 옆에서 꾸벅일 때, 이 책을 꺼내서 천천히 읽으라
그리고 한때 그대의 눈이 지녔던 부드러운 눈매와
깊은 그늘을 꿈꾸어라.

얼마나 많은 사람들이 그대의 기쁨에 찬
우아한 순간들을 사랑했으며
거짓된 혹은 참된 사랑으로 그대의 아름다움을 사랑했
는지를
그러나 단 한 사람 그대의 순례하는 영혼을 사랑했고
그대 변한 얼굴의 슬픔을 사랑했음을.

별리(別離)의 슬픔을 나눈 사람들이 수많은 시간이 흐른 후 신의 축복으로 잃어버렸던 사람을 만나서 너무나 '변한 얼굴의 슬픔'을 이렇게 사랑하게 되면, 발터 벤야민의 말처럼 그는 시간의 바다 속에 묻혀서 '바다작용에 의한 변화를 겪고'도 환경의 변화에 정복당하지 않은 채 남아 있는 진주가 순수한 사랑의 결정체를 발견할 수 있을 것이다.

오랜 이별 끝에 이루어진 해후(邂逅)의 순간, 그 찰나적인 기쁨 뒤에 절망이 찾아오면 어디론가 어둠 속 빗길을 자동차로라도 타고 함께 달려보라. 운전을 하며 달리는 차 속에서는 서로가 얼굴을 바라볼 수 없기에 소낙비가 차창을 때리며 흘러 내리는 것만 보게 되고, 옆에서 가랑비처럼 찾아오는 부드러운 손길과 함께 잃어버린 옛 목소리를 가까이에서 다시 듣게 될 것이다. 실로 그것은 오랜 세월의 바다 속에 깊숙이 묻혀 있다 해변으로 밀려온 성숙한 사랑의 진주와도 같은 것이다.

신발을 신는 것은

이해인 수녀, 시인

신발을 신는 것은
삶을 신는 것이겠지

나보다 먼저 저 세상으로 건너간 내 친구는
얼마나 신발이 신고 싶을까

살아서 다시 신는 나의 신발은
오늘도 희망을 재촉한다

— 시 〈신발의 이름〉에서

얼마 전 신발장을 정리하다 떠오른 시다. 오래 잊고 있던 낡은 구두 한 켤레를 신발주머니에서 발견하고 얼마나 반가웠는지. 신발은 눈을 동그랗게 뜨고 '주인님, 그간 어찌 나를 잊고 계셨어요' 하는 것만 같았다.

매일 아침 일어나 신발을 신을 적마다 내가 살아 있다는 느낌이 새롭다. 특히 신발을 잃어버려 안타까워하는 꿈을 꾼 다음 날은 더욱 그러하다. 같은 층 수녀들의 방 앞에 놓인 신발의 종류만 보고도 '오늘은 집에 있군' '오늘은 외출을 했군' 하고 가늠해보곤 한다.

여러 해 전 늘 식당 옆자리에 앉던 젊은 수녀가 암으로 투병하다 세상을 떠난 날 나는 그의 방에 들어가 주인 잃은 신발을 들고 섧게 울었다. '까만 구두엔 이승을 걸어 나간 발의 그림자'라는 표현이 절로 떠올랐다.

가톨릭에서 11월은 '위령성월'이라 하여 죽은 이를 특별히 기억하며 기도하고 우리 자신의 죽음도 미리 묵상해보는 시간을 자주 갖도록 권유한다. 나는 오늘도 낙엽이 흩어진 수녀원 묘지에 올라가 성수를 뿌리며 기도했다.

바람 속에 가는비가 내리고 있었고, 숲에서 새들이 지저귀는 소리가 오늘은 평화로운 레퀴엠처럼 들렸다. "수녀님 발은 초등학생처럼 작네"라고 놀리던 동료의 목소리도 들리고 "나 죽거든 내 신발 가져"라며 웃던 선배 수녀님도 문득 그립다.

이제 다시는 신발을 신을 수 없는 그이들이 땅속에 누워 내게 말하는 것 같았다.

"날마다 새롭게 감사하며 사세요" "더 기쁘게 걸어가세요"라고.

진정한 행복

장영희 서강대 교수

가끔, 무심히 들은 한마디 말, 우연히 펼친 책에서 얼핏 본 문장 하나, 별 생각 없이 들은 노래 하나가 마음에 큰 진동을 줄 때가 있다. 아니, 아예 삶의 행로를 바꾸어놓을 수도 있다.

어느 잡지에서 목포의 어느 카바레 악단에서 트럼펫 연주를 하고 있는 유 선생이라는 사람이 쓴 수기를 읽었다. 그는 청소년 시절부터 절도·강간 등, 각종 범죄를 짓고 10여 년간 감옥을 들락거리다가 어느 날 아홉 번째 다시 감옥으로 후송되는 경찰차의 뒷좌석에 앉아 있었다. 밖은 이미 어두웠고, 그는 창밖으로 이제 앞으로 몇 년 동안 보지 못할 휘황찬란한 네온사인들을 내다보고 있었다.

그때 마침 라디오에서 김세화의 〈눈물로 쓴 편지〉가 흘러나왔다.

"눈물로 쓴 편지는 읽을 수가 없어요. 눈물은 보이지 않으니까요. 눈물로 쓴 편지는 고칠 수가 없어요……."

순간 애잔한 그 노랫소리가 그의 영혼의 지축을 흔들었다. 마치 신의 계시처럼, 자신이 너무나 삶을 낭비하고 있다는 회한의 눈물이 쏟아졌다. 후송차에서 내릴 때 그는 새 사람이 되어 있었다.

그는 모범수가 되어 각종 갱생 프로그램에 참여하여 여러 가지 악기를 배웠고, 지금은 행복한 가장으로 쉬는 날이면 아들과 함께 양로원이나 고아원을 찾아다니며 연주회를 가진다. 유 선생은 "그 노래를 부른 가수는 꿈에도 모르겠지만, 그 노래는 내 영혼의 구원자였다. 그 노래를 듣지 못했다면 아마 나는 아직 감옥에 있거나 아니면 이 세상에 해만 끼치는 사람이 되어 있을 것이다"라고 수기를 맺고 있었다.

'모르는 사이에 다른 사람의 영혼을 구한 일' 이것은 영국 빅토리아조의 대표 시인 로버트 브라우닝(Robert Browning, 1812~1889)이 쓴 극시 〈피파가 지나간다〉(Pippa Passes, 1841〉의 주제이기도 하다.

베니스의 실크 공장에서 일하는 가난한 소녀 피파는 1년 중 단 하루 있는 휴가 날 아침, 한껏 희망과 기대에 차서 잠자리에서 일어난다. 〈아침의 노래〉 또는 〈봄의 노래〉라는 세목으로 영어교과서에 자주 인용되는 시는 사실은 이 장시(長詩)의 제일 첫 부분이다.

> 계절은 봄이고
> 하루 중 아침
> 아침 일곱 시
> 진주 같은 이슬 언덕 따라 맺히고
> 종달새는 창공을 난다
> 달팽이는 가시나무 위에
> 하느님은 하늘에
> 이 세상 모든 것이 평화롭다.

피파는 이 마을에서 가장 '행복한' 네 사람의 삶을 동경하며 차례차례 그들의 창 밑을 지나며 마음에서 우러나는 기쁨의 노래를 부른다. 그러나 피파가 부와 권력을 기준으로 '행복'하다고 생각하는 이들은 사실 제각기 극심한 고통의 시간을 보내고 있었다. 그리고 피파의 노래는 사실 이들의 영혼을 구하는 데 결정적인 역할을 한다.

불륜을 범하고 살인까지 한 오티마와 세발드는 피파의 노래를 듣고 자신들의 죄를 회개, 자백하기로 결심하고, 속아서 창녀의 딸과 결혼한 줄스는 아내를 버리려다가 피파의 노랫소리에 새로운 사랑을 발견한다. 또 난폭한 폭군을 암살하려던 계획을 포기하려던 루이기는 피파의 노랫소리에 다시 자신의 이상과 사명을 깨닫는가 하면, 속세의 악에 항복하려던 늙은 성직자는 피파의 노래를 듣고 자신을 재무장한다.

날이 저물고, 자신이 네 사람의 영혼을 구한 것도 모른 채 피파는 단 하루뿐인 휴가를 헛되이 보낸 것을 슬퍼하며 고달픈 내일을 위해 다시 잠자리에 든다.

어차피 이 세상에 태어났으니 우리는 누구나 불행하기보다 행복하게 살기를 원한다. 그리고 그 행복이라는 걸 얻기 위해 남보다 더 많은 재산을 차지하고 남보다 더 큰 권력 한번 잡아보겠다고 세상은 늘상 시끌벅적하다. 그렇지만 이 작품은 행복의 조건은 결국 우리들이 획일적으로 갖다 대는 잣대 돈, 권력, 명예 등과는 상관이 없다는 주제를 전하고 있다.

재미있는 것은 우리는 눈을 뜨고 있는 동안 내내 행복을 추구하지만, 막상 우리가 원하던 행복을 획득하면 그 행복을 느끼는 것은 한순간이라는 것이다. 일단 그 행복에 익숙해지면 그것은 더 이상 행복이 아니기 때문이다. 그래서 행복에 관한 한 우리는 지독한 변덕꾸러기이고 절대적 행복, 영원한 행복이란 있을 수 없다.

그러나 우리는 행복을 그토록 원하면서 진정한 행복이 무엇인지 모른다. 간혹 피파처럼 자신이 남에게 준 행복을 깨닫지 못할 때도 있다. 행복은 어마어마한 가치나 진정한 가치에 달

린 것이 아니라 우리들이 별로 중요하게 생각지 않는 작은 순
간들 무심히 건넨 한마디 말, 별 생각 없이 내민 손, 은연중에
내비친 작은 미소 속에 보석처럼 숨어 있는지도 모른다.

제4부 … 생활

딸깍발이

이희승

　'딸깍발이'란 것은 '남산골 샌님'의 별명이다. 왜 그런 별호가 생겼느냐 하면, 남산골 샌님은 지나 마르나 나막신을 신고 다녔으며, 마른 날은 나막신 굽이 굳은 땅에 부딪쳐서 딸깍딸깍 소리가 유난하였기 때문이다. 요새 청년들은 아마 그런 광경을 못 구경하였을 것이니, 좀 상상하기에 곤란할는지 알 수 없다. 그러나 일제 시대에 일인(日人)들이 '게다'를 끌고 콘크리트 길바닥을 걸어다니던 꼴을 기억하고 있다면 '딸깍발이'라는 명칭이 붙게 된 까닭도 이해할 수 있을 것이다.

　그런데 이 남산골 샌님이 마른 나막신 소리를 내는 것은 그다지 얘깃거리가 될 것도 없다. 그 소리와 아울러 그 모양이 퍽 초라하고, 궁상이 다닥다닥 달려 있는 것이 문제인 것이다.

　인생으로서 한 고비가 겨워서 머리가 희끗희끗할 지경에 이르기까지, 변변하지 못한 벼슬이나마 한 자리 얻어 하지 못하고(그 시대에는 소위 양반으로서 벼슬 하나 얻어 하는 것이 유일한 욕망이요, 영광이요, 사업이요, 목적이었던 것이다.) 다른 일, 특히 생업에는 아주 손방이어서, 아예 손을 댈 생각조차 아니 하였기 때문에, 경제적으로는 극도로 궁핍한 구렁텅이에 빠져서, 글자 그대로 삼순구식(三旬九食)의 비참한 생활을 해가는 것이다. 그 꼬락서니라든지 차림차림이야 여간 장관이 아니다.

두 볼이 야윌 대로 야위어서, 담배 모금이나 세차게 빨 때에는, 양 볼의 가죽이 입 안에서 서로 맞닿을 지경이요, 콧날은 날카롭게 오똑 서서 꾀와 이지만이 내발릴 대로 발려 있고, 사철 없이 말간 콧물이 방울방울 맺혀 떨어진다. 그래도 두 눈은 개가 풀리지 않고, 영채가 돌아서, 무력(無力)이라든지 낙심의 빛을 나타내지 않고 있다. 아래 윗입술이 쪼그라질 정도로 굳게 다문 입은 그 의지력을 더욱 두드러지게 나타내고 있다. 많지 않은 아랫수염이 뾰족하니 앞으로 향하여 휘어 뻗쳤으며, 이마는 대개 툭 소스라져 나오는 편보다, 메뚜기 이마로 좀 편편하게 버스러진 것이 흔히 볼 수 있는 타입이다.

이러한 화상이 꿰맬 대로 꿰맨 헌 망건(網巾)을 도토리같이 눌러쓰고, 대우가 조글조글한 헌 갓을 좀 뒤로 젖혀 쓰는 것이 버릇이다. 서리가 올 무렵까지 배중의 적삼이거나 복(伏)이 들도록 솜바지 저고리의 거죽을 벗겨서 여름살이를 삼는 것은 그리 드문 일이 아니다. 그리고 자락이 모지라지고, 때가 꾀죄 죄하게 흐르는 도포(道袍)나 중치막을 입은 후, 술이 다 떨어지고, 몇 동강을 이은 띠를 흉복통에 눌러 띠고, 나막신을 신었을망정, 행전은 잊어버리는 일이 없이 치고 나선다. 걸음을 걸어도 일인(日人)들 모양으로 경망스럽게 발을 옮기는 것이 아니라, 느럭느럭 갈짓자 걸음으로, 뼈대만 헝성한 호리호리한 체격일망정, 그래도 두 어깨를 턱 젖혀서 가슴을 뻐기고, 고개를 휘번덕거리는새레 곁눈질 하나 하는 법 없이 눈을 내리깔아 코끝만 보고 걸어가는 모습, 이 모든 특징이 '딸깍발이'란 속에 전부 내포되어 있다.

그러나 이런 샌님들은 그다지 출입하는 일이 없다. 사랑이 있든지 없든지, 방 하나를 따로 차지하고 들어앉아서, 폐포 파립(弊袍破笠)이나마 의관(衣冠)을 정제하고, 대개는 꿇어앉아서 사서오경을 비롯한 수많은 유교 전적(儒敎典籍)을 얼음에 박밀듯이 백 번이고 천 번이고 내리 외는 것이 날마다 그의 과업이다. 이런 친구들은 집안 살림살이와는 아랑곳없다. 가다가 굴뚝 연기를 내는 것도 안으로서 그 부인이 전당을 잡히든지 빚을 내든지 이웃에서 꾸어 오든지 하여 겨우 연명이나 하는 것이다. 그러노라니, 쇠덕같이 허구한 닐 그 실내(室內)의 고심이야 형용할 말이 없을 것이다. 이런 샌님의 생각으로는 청렴

개결(淸廉介潔)을 생명으로 삼는 선비로서 재물을 알아서는 안 된다. 어찌 감히 이해를 따지고 가릴 것이냐. 오직 예의와 염치가 있을 뿐이다. 인(仁)과 의(義) 속에 살다가 인과 의를 위하여 죽는 것이 떳떳하다. 백이(伯夷)와 숙제(叔齊)를 배울 것이요, 악비(岳飛)와 문천상(文天祥)을 본받을 것이다. 이리하여, 마음에 음사(淫邪)를 생각하지 않고, 입으로 재물을 말하지 않는다. 어디 가서 취대(取貸)하여 올 주변도 못 되지마는, 애초에 그럴 생각은 염두에 두는 일이 없다.

겨울이 오니 땔나무가 있을 리 만무하다. 동지 설상(雪上) 삼 척 냉돌에 변변하지도 못한 이부자리를 깔고 누웠으니, 사뭇 뼈가 저려 올라오고, 다리 팔 마디에서 오도독 소리가 나도록 온몸이 곧아오는 판에, 사지를 웅크릴 대로 웅크리고, 안간힘을 꽁꽁 쓰면서 이를 악물다 못해 이를 박박 갈면서 하는 말이,

"요놈, 요 괘씸한 추위란 놈 같으니, 네가 지금은 이렇게 기승을 부리지마는, 어디 내년 봄에 두고 보자" 하고, 벼르더란 이야기가 전하지마는, 이것이 옛날 남산골 '딸깍발이'의 성격을 단적으로 가장 잘 표현한 이야기다. 사실로 졌지마는, 마음으로 안 졌다는 앙큼한 자존심, 꼬장꼬장한 고지식, 양반은 얼어 죽어도 겻불을 안 쬔다는 지조, 이 몇 가지가 그들의 생활 신조였다.

실상 그들은 가명인(假明人)이 아니었다. 우리나라를 소중화

(小中華)로 만든 것은 어줍지 않은 관료들의 죄요, 그들의 허물이 아니었다. 그들은 너무 강직하였다. 목이 부러져도 굴하지 않는 기개, 사육신도 이 샌님의 부류요, 삼학사(三學士)도 '딸깍발이'의 전형인 것이다. 올라가서는 포은 선생(圃隱先生)도 그요, 근세로는 민충정(閔忠正)도 그다. 국호(國號)와 왕위 계승에 있어서 명(明)·청(淸)의 응낙을 얻어야 했고, 역서(曆書)의 연호를 그들의 것으로 하지 않으면 안 되었지마는, 역대 임금의 시호(諡號)를 제대로 올리고, 행정면에 있어서 내정의 간섭을 받지 않은 것은 그래도 이 샌님의 혼(魂)의 덕택일 것이다. 국사에 통탄한 사태가 벌어졌을 적에, 직언으로써 지존에게 직소(直訴)한 것도 이 샌님의 족속인 유림에서가 아니고 무엇인가. 임란(王亂) 당년에 국가의 운명이 단석(旦夕)에 박도되었을 때, 각지에서 봉기한 의병(義兵)의 두목들도 다 이 '딸깍발이' 기백의 구현인 것이 의심 없다.

구한국 말엽에 단발령(斷髮令)이 내려졌을 적에, 각지의 유림(儒林)들이 맹렬하게 반대의 상서를 올리어서,

"이 목은 잘릴지언정 이 머리는 깎을 수 없다(此頭可斷, 此髮不可斷)"고 부르짖고 일어선 일이 있었으니, 그 일 자체는 미혹하기 짝이 없었지마는 죽음도 개의하지 않고 덤비는 그 의기야말로 본받음직하지 않은 바도 아니다.

이와 같이, '딸깍발이'는 온통 못생긴 짓만 하고 있었던 것

이 아니라, 훌륭한 점도 적지 않게 가지고 있었던 것이다. 쾨쾨한 샌님이라고 넘보고 깔보기만 하기에는, 너무도 좋은 일면을 지니고 있었던 것이다.

현대인은 너무 약다. 전체를 위하여 약은 것이 아니라, 자기 중심, 자기 본위로만 약다. 백년대계를 위하여 영리한 것이 아니라, 당장 눈앞의 일, 코앞의 일에만 아름아름하는 고식지계(姑息之計)에 현명하다. 염결(廉潔)에 밝은 것이 아니라, 극단의 이기주의에 밝다. 이것은 실상은 현명한 것이 아니요, 우매하기 짝이 없는 일이다. 제 꾀에 제가 빠져서 속아 넘어갈 현명이라고나 할까. 우리 현대인도 '딸깍발이'의 정신을 좀 배우자.

첫째, 그 의기(義氣)를 배울 것이요, 둘째, 그 강직(剛直)을 배우자. 그 지나치게 청렴한 미덕은 오히려 분간을 하여가며 배워야 할 것이다.

생활인의 철학

김진섭

철학을 철학자의 전유물인 것처럼 생각하고 있는 사람들이 많이 있다. 그러나 그렇게 생각하는 것도 무리한 일은 아니다. 왜냐하면 그만큼 철학은 오늘날 그 본래의 사명 ― 사람에게 인생의 의지와 인생의 지식을 교시(敎示)하려 하는 의도를 거의 방기(放棄)하여버렸고, 철학자는 속세와 절연(絶緣)하고, 관외(關外)에 은둔하여 고일(高逸)한 고독경(孤獨境)에서 오로지 자기의 담론에만 경청하고 있기 때문이다. 이와 같이, 철학과 철학자가 생활의 지각을 완전히 상실하여버렸다는 것은 참으로 슬픈 일이다. 그러므로, 생활 속에서 부단히 인생의 예지(叡智)를 추구하는 현대 중국의 '양식의 철학자' 임어당(林語堂)이 일찍이 '내가 임마누엘 칸트를 읽지 않는 이유는 간단하다. 석 장 이상 더 읽을 수 있었을 적이 없기 때문이다' 라고 말했는데, 이 말은 논리적 사고가 과도의 발달을 성수(成遂)하고, 전문적 어법이 극도로 분화한 필연의 결과로서, 철학이 정치·경제보다도 훨씬 후면에 퇴거(退去)되어, 평상인은 조금도 양심의 가책을 느끼지 않고 철학의 측면을 통과하고 있는 현대 문명의 기묘한 현상을 지적한 것으로서 사실상 오늘에 있어서는 교육이 있는 사람들도, 대개는 철학이 있으나 없으나 별로 상관이 없는 대표적 과제(課題)가 되어 있는 것을 부정하기는 어렵다.

그러나 나는 물론 여기서 소위 사변적(思辨的)·논리적·학문적 철학자의 철학을 비난하거나 공격하는 것이 목적이 아니다. 나는 오직 이러한 체계적인 철학에 대하여 인생의 지식이 되는 철학을 유지하여주는 현철(賢哲)한 일군의 철학자가 있었던 것을 알고 있으며, 그러한 의미에서 철학자만이 철학을 가지고 있는 것이 아니요, 어느 정도로 인간적 통찰력과 사물에 대한 판단력을 가지고 있는 이상, 모든 생활인은 그 특유의 인생관·세계관, 즉 통속적 의미에서의 철학을 가질 수 있다는 것을 다음에 말하고자 함에 불과하다.

철학자에게 철학이 필요한 것과 같이 속인(俗人)에게도 철학은 필요하다. 왜냐하면, 한 가지 물건을 사는 데에 그 사람의 취미가 나타나는 것 같이 친구를 선택하는 데 있어서도 그 사람의 세계관, 즉 철학은 개재(介在)되어야 할 것이요, 자기의 직업을 결정하는 경우에도 그 근본적 계기가 되는 것은 물론, 그 사람의 인생관이 아니어서는 아니 되겠기 때문이다. 가령, 우리들이 결혼이라는 것을 한번 생각해볼 때, 한 남자로서 혹은 여자로서 상대자를 물색함에 있어서 실로 철학은 우리들의 상상할 수 있는 것보다는 훨씬 지배적이고도 결정적인 역할을 하게 됨을 알 수 있을 것이요, 우리들이 어떠한 방식으로 생활을 설계하느냐 하는 것도 결국은 넓은 의미에서 우리들이 부지중에 채택한 철학에 의거하여 실행하게 되는 것이다.

우리들이 생활권 내에 취하게 되는 모든 행동의 근저에는 일반적으로 미학적 내지 윤리적 가치 의식이 횡재(橫在)하여 있는 것이니, 생활인의 모든 행동은 반드시 어느 종류의 의미와 목적에 대한 관념을 내포하고 있다.

모든 사람은 소위 이상이라는 것을 가지고 있고, 그러한 이상이 각인의 행동과 운명의 척도가 되고 목표가 되는 것은 물론이려니와, 이상이란 요컨대 그 사람의 철학적 관점을 말하는 것이며, 그 사람의 일반적 세계관과 인생관에서 온 규범(規範)의 한 파생체(派生體)를 말하는 것이다.

"내 마음이 선택의 주인공이 된 이래 그것이 그대를 천 사람 속에서 추려내었다"고 햄릿은 그의 우인(友人) 호레이쇼에게 말하였다. 확실히 우인의 선택은 임의로운 의시적 행동이라고는 하나, 그러나 그것은 인생 철학에 기초를 두는 한, 이상의 지배를 받지 않을 수 없는 것이다. 햄릿은 그에 대하여 가치가 있는 인격체이며, '천지지간만물(天地之間萬物)'에 대한 이해력을 가지고 있으며, 그리하여 이 인생 생활을 저 천재적이나 극히 불운한 정말(丁末)의 공자보다도 그 근본에 있어서 보다 잘 통어(統御)할 줄 아는 까닭으로, 호레이쇼를 우인으로서 택한 것이다. 비단 이뿐이 아니요, 모든 종류의 심의(心意) 활동은 가치관의 지도를 받아가며 부단히, 그리고 결정적으로 그 운명을 형성하여가는 것이니, 적어도 동물적 생활의 우매성을 초극한 모든 사람은 좋든 궂든 하나의 철학을 갖는 것이다. 사람은 대개 이 인생에 대하여 무엇을 요구해야 할까를 알며, 그의 염원이 어느 정도로 당위와 일치하며, 혹은 배치될지를 아는 것이니, 이것은 실로 사람이 인간 생활의 의의에 대하여 사유(思惟)하는 능력을 갖기 때문에 오직 가능할 수 있는 것이다.

두말할 것도 없이 생활 철학은 우주 철학의 일부분으로서 통상적인 생활인과 전문적인 철학자와의 세계관 사이에는 말하자면 소크라테스와 트라지엔의 목양자의 사이에 볼 수 있는 것과 같은 현저한 구별과 거리가 있을 것은 물론이나, 많은 문제에 대하여 그 특유의 견해를 갖는 점에서는 동일한 철학자인 것이다.

나는 흔히 철학자에게서 생활에 대한 예지의 부족을 인식하고 크게 놀라는 반면에는, 농산어촌(農山漁村)의 백성 또는 일

개(一介)의 부녀자에게 철학적인 달관(達觀)을 발견하여 깊이
머리를 숙이는 일이 불소함을 알고 있다. 생활인으로서의 나
에게는 필부필부(匹夫匹婦)의 생활 체험에서 우러난 소박하고
진실한 안식(眼識)이 고명한 철학의 난해한 글보다는 훨씬 맛
이 있다는 것을 고백하지 않을 수 없다. 원래 현실적 정세를
파악하고 투시하는 예민(銳敏)한 감각과 명확한 사고력은 혹종
의 여자에 있어서 보다 더 발달되어 있으므로 나는 흔히 현실
을 말하고 생활을 하소연하는 부녀자의 아름다운 음성에 경청
하여, 그 가운데서 또한 많은 가지가지의 생활 철학을 발견하
는 열락(悅樂)은 결코 적은 것이 아니다.

　하나의 좋은 경구는 한 권의 담론서(談論書)보다 나은 것이
다. 그리하여 언제나 인생의 지식인 철학의 진의를 전승하는
현철(賢哲)이 존재한다는 것은 고마운 일이다. 그래서 이러한
무명의 현철은 사실상 많은 생활인의 머릿속에 숨어 있는 것
이다. 생활의 예지 — 이것이 곧 생활인의 귀중한 철학이다.

꽃 떨어져도 봄은 그대로

김태길 서울대 명예교수, 수필가

좋은 글은 읽는 이에게 감동을 준다. 글재주와 짜임새에 있어서 나무랄 곳이 없더라도, 감동을 주지 못한다면 좋은 글이 아니다.

글이 감동을 주는 요인에도 여러 가지 경우가 있다. 표현의 절묘함이 감동을 주기도 하고, 작품 속을 흐르는 정서가 감동을 일으키기도 하며, 세상을 보는 작가의 안목이 감동을 부르기도 한다.

한당(閑堂)의 수필 〈봄을 보내며〉는 특별히 문장이 아름다운 것도 아니고 그 가운데 깊은 정서가 흐르는 것도 아니다. 그럼에도 불구하고 이 글이 감명 깊게 읽히는 것은, 그 가운데 심오한 삶의 지혜가 깃들어 있기 때문이다.

한당은 이 작품에서 청대 말기의 중국 학자 유월(俞樾)의 이야기를 소개하고 있다. 유월이 과거에 응시했을 때 '꽃은 떨어져도 봄은 그대로 있다(花落春仍在)'로 시작되는 오언시(五言詩)를 지어서 높은 평가를 받았다는 이야기다.

유월은 벼슬길에 오른 지 오래지 않아 어떤 사건에 연루되어 파직을 당했다. 소주(蘇州)와 항주(杭州) 등지의 서원에서 제자들을 가르치며 고전 연구에 몰두한 결과 백 가지를 헤아리는 많은 저서를 냈다.

그러다가 나이 70세가 넘어서 왕념손(王念孫)과 왕인지(王引之) 부자의 학문에 심취하게 되어, 그때까지의 자기의 연구가 방법론적으로 큰 결함을 안고 있었음을 깨닫는다.

유월은 왕씨 부자의 방법을 따라서 학문 연구를 다시 시작하기에는 자기가 너무 늙었다고 한탄해 마지않았다. 이 정경을 목격한 그의 친구 한 사람이 '꽃은 떨어져도 봄은 그대로 있다'는 유월 자신의 시를 상기하라고 일렀다. 이 말에 용기를 얻어서 유월은 학문 연구의 새 출발을 하였고, 15년 동안 각고면려하여 후세에 남을 큰 업적을 쌓기에 성공하였다.

한당이 소개한 유월의 이야기는 이젠 너무 늙었다고 생각하는 사람들에게 큰 용기를 준다. 고희를 넘어서 새로 시작한 일이 큰 열매를 얻었다는 선례가 있다는 사실은 노년에게도 크나큰 가능성이 남았다는 것을 의미한다.

유월의 일화를 통하여 용기를 얻을 수 있는 것은 비단 노년

충만이 아니다. '꽃은 떨어져도 봄은 그대로 있다'는 시구의 정신을 넓게 해석할 때, 실의에 빠진 모든 사람들은 새 출발의 가능성이 누구에게나 항상 존재한다는 원리를 깨달을 것이다.

세상을 살아가는 과정에서 누구나 한두 번은 실패 또는 역경에 부딪혀 심한 좌절에 빠지는 경험을 갖는다.

그러나 아무리 큰 실패를 하고 아무리 어려운 역경에 처한다 하더라도 크게 볼 때 세상은 여전히 그대로 있다. 꽃이 떨어져도 봄은 그대로 있듯이, 내가 한 번 실패해도 세상은 거기 그대로 있다.

입학 시험에서 낙방의 고배를 마시거나 사업에 실패를 하거나 또는 그 밖의 어떤 역경에 처했을 때, 우리는 세상 전체가 온통 달라진 것처럼 느끼기 쉽다. 그러나 하늘과 땅은 그대로 있으며, 우주를 다스리는 유구한 이법과 인간 세계를 다스리는 역사의 법칙도 여전히 그대로 있다. 실패한 뒤에도 다시 딛고 일어설 수 있는 지반은 그대로 여전한 것이다.

일본의 제삼고등학교 기숙사 노래에 '봄이 감을 슬퍼하는 노래(行春哀歌)'라는 것이 있었다. 당시의 일본의 고등학교는 5년제 중학교를 마치고 들어가는 3년제 학교였으니, 지금으로 말하면 대학 교양 과정에 가깝다. 고등학생까지는 젊음과 낭만을 구가하고 대학생이 되면 어른으로서 행세하는 것이 그 시절의 풍속이었다. 따라서 고등학교를 졸업한다는 것은 젊음의 막이 내린다는 뜻으로도 해석되어, 제삼고등학교생들이 졸업 때 즐겨 부른 노래가 '봄이 감을 슬퍼하는 노래'였다.

'봄이 감을 슬퍼하는 노래'는 그 노랫말이 아름답고 구성져서 명가곡의 하나로 손꼽혔고 나도 한때 즐겨 불렀다. 그러나 지금 생각하니 그것은 좋은 노래가 아니다. 이십대에 벌써 봄이 사라짐을 노래한다는 것은 젊은이의 기상이 아니다. 젊은이뿐만 아니라 어떤 연령층을 위해서도 그런 노래는 좋은 노래가 아니다. 사람의 힘을 꺾는 노래는 비록 귀에 아름답게 들려도 좋은 노래가 아니다.

고 독

박이문

화려한 네온빛이 왁자한 크리스마스 이브의 거리에서 아는 이도 없고 갈 곳도 없어 떨고 있는 고아는 고독하다. 아내를 잃은 다음 가족도 친구도 없이, 무거운 다리를 끌고 혼자 시장에 가서 저녁거리를 사 들고 돌아오는 노인의 지팡이가 고독하다. 자정이 넘어서도 외로이 불이 밝혀져 있는 노처녀의 아파트가 고독하다. 모든 사람들의 지탄을 받으면서 사형대를 향하여 발걸음을 옮기는 죄수의 축 늘어진 목이 고독하다. 이스라엘인들의 폭격과 탱크의 공격을 받고 마치 쥐구멍에 몰리듯 베이루트의 한구석으로 밀려나면서 세계를 향하여, 같은 아랍인들을 향하여 반응 없는 마지막 원조를 호소하면서 쓰러지고 죽어가야 했던 팔레스타인 사람들, 인류의 도덕적 양심을 애절하게 외치면서 나치가 만든 가스실에 끌려가 죽어야 했던 수백만 유태인들은 고독을 경험했다.

고독은 남들의 나에 대한 무관심을 의식할 때 생기는 경험이다. 사람으로서 나는 사회적 동물이다. 따라서 나는 남들과 이해관계를 맺고 상호보존의 관계를 지니며 산다. 그러나 남들의 도움을 꼭 필요로 하는 극한상황에서 나는 흔히 남들의 무관심을 발견한다. 나는 내가 혼자라는 것, 사회적 동물이면서도 근본적으로 하나의 개체로서 혼자 존재해야 하는 실존적 존재, 비사회적 존재임을 의식한다. 남은 차다. 사회는 냉혹하다. 나는 혼자다. 아무도 나를 도와주지 않는다. 군중 속에서 고독을 느낀다. 광장의 고독이 있다. 나를 대신하는 어떤 이가 있을 수 없다. 나를 대신해서 나의 기쁨이나 고통을 느껴줄 사람은 없다. 나를 대신해서 살아줄 사람은 아무도 없다. 그 아무도 나 대신 죽어줄 수는 없다. 우리는 누구나 혼자 와서 혼자 살다가 혼자 기뻐하고 혼자 괴로워하다가 혼자 죽는다.

사회의 일원으로서 나는 사회적인 고독만을 느끼지 않는다. 나는 그냥 인간으로서 모든 사회적인 차원을 넘어서 더 가혹한 고독을 체험한다. 사회적으로 고독을 느끼지 않고 행복할 수 있다 해도, 나는 이렇게 사는 나의 삶의 의미를 알고 싶다. 나는 왜 태어나서 왜 죽어야 하는가. 이렇게 존재하는 나의 궁극적 의미는 무엇인가. 죽음 앞에서, 누구나가 피할 수 없는 이 필연적 사실 앞에서, 우리의 시선은 초월적 세계로 쏠리며 우리의 영혼은 하느님을 부른다. 우리는 사회적으로만 만족할 수 없다. 궁극적 삶의 의미, 궁극적 구원을 바라게 되는 것이다.

우리는 사회적 차원에서 종교적 세계로 옮겨가고 있는 것이다. 종교적 구원을 찾는 인류로서의 우리는 모두 아무리 밤하늘이 아름답고 신비해도, 아무리 산과 바다의 경치가 장엄해도, 크리스마스 이브에 혼자 거리를 방황하는 고아이며, 아내를 잃고 혼자 시장에 가는 노인이며, 노처녀 아파트의 늦게까지 켜져 있는 램프불이며, 사형대에 혼자 올라가는 죄수이며, 가스실에 끌려가는 유태인들이며, 이스라엘인들의 폭격에 쓰러지는 팔레스타인 사람들이다.

찬란한 밤하늘은 그것을 바라보는 우리에게 무관심할 뿐이다. 지나가는 바람은 우리의 부르짖는 소리에 귀를 기울이지 않는다. 쏟아지는 비는 우리의 슬픔을 씻어주지 않는다. 부르고 또 불러도 하느님은 말이 없고, 기도하고 또 기도해도 절대자는 우리 앞에 나타나지 않는다. 아무것도 우리를 도와주지 않는다. 우리를 상관해주는 것은 아무것도 없다. 인류는 혼자다. 로마를 태울 만큼 고독했던 네로의 심정을 이해할 수 있다. 오지도 않는 '고도를 기다리며' 저녁놀을 지켜보는 베케트의 비전의 의미를 알 수 있다. 우주 안에서 인류는 고독하다. 이런 의미에서 오늘의 인간이 '집을 잃었다'는 하이데거의 말은 절실하다.

가족도, 아내도, 친구도, 집도 없는 나만이 외로운 고아가
아니다. 하느님에게 호소하는 집을 잃은 인류만이 고독하지
않다. 고독한 우리를 태우고 우주를 떠돌기만 해야 하는 지구
의 고독을 이해할 수 있다. 말이 없는 빈 공간을 떠도는 달과
해, 무한히 뻗은 공간 속에서 뜻없이 반짝이기만 하는 무수한
별들은 더욱 절실한 고독의 상징이 아니고 무엇이겠는가. 만
약 인간의 의식, 생각에 의해서 어떤 연관이 맺어지지 않았던
들 별들을 담고 있는 저 우주, 우주를 담고 있는 무한한 시간
과 무한한 공간은 절대적인 고독을 벗어나지 못했을 것이다.

고독은 남의 무관심, 나의 고립성만을 의미하지는 않는다.
고독은 자유의 발견을 뜻하기도 한다. 귀여운 외아들 이삭을
희생물로 바치라는 하느님의 청천벽력 같은 명령을 받고 도덕
과 신앙, 아들에 대한 자연스러운 사랑과 하느님에 대한 엄격
한 약속 사이에서 갈등하며 어떻게 해야 할까 고민하다가 아
들 이삭을 산으로 끌고 가 죽이려 했던 아브라함의 고독을 어
찌 공감하지 않을 수 있겠는가. 바리새인들에게 끌려, 십자가
를 메고 겟세마네 동산으로 비틀거리며 올라가던 예수는 한없
이 고독했을 것이다. 싸움터에서 적군에게 잡혀 혹독한 고문
을 당하면서도 조국을 배반하기보다는 차라리 죽음을 택한 한
부명의 병사는 고독했을 것이다. 아버지의 원수를 갚을까 말
까 주저하는 햄릿, 비록 좋은 의도를 갖고 있지만 이웃 할머니

를 죽인 후 도덕적 갈등에 빠져 경찰에 자신의 범죄를 자백할까 말까 고민하던 《죄와 벌》의 주인공 라스콜리니코프는 무척 고독했을 것임에 틀림없다. 더 가까이는 복순이와 결혼할까 아니면 숙분이한테 장가갈까를 결정해야 하는 수많은 젊은이들, 서울대에 갈까 아니면 이대에 갈까를 결정해야 하는 고등학교 졸업반 여학생은 고독을 경험함에 틀림없다.

아브라함, 예수, 적군의 손에 증인도 없는 곳에서 고문당하며 죽기를 결심했던 병사, 햄릿, 라스콜리니코프, 배우자를 선택해야 할 젊은이, 학교를 선택해야 할 여학생은 한결같이 그들이 선택해야 한다는 것, 마지막에 가서는 누가 무엇이라 해도 각기 그들 자신이 선택해야 할 자유에서 빠져나갈 수 없다는 것을 체험하고 있는 것이다. 그들은 혼자이다. 그들이 선택한 결과가 어떤 것이든 간에 그 책임은 오로지 그들 혼자만이 져야 함을 알고 있다. 결정적 선택의 마당에서 아무도, 정말 그 아무도 그를 도와줄 수는 없다. 하느님도 도움이 될 수 없다. 왜냐하면 아브라함이 하느님을 따라야 하는가 아닌가의 문제는 하느님이 그를 대신해서 결정할 수 있는 것이 아니라 그 자신만이 해야 하기 때문이다. 아브라함은 하느님을 따를까 아니면 아들을 살릴까를 스스로 결정해야 하며, 예수는 자신의 신념을 버릴 것인가 그렇지 않으면 십자가에 못 박힐 것인가를 혼자서, 오직 혼자서만 선택해야 한다. 아무리 괴롭더라도 배우자를, 학교를 선택해야 하며, 우리들의 병사는 아무리 외롭더라도 조국을 등질 것인가 아니면 적군의 손에 죽을 것인가를 결정해야만 한다. 고독한 결정이 아니고 무엇이겠는가. 고독은 우리가 그냥 사물이 아니라 의식의 자유를 가진 존재임을 드러낸다. 자유롭기 때문에, 아무리 도피하려 해도 도피할 수 없는 자유를 갖고 있기 때문에 우리는 항상 선택해야 하고, 그렇기 때문에 괴롭고 그 괴로움은 절대적으로 나의 것, 오로지 나만의 결정에 달려 있기 때문에 나는 궁극적으로 고독을 느껴야 한다. 이처럼 고독은 자유와 떨어질 수 없는 밀접한 관계를 갖고 있다. 고독과 자유는 인간의 이른바 실존적 상황의 두 가지 측면에 불과하다.

아무도 대신할 수 없는 나; 나의 삶, 나의 행동, 나의 영광과 수치. 고독 속에서 나는 나의 유일성, 유일한 존재로서의 나를 발견한다. 고독 속에서 우리는 처음으로 적나라한 자아, 모든 껍데기를 훌훌 벗은 벌거숭이 자아와 처음으로 직면한다. 고독은 자아를 밝혀주는 조명이다. 내가 누구를 대신해줄 수 없듯이 아무도 나를 대신해줄 수 없다. 내가 남을 대신해 살 수 있고 남이 나를 대신할 수 있다면 그것은 대신 살아준 사람의 삶이지 자신의 삶이 아니다. 만일 남이 나 대신 죽을 수 있다면 그 죽음은 남의 죽음이지 나의 죽음이 아니다. 내가 존재하는 한, 나의 삶을 살고자 하며 살아야만 하고, 나의 죽음을 죽

고자 하며 죽어야만 한다. 나에게 나의 삶과 죽음은 유일무이
하며 따라서 나는 고독할 수밖에 없다. 아무리 귀엽게 호의호
식하는 보호를 받고 자랐다 해도 조만간 나는 초등학교에 가
서 내 스스로 배우고 남들과 경쟁해야 하며, 시험을 보는 불안
과 진학하는 기쁨을 나 혼자만이 경험해야 한다. 아무리 귀중
한 공주라 해도 그녀를 대신해서 말을 배우는 고충을 겪고, 학
교에 가서 시험을 치러야 하는 불안을 대신할 수는 없다. 막강
한 권력을 갖고 있는 제왕이라 해도 그의 권세로써 그의 귀여
운 왕자가 겪어야 할 사랑의 슬픔을 대신해서 해결해줄 수는
없다. 그러기에 책가방을 등에 메고 초등학교에 들어가는 꼬
마, 배우자를 결정해야 할 공주도 무척 고독하게만 보인다.

　고독은 자아의 진정한 모습, 인간의 근본적인 존재를 발견
케 한다. 고독을 경험하지 못한 사람은 자기 자신을 진정한 의
미에서 의식할 수 없다. 고독의 아픔을 체험하지 않고 우리는
자유를, 동물 아닌 인간으로서의 자아를 의식할 수 없다. 그래
서 고독은 우리의 삶을 깊게 해준다. 우리는 고독한 경험을 통
해서 자아에 대한, 삶에 대한, 인간에 대한 더욱 깊은 이해를
갖게 될 수 있다. 그러기에 고독을 모르는, 깊은 고독을 체험
하지 못한 사람은 피상적으로밖에 보이지 않는다. 소포클레스
는 비극《안티고네》에서 동생 안티고네가 언니 이스메네와 더
불어 보냈던 무도회의 이야기를 그린다. 무도회에서 에몽이라

는 젊은 남자는 모든 젊은 남녀들이 즐겁게 춤추고 있는 가운데 한구석에 혼자 쓸쓸히 앉아 구경만 하고 있는 안티고네에게 눈길이 갔다. 더욱 아름다운 언니 이스메네와 밤새도록 춤을 추었으면서도 에몽의 마음을 끈 것은 구석에만 앉아 있던 아름답지 않은 외모의 안티고네였고, 에몽은 마침내 그녀와 사랑에 빠져 약혼을 하게 된다. 놀기에 정신 없는 사람들과는 달리 혼자 따로 떨어져 있던 안티고네, 그 안티고네의 고독이 깊은 의미로 그에게 다가왔기 때문이다. 고독을 모르고 어찌 깊은 삶의 경험을 할 수 있을 것인가. 한 번도 고독에 빠져보지 못했던 사람이 어찌 참다운 자아, 자기 자신의 모습을 알고 있다고 할 수 있겠는가. 고독에 젖어보지 않았던 사람이 어찌 위대한 문학작품을 쓸 수 있을 것인가. 깊은 철학적 사상이 고독을 떠나 어찌 탄생할 수가 있겠는가.

하이데거는 잡담과 진담을 구분 짓고, 대부분의 우리들은 인생의 대부분을 잡담으로 보낸다고 주장한다. 잡담은 진정을 전달하지 않으며 진실하지 않다. 그러므로 진실을 보여주는 진담을 해야 한다고 주장한다. 우리는 대체로 참다운 자기를 의식하지도, 진실하게 살고 있지도 않다는 것이다. 한마디로 우리는 대부분의 경우 그냥 떠들면서 살고 있지 '실존'하지 않고 있다는 것이다. 실존적 불안, 실존적 책임, 실존의 조건으로서의 고독을 도피하기 위해서 우리는 우리 자신의 신념대로 살기를 포기하고, 실존하지 않고 군중의 틈에서 군중을 따라 생각하고 말하고 행동한다. 우리는 실존적 인간이 아니라 속물이 되기를 무의식중에 원하는 것이다. 그러나 사람의 고귀함은 고독을 거치지 않고서는 생겨나지 않는다. 고독 속에서 자라고 피어나지 않은 인간의 열매는 고귀한 것이 될 수 없다. 고독은 문자 그대로 외롭지만 고독을 모르는 마음, 고독을 모르는 군중은 더욱 허전하며 더욱 외로울 것이다.

고독은 풍요하다. 잠시 군중으로부터 떨어져서, 잠시 일상적 관심을 떠나서, 잠시 혼자서 고독에 파묻혀 있을 때 우리는 새로운 자아를, 참다운 남들을, 남들과 나와의 올바른 관계를 생각할 수 있고 알게 될 것이며, 무한한 우주, 밑도 끝도 없는 시간과 공간 속에서의 나의 존재의 의미가 발견될지도 모른다. 고독 속에서 무엇인가를 생각하는, 우주의 의미를 생각하는 고독한 인간이 있기에 밤하늘의 저 별들의 고독, 끝없이 비어 있는 우주 공간의 고독은 다소 덜 쓸쓸하고 허전하고 덜 아파 보인다. 이처럼 고독은 깊고 방대하고 풍요한 뜻을 갖고 있다. 그러기에 아무도 없는 해변 모래사장 위에 발자국을 남기며 혼자 산책하는 한 사람의 모습은 고독해 보이지만 그것은 또한 한없이 흐뭇하고 아름답다. 해가 지는 눈 덮인 시골 논두렁에 우뚝 서 있는 한 마리 두루미의 긴 다리는 고독해 보이지만, 한쪽 발로 눈을 디디고 서 있는 두루미의 검은 줄이 찍힌

긴 목은·어쩐지 고상해 보인다.

　상상 속에서나마 해변가를 혼자 산책해보지 못한 사람의 일생은 허전하다. 상상 속에서나마 눈 덮인 시골 들에 서 있는 한 마리의 두루미, 그 고독한 아름다움을 느끼지 못하는 사람의 마음은 너무나 삭막하다.

여 행

박이문

여행은 하나의 움직임이다. 파스칼은 불행의 유일한 이유가 우리가 방 안에 혼자 가만히 있지 못하는 데 있다고 말했다. 움직이지 않을 때 삶은 끝이 난다. 살아 있지 않고서 행복할 수 없다.

여행은 떠남으로써의 움직임이다. 《플루타크 영웅전》에선 떠남에 대한 피러스와 시네아스의 상반된 태도가 이야기되고 있다. 피러스는 희랍을 정복하고 아랍을 점령하고 그 다음엔 아시아를 정복하겠다고 한다. 그러고 난 다음은 무엇을 하겠느냐고 묻는 시네아스에게 쉬겠다고 대답한다. 그러자 시네아스는 아무래도 쉴 바에야 그냥 지금부터 쉬면 더 좋지 않으냐고 반문한다. 그러나 삶은 쉬더라도 우선 움직이기를 요구하며, 언제고 반드시 돌아와야 하더라도 떠나기를 요청한다. 그것은 우리가 언젠가는 죽기 마련이라도 살고 봐야 하는 것과 마찬가지이다.

여행이 떠남이라지만 거기에는 확정된 목적이 없어야 한다. 어떤 확정된 목적을 위해서 떠나는 것이 아니라 그냥 떠나는 것이 여행이다. 여기서 말하는 여행은 사업가나 유학생, 공무원처럼 어떤 목적을 둔 여행이 아니다. 그것은 바캉스, 즉 비우는 것, 휴가로서의 여행을 뜻한다.

바캉스! 휴가! 말만 들어도 시원하고 그 말의 여운만으로도 어딘가 낭만적이며 자유로운 해방감, 더 나아가서는 행복감을 느끼게 된다. 바캉스, 휴가로서의 여행은 일상적인 것, 따분하고 무서운 상습성으로부터의 이탈을 의미한다. 그래서 여행은 새로움, 신선한 것, 낯선 것에 대한 호기심의 만족을 의미한다.

배낭을 짊어지고 설악산에 오르면, 복잡하고 탁한 공기와 소음에 싸인 서울과는 다른 환경에 접하는 신선함이 있다. 산골짜기에서 도시락을 풀어 요기를 할 때 일상의 틀에 박힌 식탁에서와는 다른 새로운 맛을 경험한다. 또는 비행기를 타고 가서 파리의 노트르담, 로마의 콜로세움, 아테네의 아크로폴리스 신전, 고층 빌딩이 숲을 이룬 뉴욕의 맨해튼 등을 구경할 때면 교과서나 신문, 잡지를 통해서 막연하게 상상하던 미지의 세계에 대한 의혹이 풀린다. 이집트의 피라미드, 인도의 도시 여기저기서 발견되는 성우(聖牛), 남미 잉카의 유적, 그리고

아프리카의 원주민들을 접하면서 인류의 역사와 인간의 가지
가지 생활양식을 눈과 피부로 직접 배운다.

이렇게 보면 여행은 교육적 의미를 가진다. 이른바 수학여
행이란 관념이 생기고 그런 명목하에 수많은 학생, 수많은 사
람들이 자기의 학교, 자기의 고장을 잠시나마 떠나서 버스에
실려 또는 배나 비행기를 타고 다른 지방으로 혹은 다른 나라
로 떠난다.

그러나 신문, 잡지, 텔레비전이 극도로 발달한 오늘날에 교
육적 여행은 그 의미를 잃어가고 있는지도 모른다. 막대한 돈
과 시간을 들여가며 멀리까지 가서 직접 사물과 사람들을 접
하여 무엇을 배우는 효과보다는 오히려 집에 앉아 책을 읽든
가 텔레비전을 시청함으로써 더 많은 정보를 더 정확하게 얻
을 수 있기 때문이다. 사실 해인사에는 평소에 못 피우던 담배
를 태우기에 여념이 없는 남학생들로 그득하고, 불국사에는
사진 찍기에 한창인 여학생들이 대부분이다. 발가락이 붓고
충분히 잠을 못 자서 눈이 부은 시골 일본인들이 루브르 박물
관이나 피렌체의 시가를 돌아다녔다고 해서 과연 무엇을 보고
듣고 배웠다고 하겠는가. 어쩌면 집에 돌아온 그들에겐 양떼
를 끌고 다니듯 하는 안내자가 들고 있던 깃대만이 기억에 역
력할 것이며, 그들에게 남을 수 있는 것은 고작 정신 없이 찍
은 기념사진뿐이기가 일쑤이며, 그들이 여행에서 얻을 수 있

270

는 것은 고작해야 유명한 곳을 갔었다는 사실, 파리, 로마의
유적들을 보고 왔다는 일종의 허영심에 대한 만족감에 불과할
것이다. 여행이 대중화된 오늘날, 그것은 이른바 아메리카식
으로 속화되고 피상적인 역할을 하는 경우가 대부분이다. 아
껴두었던 돈을 몽땅 쓰면서 비행장, 호텔 혹은 버스정류장에
서의 피로를 경험하고 이른바 고적, 명소를 배경으로 자신의
얼굴이 담긴 사진을 찍은 것으로 만족해버리는 경우가 많다.

　새로운 것을 보더라도 새로운 것을 관찰하기란 쉽지 않다.
새로운 정보를 듣는다 해도 정말 새로운 정보로 지각되기란
드문 일이다. 누구나 자신의 눈으로, 자신의 귀로만 보고 들어
야 하기 때문이며, 자신의 눈이나 자신의 귀가 아닌 다른 사람
의 눈과 귀를 통한 정보는 상상을 한다 해도 쉽게 파악되지 않
기 때문이다. 물리적 방법에 의해 자신의 공간을 떠난다고 정
말 새로운 공간 속에서 살 수 있는 것은 아니다. 그것만으로는
지금의 자신을 떠나 스스로를 새롭게 보거나 자각하기가 어렵
기 때문이다.

　우리는 어쩌면 누구나 타고난 나르시스트인지도 모른다. 따
지고 보면 여행의 유혹은 호기심의 만족에 있지도 않고 교육
적 목적을 달성하는 데 있지도 않다. 그것은 자신으로부터의
탈출, 자기로부터의 해방에 있다. 나는 나의 집에서, 나의 가
족 혹은 친지로부터 떠나고 싶은 것이다. 나는 나의 마을, 나

의 도시, 나의 나라로부터 벗어나고 싶은 것이다. 물론 그러한 공간들이 나의 삶을 보호해주고, 오늘의 나를 만들어준 밑거름이라고는 하지만 그것은 또한 나를 구속하는 제약이기도 하다. 생명으로서의 나는 항상 변할 수밖에 없기 때문이다. 그리고 무엇보다도 나는 가족의 한 사람이기 전에, 누군가의 친구의 한 사람이기 전에 시민이나 국민이기 전에 하나의 인간이기 때문이다.

현재나 과거의 나로부터 나는 빠져나가고 싶은 것이다. 가족과 친구와 떨어져서 혼자 있고 싶은 것이다. 여행의 가장 밑바닥에 있는 유혹은 혼자가 되고 싶은, 그럼으로써 모든 사회적 관계의 틀, 일상적 틀 속에서 해방될 수 있는 데 있다. 단체 여행은 고독하지 않아 좋고, 가까운 친구나 애인과의 여행은 다정해서 좋다. 남들과 함께 보는 아름다운 것들은 그만큼 더 아름답다는 말에 일리가 있음을 인정한다. 이야기할 사람도 없이 혼자 다니는 여행은 여행의 절반을 잃어버린 것임을 많은 사람들은 체험을 통해서 알고 있을 것이다. 그럼에도 불구하고 여행의 진짜 맛은 역시 혼자, 단 혼자 하는 데 있지 않을까 싶다.

아무도 모르는 낯선 도시에서 혹은 말도 잘 통하지 않는 이국의 낯선 거리에서 완전히 익명으로 어쩌면 있으나마나 상관없는 존재로서 나는 아무것도 아닌 사람이 될 수 있다. 그만큼 허전하고 가난한 것 같기도 하지만 또한 그만큼 나는 흐뭇하고 풍부해질 수도 있다. 낯익은 곳에선, 낯익은 사람들과의 관계 속에서 나는 모든 면에서 제약을 받게 되고 그 속에 뒤얽혀 있지 않을 수 없는 것이다. 아버지로서, 남편으로서, 직장인으로서, 한 단체의 성원으로서, 국민의 일원으로서 내게 부여된 일정한 역할과 내가 맡아야 할 특수한 기능이 있다. 나는 이런 관계 속에서 항상 무엇을 해야 하고, 어떻게 행실해야 할까를 염려한다. 아들의 교육을 위해서, 아내의 행복을 위해서 마음을 써야 한다. 이웃과 친구들 간의 관계에서 사회적으로나 도덕적으로도 얽매여 있지 않을 수 없다. 나는 아내에게는 남편으로서, 직장에서는 직업인으로서, 국가의 관점에서는 국민으로서 존재한다. 나는 그냥 나로서는 존재하지 못하고 남의 눈에 의해서 존재하며 남의 눈을 떠나서는 존재할 수 없다.

전혀 아는 사람들이 없는 낯선 도시를 혼자 서성대는 즐거움은 그러한 속박을 완전히 벗어나는 해방감에 있으며, 잠시나마 독립된 자기 자신으로 놓여 있다는 자기발견에 있다.

나는 이름도 성도 없다. 나에게 관심을 기울이는 눈들도 없다. 내가 죽든 살든 아무도 상관하지 않는다. 나는 누구의 아버지도 아니며, 누구의 아들도 아니다. 나는 높은 관리도 아니며 유명한 교수도 아니다. 나는 누구의 눈치도 볼 필요가 없다. 그냥 살아 있는 하나의 인간이며, 생물체에 불과하다.

남들에게 나는 있으나마나한 존재다. 나를 관찰하고 평하는 눈이 없다. 나는 관찰되지 않는 자유의 고지에서 남들을 구경하고 관찰하는 쾌감을 느낀다. 남들의 눈 때문에 하지 못했던, 이른바 사회적으로 제약되지 않은 몸차림으로 있을 수도 있고 도덕적으로 규탄받는 나쁜 짓도 할 수 있다. 그 답답한 넥타이를 팽개치고 걸레 같은 청바지를 입은 채 젊은이들의 틈에 끼어 걸어다녀도 걸리는 게 없다. 술집에 가서 밤늦게까지 앉아 있어도 나를 이상하게 볼 사람은 없다. 뜻하지 않은 사랑, 그렇게도 맛보고 싶었던 극히 낭만적인, 말하자면 비상식적이고 비도덕적인 사랑에 빠져볼 수도 있다. 나는 아버지도, 장관도, 교수도 아닌 그냥 하나의 벌거벗은 사나이일 수 있는 것이다.

나는 이제 체면이 필요 없다. 내 사회적 지위가 어떠했든 나는 값싼 여관방에서 마음 편히 뒹굴 수 있다. 나는 이제 분수를 생각할 필요가 없다. 기분 나면 호텔 식당에 들러 값비싼 요리를 만끽할 수 있다. 내게는 이제 특별히 할 일도 없고 각별히 생각할 것도 없다. 꼭 사야 할 물건도 없다. 나는 시간이나 날짜를 생각하지 않고, 어쩌면 시간과 공간의 공백지대에서 자유로울 수 있는 것이다. 마음 내키는 대로 거리를 서성거리다가 피로하면 여관에 들어가서 낮잠을 즐길 수 있다. 마음대로 게으를 수 있는 사치스러움이 있다.

이역의 큰 도시에 그 많은 사람들 틈에 밀려다니지만 나는 혼자서 고독하다. 그 많은 사람들에게는 내가 있으나마나지만 나에게는 그들이 있으나마나이다. 내가 관심을 둘 필요도 없고, 그들 역시 나에게 관심을 갖지 않는 한 그들은 실상 나에게는 없는 것과 마찬가지다.

이런 고독이 내 마음을 시원하게 한다. 혼자로서의 내가 모든 사회적, 도덕적 규제로부터의 탈출감을 만끽할 수 있기 때문이다. 이런 고독이 내 마음을 흐뭇하게 채워준다. 처음으로 독립된 있는 그대로의 나 자신을 찾았다는 생각이 들기 때문이다. 완전히 혼자서, 아무도 몰래, 아무에게도 그리고 아무것에도 구애받지 않는 자신을 발견할 때 귀중함과 보배로움을 느끼게 된다. 나만의 나, 숨겨진 나, 아무도 침범할 수 없는 비밀을 갖고 있는 나는 바로 그 비밀 때문에 남들이 접할 수 없을 뿐만 아니라 남들과의 복잡한 관계에서 거칠고 냉혹하게 변하기 마련이었던, 따사로움을 되찾는다.

낯선 땅에서 길을 잃고 헤매는 당혹감을 체험할 수 있을지도 모른다. 이역에서 언어가 통하지 않아 답답할 수도 있다. 어느 역에서 돈이 떨어져 막막할 때도 있을 것이다. 땀이 흐르고 발이 부르터서 쉬고 싶어지는 경우도 있을 것이다. 그럼에도 불구하고 우리는 어디론가 떠나고 싶은 유혹에서 벗어날 수 없다.

떠남. 걸어서, 버스나 기차를 타고서, 비행기로 날아서 떠나는 그것에 가슴이 부풀어 오르는 것은 떠남이 인간의 근본적인 해방을 향한 욕망을 상징하기 때문이다. 처음 보는 고장, 이국으로의 여행이란 낱말이 우리들의 가슴속에 낭만적 향수를 일깨워주는 것은 여행이 생동하는 모험, 자유를 의미할 뿐만 아니라 모든 것을 벗어던진 적나라한 자기 자신과의 접촉을 마련하고, 그 속에서 남들과는 혼돈될 수 없는 자신만의 깊은 영혼의 비밀을 보호할 수 있기 때문이다. 그렇다면 여행의 가장 깊은 뜻은 남들과 혼돈되거나 대치될 수 없는 자아의 유일성을 확인하는 데 있다. 낯 모르는 곳, 이국의 땅으로 우리는 떠날 수 있다. 이렇듯 떠남이 모든 사람의 어쩔 수 없는 꿈이지만 이 마을에서 다른 도시로, 한 나라에서 다른 나라로 떠나듯이 언젠가 숙명적으로 맞닥뜨려야 할 이 삶으로부터 다른 삶으로, 곧 죽음으로의 떠남은 어떤 것일까.

서재를 정리하며

이태동

　나는 날 때부터 정리벽이 부족한 사람이다. 그래서인지 어려서부터 책 수집하기를 무척 좋아했지만 목록에 따라 정확히 분류하지 못하고 서가(書架)에 아무렇게나 꽂아놓는다. 그래서 글을 쓰다가 어떤 책이 필요해서 찾을 때는 서재의 사방을 뒤지는 버릇을 지니고 있다.

　지난 밤 어떤 글귀가 떠올라 그것을 확인하려고 서재에서 책을 찾다가 못 찾고 지치기만 했다. 그래서 나는 책들을 순서에 따라 정리하지 못하고 아무렇게나 꽂아둔 게으른 자신에 대해 슬퍼하면서, 무질서하게 꽂아놓은 책들을 서가에서 서재 바닥으로 쓸어내렸다. 그리고 밤늦도록 정리하기 시작했다.

　책 정리는 처음 생각보다 훨씬 즐겁고 흥미로웠다. 분류한 목록의 순서에 따라 다시 책을 꽂아놓기 위해 흩어진 책들을 한 권씩 먼지 묻은 손에 들고 책이름을 들여다볼 때마다 그 책들을 수집할 때에 있었던 먼 과거의 일들이 물 위에 뜬 꽃잎처럼 떠올랐다.

수집가에게 서가에 꽂혀 있는 책들은 "파도처럼 밀려드는 추억의 밀물을 막는 둑"이라고 말하지만, 흩어진 책들은 그야말로 추억 그 자체였다. 고서(古書)들은 묵은 사진첩처럼 낡은 것이었지만 그것들 한 권 한 권은 그것대로의 온갖 추억의 무게를 무겁게 싣고 있었다.

대학 시절에 나는 무척이나 가난했다. 그러나 찰스 램의 말처럼 가난 속에서 어렵게 책을 구입하는 기쁨은 있었다. 다시 말해 나는 젊은 시절 학교에 다닐 때, 사고 싶은 책이 있어도 한 번도 마음놓고 구입한 적이 없다.

서재 바닥 한 모퉁이에 쓰러져 있는 두툼한 원서 한 권은, 갖고 싶어서 책방에 들러 만져보기를 수없이 거듭했으나, 구입할 능력이 없어서 결국 시집간 작은고모를 졸라 산 것이다. 지금은 책 표지의 빛이 바랬지만, 그 속에는 내가 그것을 들고 벅찬 마음으로 종로에 있던 그 양서점(洋書店) 문을 나오던 초라했지만 행복했던 내 모습이 지워지지 않고 짙은 그림자를 드리우고 있는 듯하다. 또 크기와 부피 때문에 눈길이 가는 영영사전 한 권을 손에 들고 보았더니, 내가 첫 원고료를 받아서 기념으로 구입한 것이란 표식이 속표지에 씌어 있었다. 이것만이 아니었다. 책을 구입하는 과정에서의 어려움과 기쁨은 다른 책에도 무수히 묻어 있었다.

하버드대학의 데이비드 퍼킨스(David Perkins)가 편집한 영국 낭만주의 영시 선집의 자줏빛 표지를 넘기니 "나의 노동의 대가로 받은 돈으로 구입한 책"이라고 쓴 글씨가 빛 바랜 잉크 글씨 속에 나타났다. 그 책은 내가 미국에서 어렵게 대학원 공부를 할 때, 책 값이 너무 비싸 쉽게 구입할 수가 없어서 대학 구내식당에서 일을 하고 받은 돈으로 산 것이었다.

그 당시 나는 그 책을 두 권 사서 한 권은 나를 마음으로 도와준, 같은 기숙사에 있었고 지금은 미국 어느 대학에서 18세기 영문학을 가르치고 있는 미국 친구에게 주었다. 그랬더니 그 친구는 학교를 졸업할 무렵 그 책에 대한 답례로 보나미 도브레(Bonamy Dobree)가 쓴 옥스퍼드판 18세기 영문학사 한 권을 사서 내게 주었다. 말없이 나누었던 아름다운 우정도 세월 속에 묻혀 까맣게 잊고 있다가, 그 자줏빛 책을 다시 서가에 꽂다가 생각이 났다. 영원한 망각 속에 묻어버리기에는 너무나 아름다운 벗이었다. 그러나 그는 지금은 만나볼 수 없고 다만 기억 속에 살아 있을 뿐이다.

그러나 모든 책들이 그렇게 힘겹게 얻어진 것은 아니었다. 내가 대학원 공부를 마치고 돌아올 때 졸업기념으로 은사 선생님이 사주신 것들도 많다. 책마다 사인은 되어 있지 않지만,

표지와 책 제목만 보아도 그때의 일들을 기억할 수가 있다.

은사님에게 받은 또 한 권의 책은 교수님이 은퇴하시고 돌아가시기 전 마지막으로 자택을 방문했을 때 주신 것인데, 선생님께서 여러 해 동안 대학 강단에서 직접 사용하셨던 책이었다. 마흔을 넘기면서 하버드대학에서 일 년간 머물다가 돌아오는 길에 선생님 댁에 들렀을 때 선생님으로부터 물려받은 것인데, 그 책에 담긴 의미를 처음에는 몰랐다. 그러나 귀국을 해서 짐을 풀어 그 책을 다시 열어보았을 때 미국 문학을 강의할 경우 도움이 되라고 나에게 주신 것이란 사실을 곧 알 수 있었다.

서가에 꽂기 전에 선생님께서 베풀어주셨던 사랑이 밀물처럼 밀려와서 낡은 책장을 한 장 한 장 넘겨보았더니, 여백이 있는 곳마다 선생님께서 오랫동안 강의하셨던 내용이 깨알처럼 씌어 있었고, 사이사이 타자기로 친 선생님의 강의안이 풀로 단단히 붙여져 있었다.

그 책은 결코 돈으로 가늠할 수 없는 선생님의 얼이 담긴 귀중한 정신적 유산이었다. 다음 순간 책을 직접 베껴 쓴 고서가 어느 도서품평회에서 가장 높은 값이 나갔다는 말의 참뜻을 이해할 수 있었다. 선생님의 손때 묻은 그 책을 다시금 펼쳐보았을 때, 책의 생명에 대해 다시 한번 생각하지 않을 수 없었다.

선생님께서 그렇게도 아끼던 책을 나에게 주신 것은 스스로 자신의 죽음을 예측하시고 책의 생명을 다시 살리기 위함이었을 것이다. 그것이 만일 문학을 알지 못하는 사람의 손에 떨어졌다면, 폐품으로 처리되었을 것이다. 도서관으로 보내졌다고 해도 나의 손 위에서처럼 그 생명이 살아나지는 않았을 것이다.

이러한 생각은 흰색 천으로 우아하게 장정을 한 1934년도 판 제임스 조이스의 《율리시즈》를 눈앞에 흩어져 쌓인 책더미 속에서 찾아 제자리에 꽂을 때 다시금 일어났다. 20세기 영문학사에서 최고의 걸작으로 알려진 이 책은 1979년 보스턴에 머물 때 서울 법대 송상현 교수와 이화여대 이동원 교수 그리고 작고하신 하버드 엔칭 도서관의 백린 선생과 함께 일요일마다 찾아간 벼룩시장에서 단돈 1달러를 주고 구입한 것이다.

이 책은 조이스를 전공하는 학자들에게는 바이블로 통하는 소중한 책이고, 나에게도 재산 목록 1호에 들어갈 만한 귀중한 고서다. 그런데 이 책을 만져볼 때마다 보스턴 부근의 어느 벼룩시장에서 큰 횡재를 했다는 생각보다 폐품에 가까운 잡동사니더미에서 이 책의 생명을 구해주었다는 생각을 한다. "진정한 수집가에게는 한 권의 고서를 얻는 것이 곧 그 책의 재탄생을 의미한다 해도 과장이 아니다"라는 발터 벤야민의 말은 이러한 사실을 의미하는 것이라고 생각된다.

그러나 내가 이들 책을 계속해서 읽지 않을 때는 그 생명을 완전히 구했다고 말할 수는 없겠다. 이러한 생각은 아프리카로 간 어느 수녀님 한 분이 주고 가신 도스토예프스키의 영문판 《카라마조프 가의 형제들》을 보았을 때 또 한번 일어났다. 그 책을 읽지 않은 채 책꽂이에 몇 년을 두고 꽂아놓았기 때문이다. 그러나 아나톨 프랑스가 그의 서재를 돌아본 어느 팔레스타인 사람의 물음에 다음과 같이 한 말을 기억하고는 어느 정도 위안을 얻었다.

"선생님은 이 책을 모두 읽으셨는지요?"

"아마 십분의 일도 채 못 읽었을 걸요. 당신도 세브르 도자기를 매일 사용하시지는 않을 텐데요."

이러한 대화를 기억하면 책을 다 읽지 못해도 책을 수집하는 작업은 책의 생명을 구해준다고 말할 수도 있지 않을까. 왜냐하면 책을 다 읽지 않더라도 있을 자리에 두고 보는 것 또한 책에 생명을 부여한다고 말할 수 있기 때문이다.

나는 책을 수집할 때 반드시 새 책만을 고집하지 않는다. 어떤 책이 절판되었을 때 구입하기가 어렵기도 하지만, 다른 사람이 깨끗이 사용한 책을 구하는 것이 훨씬 흥미롭기 때문이다. 어떤 사람이 과거에 그 책을 읽었다고 생각하면, 책을 읽는 데 동반자를 얻었다는 느낌이 들 뿐만 아니라, 정신적인 재산을 그와 함께 나누어 가진다는 생각도 든다. 특히 이미 누가 사용했던 책을 읽으면, 그 사람이 그 책을 구입할 때의 감정과

무슨 이유로 헌책방에다 팔았을까 하고 생각해보는 것도 재미
있는 일이다.

또 내가 수집한 책을 더 이상 가질 수 없을 때 책이 맞이하
게 될 운명을 생각해보는 것 또한 흥미로운 일이다. 아마 나는
장서(藏書)를 더 이상 가질 수 없는 운명에 놓이면 대학도서관
에 맡길 것이다. 다음 세대가 내가 수집한 책을 읽을 때, 그 책
들에 담긴 추억을 결코 읽을 수 없다고 하더라도 그들이 그만
큼 그 책의 생명을 연장시켜준다고 생각하면 자못 안심이 되
기 때문이다.

나의 서재에 꽂힌 책들은 몇 권 되지 않지만, 미국에서 대학
원 공부를 하기 이전에 수집한 책들은 한 권도 없다. 어릴 때
수집한 책들은 6·25전쟁 때문인지 내가 병원에 입원을 하고
돌아오니 모두 없어졌고, 그 후 대학 시절에 수집한 책들은 미
국을 건너가면서 누군가에게 맡겨두었으나 돌아와서 그 사람
을 만날 수 없는 운명이 되자 다시 보지 못하게 되었다. 지금
그 책들은 완전히 버림받아 생명을 잃고 폐품 처리가 되지 않
았으면, 다른 잡동사니 속에서 잠을 자거나 죽어 있을 것이다.

어떻게 생각하면 책을 수집하는 일은 책을 쓴 사람들의 가
장 위대하고 값진 고통을 함께하는 것이다. 어떤 책을 다 읽지
못해도 알지 못하는 어떤 사람에게 바친 숭고하고 절실한 마
음으로 쓴 저자의 서문만이라도 읽는다면, 그 책 값에 대한 충

분한 보상을 받았다고 생각한다. 우리나라에는 없지만 20세기 초까지 서양에 있었던 절판이 된 고서 경매시장에서 높은 가격으로 책을 입찰하던 광경을 그려보면 감격해서 눈시울이 뜨거워진다.

새벽녘까지 흩어진 책들을 말끔히 정리하고 사방에 둘러싸인 책들을 바라보며 의자에 기대어 앉았을 때, 책으로 다시 집을 지어 그 속에 살고 있는 듯한 느낌을 가졌다. 그래서 다시금 꽂혀 있는 책들은 케임브리지 찰스 강 부근의 곰팡내 나는 고서점을 뒤졌던 일, 하버드 대학가 주변에서 헌 책을 사서 월세 아파트 벽장에 쌓아두면서 흐뭇해 하던 일, 펠로앨토의 스탠퍼드 대학가에서 책을 구입하고 서점 주인과 친해져서 사진을 찍었던 추억들, 채플 힐의 '황소서점'에 황홀하게 진열된 책들을 보다가 강의실에 늦게 들어갔던 일 그리고 몇 권 안 되는 저서를 쓰거나 번역을 하면서 내 젊음을 그 속에서 모두 불태웠던 일 등 추억의 파도를 막아주는 방파제가 되어 있었다.

트럭 아저씨

박완서

매일 아침 하던, 등산이라기보다는 산길 걷기 정도의 가벼운 산행을 첫눈이 온 후부터는 그만두었다. 산에 온 눈은 오래간다. 내가 다시 산에 갈 수 있기까지는 두 달도 더 기다려야 할 것 같다. 걷기는 내가 잘할 수 있는 유일한 운동이지만 눈길에선 엉금엉금 긴다. 어머니가 눈길에서 미끄러져 크게 다치신 후 7, 8년간이나 바깥출입을 못하시다 돌아가신 뒤 생긴 눈 공포증이다. 부족한 다리운동은 볼일 보러 다닐 때 웬만한 거리는 걷거나 지하철 타느라 오르락내리락하면서도 벌충할 수 있지만 흙을 밟는 쾌감을 느낄 수 있는 맨땅은 이 산골마을에도 남아 있지 않다. 대문 밖 골목길까지 포장되어 있다. 그래서 아침마다 안마당을 몇 바퀴 놀면서 해 뜨기를 기다린다. 아차산에는 서울사람들이 새해맞이 일출을 보러 오는 명당자리가 정해져 있을 정도니까 그 품에 안긴 아치울도 동쪽을 향해 부챗살 모양으로 열려 있다. 겨울마당은 황량하고 땅은 딱딱하게 얼어붙었다. 그러나 걸어보면 그 안에서 꼼지락거리는 씨와 뿌리들의 소요가 분명하게 느껴질 정도의 탄력을 지녔다. 오늘 아침에는 우리 마당에서 느긋하게 겨울 휴식을 취하고 있는 나무들과 화초가 몇 가지나 되나 세어보면서 걸어다녔다. 놀랍게도 백 가지가 넘었다. 백 평도 안 되는 마당의 한가운데를 차지하고 있는 잔디밭을 빼면 나무나 화초가 차지할 수 있는 땅은 넉넉잡아도 40평 미만일 것이다. 그 안에서 백 가지 이상의 식물이 자라고 있다니. 물론 헤아려보는 사이에 부풀리고 싶은 욕심까지 생겨 제비꽃이나 할미꽃, 구절초처럼 심은 바 없이 절로 번식하는 들꽃까지도 계산에 넣긴 했지만 그 다양한 종류가 생각할수록 신기했다. 그것들은 하나같이 내 가슴을 울렁거리게 한 것들이다. 이 나이에도 가슴이 울렁거릴 만한 놀랍고 아름다운 것들이 내 앞에 줄서 있다는 건 얼마나 큰 복인가.

마당이 있는 집에 산다고 하면 다들 채소를 심어 먹을 수 있어서 좋겠다고 부러워한다. 나도 첫해에는 열무하고 고추를 심었다. 그러나 매일 하루 두 번씩 오는 채소장수 아저씨가 단골이 되면서 채소농사가 시들해졌고 작년부터는 아예 안하게 되었다. 트럭에다 각종 야채와 과일을 싣고 다니는 순박하고 건강한 아저씨는 싱싱한 야채를 아주 싸게 판다. 멀리서 그 아저씨가 트럭에 싣고 온 온갖 채소이름을 외치는 소리가 들리면 뭐라도 좀 팔아줘야 할 것 같아서 마음보다 먼저 엉덩이가 들썩들썩한다. 그를 기다렸다가 뭐라도 팔아주고 싶어하는 내 마음을 아는지 아저씨도 손이 크다. 너무 많이 줘서, 왜 이렇게 싸요? 소리가 절로 나올 때도 있다. 그러면 아저씨는 물건을 사면서 싸다고 하는 사람은 처음 봤다고 웃는다. 내가 싸다는 건 딴 물가에 비해 그렇다는 소리지 얼마가 적당한 값인지 알고 하는 소리는 물론 아니다. 트럭 아저씨는 다듬지 않은 야채를 넉넉하게 주기 때문에 그걸 손질하는 것도 한 일이다. 많이 주는 것 같아도 다듬어놓고 나면 그게 그걸 거라고, 우리 식구들은 내 수고를 별로 달가워하지 않는 것 같다. 뒤란으로 난 툇마루에 퍼더버리고 앉아 흙 묻은 야채를 다듬거나 콩이나 마늘을 까는 건 내가 좋아서 하는 일이지 누가 시켜서 하는 건 아니다. 뿌리째 뽑혀 흙까지 싱싱한 야채를 보면 야채가 아니라 푸성귀라고 불러주고 싶어진다. 손에 흙을 묻혀가며 푸성귀를 손질하노라면 같은 흙을 묻혔다는 걸로 그걸 씨 뿌리고 가꾼 사람들과 연대감을 느끼게 될 뿐 아니라 흙에서 낳아 자란 그 옛날의 시골 계집애와 현재의 나와의 지속성까지를 확인하게 된다. 그것은 아주 기분좋고 으쓱한 느낌이다. 어쩌다 슈퍼에서 깨끗이 손질해서 스티로폴 용기에 담고 랩을 씌

운 야채를 보면 컨베이어벨트를 타고 나온 공산품 같지 푸성
귀 같지가 않다.

다들 조금씩은 마당이 딸린 땅집 동네라 화초와 채소를 같
이 가꾸는 집이 많다. 경제적인 이점은 미미하지만 농약을 안
친 청정 야채를 먹는 재미가 쏠쏠하다고 한다. 그것도 약간은
부럽지만 모든 야채를 자급자족할 수 있는 것도 아니고 외식
을 아주 안하고 살 수도 없는 세상이니 안전해야 얼마나 안전
하겠는가. 하긴 주식에서부터 야채, 과일 일체를 유기농법으
로만 짓기로 계약재배해서 먹는 집도 있다는 소리를 들었지만
아직은 특별한 계층 사람들 이야기고, 나에게는 대다수 보통
사람들이 먹고사는 대로 먹고사는 게 제일 속 편하고 합당한
삶일 듯싶다. 무엇보다도 내 단골 트럭 아저씨에게는 불경기
가 없었으면 좋겠다. 일요일은 꼬박꼬박 쉬지만 평일에는 하
루도 장사를 거른 적이 없는 아저씨가 지난여름엔 일주일 넘
어 안 나타난 적이 있는데 소문에 의하면 해외여행을 갔다는
것이었다. 그것도 여비가 많이 드는 남미 어디라나. 그런 말을
퍼뜨린 이는 조금은 아니꼽다는 투로 말했지만 어중이떠중이
가 다 해외여행을 떠나는 이 풍요한 나라의 휴가철, 그 아저씨
야말로 마땅히 휴가를 즐길 자격이 있는 어중이떠중이 아닌
적격자가 아니었을까.

트럭 아저씨는 나를 쭉 할머니라 불렀는데 어느 날 새삼스

럽게 존경스러운 눈으로 바라보면서 선생님이라고 부르기 시작했다. 내가 작가라는 걸 알아보는 사람을 만나면 무조건 피하고 싶은 못난 버릇이 있는데 그에게 직업이 탄로 난 건 싫지가 않았다. 순박한 표정에 곧이곧대로 나타난 존경과 애정을 뉘라서 거부할 수 있겠는가. 내 책을 읽은 게 아니라 TV에 나온 걸 보았다고 했다. 책을 읽을 새가 있느냐고 했더니, 웬걸요, 신문 읽을 새도 없다고 하면서 수줍은 듯 미안한 듯, 어려서 《저 하늘에도 슬픔이》를 읽고 외로움을 달래고 살아가면서 많은 힘을 얻은 얘기를 했다. 그러니까 그의 글쓰는 사람에 대한 존경은 《저 하늘에도 슬픔이》에서 비롯된 것이었다. 나는 그 책을 읽지는 못했지만 아주 오래전에 영화화된 것을 비디오로 본 적이 있어서 그럭저럭 맞장구를 칠 수가 있었다. 아저씨는 마지막으로 선생님도 《저 하늘에도 슬픔이》 같은 걸작을 쓰시길 바란다는 당부 겸 덕담까지 했다. 어렸을 적에 읽은 그 한 권의 책으로 험하고 고단한 일로 일관해온 중년사내의 얼굴이 그렇게 부드럽고 늠름하게 빛날 수 있는 거라면 그 책은 걸작임에 틀림이 없으리라. 그의 덕담을 고맙게 간직하기로 했다.

설

전숙희 수필가

설이 가까워 오면, 어머니는 가족들의 새 옷을 준비하고 정초 음식 차리기를 서두르셨다. 가으내 다듬이질을 해서 곱게 매만진 명주로 안을 받쳐 아버님의 옷을 지으시고, 색깔 고운 인조견(人造絹)을 떠다가는 우리들의 설빔을 지으셨다. 우리는 그 옆에서, 마름질하다 남은 헝겊 조각을 얻어 가지는 것이 또한 큰 기쁨이기도 했다. 하루 종일 살림에 지친 어머니는 그래도 밤늦게까지 가는 바늘에 명주실을 꿰어 한 땀 한 땀 새 옷을 지으셨다. 우리는 눈을 비벼가며 들여다보다가 잠이 들었다.

착한 아기 잠 잘 자는 베갯머리에
어머님이 홀로 앉아 꿰매는 바지
꿰매어도 꿰매어도 밤은 안 깊어.

잠든 아기는 어머니가 꿰매주신 바지를 입고 산줄기를 타며 고함도 지를 것이다. 우리는 설빔을 입고 널 뛰는 꿈도 꾸었다.

설빔이 끝나면 음식으로 접어든다. 역시 즐거운 광경이었다.

어머니는 미리 장만해둔 엿기름가루로 엿을 고고 식혜를 만드셨다. 아궁이에서는 통장작불이 활활 타고, 쇠솥에선 커피색 엿물이 설설 끓었다. 그러면, 이제 정말 설이 오는구나 하는 실감으로 내 마음은 온통 그 아궁이의 불처럼 행복하게 타올랐다. 오래오래 달인 엿을 식혀서는 강정을 만들었다. 검은콩은 볶고 호콩은 까고 깨도 볶아 놓았다가 둥글둥글하게 콩강정도 만들고 깨강정도 만들었다. 소쿠리에 강정이 수북이 쌓이면서 굳으면, 어머니는 독 안에다 차곡차곡 담으셨다.

수정과를 담그는 일도 쉽진 않다. 우선 감을 깎아 가으내 말려서 곶감을 만들어 두어야 한다. 알맞게 건조한 곶감은 바알갛게 투명하기까지 하고, 혀끝에 녹는 듯한 감칠맛이 있다. 이것을 향기로운 새앙물에 띄우고, 한약방에서 구해온 계피를 빻아 뿌리는 것이다.

빈대떡도 손이 많이 가는 음식이다. 우선 녹두를 맷돌로 타서 물에 불려 거피를 내고 다시 맷돌에 곱게 갈아, 돼지고기와 배추김치도 알맞게 썰어 넣은 다음, 넉넉하게 기름을 두르고 부쳐 내는 것이다. 며칠씩 소쿠리에 담아 놓고 손님 상에 내놓기도 좋거니와 솥뚜껑에 푸짐히 부쳐가며 온가족이 둘러앉아 먹는 것도 별미였다.

그러나 정초 음식의 주제(主題)는 역시 흰떡이다. 흰쌀을 물에 담갔다가 잘 씻고 일어선 차례로 쪄내고, 앞뜰에 떡판을 놓고는 장정 두어 사람이 철컥철컥 쳤다. 떡판에선 김이 무럭무럭 올랐고, 우리들은 군침이 돌았다. 장정들이 떡을 쳐내면 어머니는 밤을 새워 떡가래를 뽑고, 알맞게 굳으면 이것을 써셨다. 그리고 세배꾼이 오는 대로 맛있는 떡국을 끓이고, 부침개며 나물이며 강정이며 수정과며 한 상씩 차려 내셨다.

나는 지금도 설날이 되면, 어머니 옆에서 설빔이 되기를 기다리던 그 초조한 기쁨, 엿을 고고 강정을 만들고 수정과를 담그고 흰떡을 치던 모습, 빈대떡 부치던 냄새, 이런 흐뭇한 기억이 되살아나 향수(鄕愁)에 잠긴다.

우리 어머니들은 설빔 하나 만드는 데도, 설 상 하나 차리는 데도 이처럼 수많은 절차를 거치고, 알뜰한 정성과 사랑을 쏟고 가족을 돌보고 이웃을 대접했다. 그런데 지금의 우리들은 어떤가?

기성복상에는 항상, 맞춘 것 이상으로 척척 들어맞는 옷들이 가득 차 있으니 언제든지 돈만 들고 나가면 당장에 몇 벌이라도 골라 입을 수 있다. 설이 돌아와도 여자가 그의 남편이나 아이들을 위해서 밤새워 옷을 지을 필요가 없게 되었다. 식료품상에는 다 만든 강정이 쌓여 있고, 다 갈아놓은 녹두도 있다. 아니, 빈대떡도 얼마든지 살 수 있다. 흰떡도 뽑을 필요가 없이, 쌀만 일어가지고 가면 금방 떡가래를 찾아올 수도 있다.

세상이 모두 기계화되었으니, 필요한 것은 돈과 시간뿐이요, 솜씨나 노력이나 정성이나 사랑이 아니다. 참으로 편리한 세상이 되었다. 그러나 그 '편리' 속에 짙은 향수가 겹치는 것은 무슨 까닭일까? 우리는 정작 귀한 것을 잃어가고 있는 것은 아닐까?

한국 여성들의 그 정성과 사랑을 우리는 이어받지 못하고 있다는 생각이 든다. 가족의 옷 한 가지 짓는 데도, 남편의 밥 한 그릇 마련하는 데도, 조상의 제상(祭床) 하나 차리는 데도, 이웃에 부침개 한 접시 보내는 데도, 우리 여성들은 말할 수 없는 정성과 사랑을 다 바쳤다. 옛날의 우리 의생활과 식생활은 여성들의 무한한 노고와 인내를 요구하는 것이었지만, 우리 여성들은 오로지 정성과 사랑으로, 노고를 노고로, 인내를 인내로 알지 않았다. 밤새도록 시어머니의 버선볼을 박던 며느리, 손 시린 한겨울에도 찬물을 길어다 흰 빨래를 하고 풀을 먹이고 다듬이질을 하고, 희미한 호롱불 밑에서 바느질을 하던 아내와 어머니, 한국 여인들의 그 아름다운 마음씨를 누가 감히 따를 수 있을까?

오늘의 우리는 그들의 마음을 잃어가고 있다. 마음을 잃어가고 있으므로 생활도 잃어간다. 아침이면 뿔뿔이 헤어지고,

저녁에 모여선 빵과 통조림으로 끼니를 때우고, 텔레비전 앞에서 대화 없는 몇 시간을 지내다가 또 뿔뿔이 헤어져 잠자리에 드는 사람들도 많다. 편리하지만 참 생활이 없다. 그래서, 현대인은 고독한지도 모른다.

우리가 어려서 우리 어머니들에게서 느끼던 그 '어머니'를 오늘의 우리가 우리 아이들에게 느끼게 하지를 못한다. 사서 입히고 사서 먹이는 동안에 우리는 정성과 사랑이 식어간 것이다. 뼈저린 고생이 없는 대신, 그 뒤에 오는 샘물 같은 기쁨도 없어졌다. 그래서 우리 아이들은 고독하게 자라는지도 모른다. '편리'도 중요하지만, 어떻게 뜨겁게 사느냐 하는 것이 더 중요하지 않을까?

새삼스럽게 옛날로 돌아가자는 것은 아니다. 다만, 우리 여성들이 보여준 그 정성과 사랑의 며느리, 아내, 어머니의 마음만은 이어받자는 것이다. 아무리 기계화된 생활이라 할지라도 정성과 사랑은 쏟을 데가 있을 것이다. 이야말로 삭막해져가는 우리의 생활을 인간다운 것으로 되돌리며, 현대인의 고독을 치유하는 길이리라. 아니, 이렇게 거창하게 말할 필요까지도 없다. 나의 남편과 아이들로 하여금, 고독을 모르는 기쁜 생활을, 행복을 누리게 하는 길이라고 믿자.

명절이 돌아오면 나의 고독한 눈에, 어머니가, 어머니가 자꾸만 떠오른다.

연처럼

윤형두 출판인. 수필가

줄 끊어진 연이 되고 싶다.

구봉산(九鳳山) 너머에서 불어오는 하늬바람을 타고 높이높이 날다 줄이 끊어진 연이 되고 싶다. 꼬리를 길게 늘어뜨린 채 갈뫼봉 너머로 날아가버린 가오리연이 되고 싶다.

바다의 해심(海深)을 헤엄쳐가는 가오리처럼 현해탄을 지나, 검푸른 파도가 끝없이 펼쳐져 있는 태평양 창공을 날아가는 연이 되고 싶다.

장군도(將軍島)의 썰물에 밀려 아기섬 쪽으로 밀려가는 쪽배에 그림자를 늘어뜨리며 서서히 하늘 위로 흘러가는 연이 되고 싶다.

나는 소년 시절에 연을 즐겨 띄웠다. 바닷바람이 휘몰아쳐

오는 갯가의 공터와 모래사장과 파란 보리밭 위에서 연퇴김과 연싸움을 즐겼다.

맞바람을 타고 곧장 하늘로 날아 올랐다가 연줄을 퇴기면 연머리는 대지를 향하여 독수리처럼 세차게 내려오다간, 땅에 닿기 직전에 연줄을 풀어주면 다시 연머리는 하늘로 향한다. 그럴 때 연줄을 잡아당기면 또 연은 창공을 향하여 쏜살같이 치솟는다.

퇴김중의 절묘(絕妙)는 바다 위에서 가오리연의 하얀 종이꼬리가 물을 차고 달아나는 제비처럼 해표(海表)를 슬쩍 건드리곤 물방울을 떨어뜨리며 끄덕끄덕 힘겹게 올라가는 가슴조임에서 맛볼 수 있다.

연싸움은 동갑짜리 K군과 심하게 하였다. K군의 연은 그의 아버지가 만들어준 견고하고 큰 장방형(長方形)의 십자(十字)살을 붙인 왕연(王鳶)이었고, 나의 연은 가오리를 닮은 볼품없는 것이었다. 그러나 그 연을 만들기 위해서 뒷마을 대밭에서 대를 얻어다 빠개고 괭이를 친 다음, 몇 번이고 무릎 위에 놓고 칼날로 훑는다. 등살과 장살을 곱고 매끈하게 다듬은 다음, 등살은 촛불이나 숯불로 휜 후 연체(鳶體)에 참종이(鮮紙)를 바르고 양 옆과 가운데에 꼬리를 단다.

K군의 연줄은 고기잡이에 쓰는 질긴 주낙줄에다 유리가루

와 사기가루를 민어(民魚) 부레풀에 섞어 발라서 날을 세운 것이고, 나의 것은 어머니의 반짇고리에서 몰래 가져온 무명실, 그것도 군데군데 이음 매듭이 있는 것이다.

연실을 감는 얼레도 회전이 빠르고 묘기를 부리기 쉬운 6각이나 8각 얼레를 가진 K군에 비해 나의 것은 고작해야 조선소(造船所)에서 주워온 막대기를 사다리 모양으로 못질한 2각 얼레에 불과했다.

왕연은 문풍지 소리를 내며 얼레에서 풀리는 은빛 연줄을 타고 하늘로 늠름히 오르는데, 가오리연은 광대춤을 추듯 양 날개를 번갈아 치켜들며 서서히 오른다.

가오리연의 가장 긴 꼬리가 뒷동산 대밭에 닿을 쯤이면 왕연은 하느작거리는 나의 연을 기습하기 시작한다.

한두 번의 퇴김으로 연줄이 얽히고 얼레가 감겼다 풀렸다 하는 소리가 몇 번 나면 가오리연은 하늘로 우뚝 솟구쳤다간 백학(白鶴)처럼 멀리 사라져간다.

짧은 겨울 해의 잔광(殘光)을 받으며 미지의 세계로 떠나가 버린 연을 생각하며, 허공에서 서서히 땅을 향해 하늘거리며 내려오는 연실을 감는다.

바닷가 집으로 돌아오는 길 옆 선창엔 범선(帆船)의 돛대만이 잔물결에 흔들리고 죽음과 같은 고요와 어둠이 밀물과 같이 밀려온다. 해변에 진남색의 어둠이 깔리면, 붉은 불을 켠

아버지의 혼백(魂魄)이 집에서 뒷솔밭으로 가오리연처럼 사라지더란 마을 사람들의 말이 떠올라 나를 더욱 우울하게 만들었다.

희미하게 꺼져가는 노을을 받으며 사라져간 연, 그것은 나의 무한한 동경의 꿈이었다. 아버지를 잃은 고독과 설움을 잊을 수 있고, 가난 때문에 받은 천대와 수모를 겪지 않아도 될 그런 세계로 날아갈 수 있는 연이 되고 싶었다.

그로부터 30년이 지난 요즘 나는 조롱(鳥籠) 속에 갇힌 자신을 발견하기도 하고, 능력의 한계를 느끼고 자학의 술잔을 기울이기도 한다. 어릴 때의 고독과 수모, 그 무엇 하나도 털어버리지 못한 채 더 많은 번민 속에서 살아간다.

마음이 만들어버린 속박, 눈으론 느낄 수 없는 질시와 모멸, 예기치 못했던 이별이 나를 엄습할 때면 나는 줄 끊어진 연이 되어 훨훨 하늘여행이 하고파진다.

그 옛날 그 하늘에 깜박이던 연처럼……

그러나 나에겐 이제 가오리연을 띄울 푸른 보리밭도, 연실을 훔쳐낼 어머니의 반짇고리도 없다. 다만 K군만이 2, 3일 후에 돌아오는 음력 설날에 띄울 막내아들의 연살을 다듬으면서 혹 나를 생각해주려는지…….

녹슨 은수저

김녹희 수필가

〈무도회의 수첩〉이라는 프랑스 영화가 있다. 한 중년 여인이 짐 정리를 하다가 우연히 처녀 때의 수첩을 발견한다. 거기엔 그녀가 열 여섯 살 때 성년의 날 무도회에서 함께 춤추었던 파트너들의 이름과 주소가 적혀 있었다. 한 장 한 장 수첩을 넘기며 지난날을 되새기던 그녀는 거기에 등장한 남자들을 한 사람씩 찾아가 본다. 세월이 흐르는 동안 그들은 신부가 되어 있었는가 하면 의사, 미용사가 되어 있기도 했는데 그들 옛 파트너들과 만난 그녀가 옛날을 회상한다는 줄거리이다.

그런데 나는 참 엉뚱하게도 오래된 우리 집 살림살이들을 보며 〈무도회의 수첩〉을 생각할 때가 있다. 그녀가 옛 파트너들을 만나 무도회날의 모습을 눈앞에 그려보며 젊은 날을 주억하듯이, 나는 이젠 고물이 다 된 냉장고나 소파를 보며, 냄

비와 테이블을 대하면서도 그걸 마련하고 사용하는 동안 쌓여진 내 지나간 날의 추억거리들이 하나하나 떠오르기 때문인가 보다.

이렇게 저마다 이야깃거리를 간직하고 있는 살림살이 중에서 요즘 내게 새삼스럽게 새로운 느낌으로 다가온 숟가락이 하나 있다. 꽃봉오리 모양의 장식이 봉긋하게 달려 있는 손잡이에 기쁨 희(喜)자와 빗살무늬의 나뭇잎 하나가 조촐하게 그려졌고 둥그런 바닥엔 금으로 상감을 한 커다란 무늬가 있는 은숟가락이 그것이다.

꼭 20년 전, 남편이 공부를 마치고 해외에서 돌아오던 길로 시댁에 짐을 푼 며느리에게 시어머님이 제일 먼저 해주신 것이 이 은수저였다. 어쩌면 은수저야말로 오랜 타국 생활을 하고 돌아온 반가운 이에게 줄 가장 한국적인 선물이 아닐까. 일본은 식탁에서 젓가락만을 사용하고, 중국엔 대나무 젓가락과 함께 도자기로 만든 숟가락이 있긴 하지만 투박하여 수프를 먹을 때 외엔 별로 쓸모가 없어 보이는데, 우리 민족만은 유일하게도 옛적부터 격조 있게 금속으로 만든 수저를 사용해왔으니까.

1세기경에 있었던 가야에서는 청동으로 된 수저를 사용했다고 하며, 후에는 황동 수저를 주로 쓰다가 조선시대에 와서 은으로 만들기 시작했다는데, 나는 새로운 걸 좋아하는 어머님에게서 은숟가락 속에 무늬까지 집어넣은 특이한 수저를 받은 것이었다.

그런데 그 무늬는 꽃이나 새 그림도 아니고, 흔히들 쓰는 수(壽), 복(福) 자도 아닌 참을 인(忍)이었다. 그걸 주시며 어머님은 '참을 인' 자를 넣은 까닭을 이렇게 말씀하셨다. "사람이 하고픈 거 다 하고, 하고픈 말 다 하고 살 수 있나. '참을 인' 자 세 개면 살인도 막는다고 했다." 어머님은 '참는다'는 것이 결혼한 여자에게 얼마나 중요한 것인지를 덧붙이셨다.

그날부터 나는 '참을 인' 자 수저를 사용하기 시작했다. 워낙 통이 크신 어머님이 며느리를 위해서 아마 제일 좋은 걸로 마련해서인지 보통 은수저의 두 배는 되게 묵직해서 가뜩이나 배실배실하게 여위었던 내게 그건 꽤나 무거웠다. 그런데다 밥상에서 한 숟가락씩 뜰 때마다 자연히 쳐다보게 되는 '참을 인' 자는 소리 없이 자꾸만 훈계하고 있는 것 같았다. "될수록 말하지 말거라"라고. 사실 나는 어머니가 구태여 그 글자를 새겨넣지 않았더라도 말이 너무 없을 정도였는데…… 아마 그래서 수저는 더 무겁게 느껴졌는지 모르겠다.

이렇게 마르고 말이 없던 나와 어머님은 정말 대조적이었다. 시집오기 전 발레리나가 꿈이어서 그 시절에 유명했던 무용가 최승희의 제자가 되려 했을 만큼 날씬했다는 애기를 수도 없이 하던 시어머님은 몸이 여장부처럼 크고 낭낭했다. 목소리도 컸고 얘기하기도 좋아하며 아주 부지런하셨다. 무엇을 하자고 마음먹으면 그 자리에서 시작했고, 얼마나 철두철미하신지 아침 일찍 일어나는 시간, 청소하는 순서, 성경 읽는 시간, 목욕 시간, 식사 시간을 정해서 한 번도 어긋내는 적이 없었다. 그랬기에 일가들이나 일 도와주는 사람들까지 합해서 스무 명 가까이 되곤 하던 대가족이었는데도 집안엔 언제나 흐트러질 수 없는 질서가 있었다.

그런데 어머님을 생각하면 이런 것들보다도 먼저 떠오르는 것이 '급한 성격'일 만큼 그 분은 불 같으셨다. 특히 당신의 의견과 다르거나 누구에게 무얼 가져오라고 시켜서 후딱 대령하지 않는 걸 제일 못 참아해서 그럴 때면 큰 소리로 화를 막 내시곤 했다. 하루에도 여러 번씩 그런 일이 있을 때마다 온 집안은 얼어붙는 듯한 긴장감에 싸이게 되었고 어머니가 내게 화내는 게 전혀 아니었는데도 나는 가슴을 조이며 불안해했다.

지금 생각하면 대식구의 살림을 질서 있게 주도하기 위해선 그런 것도 필요했을 텐데 그때 나는 아무 헤아림 없이 어머님을 비판적인 눈으로만 바라보았나 보다. 가뜩이나 참기 잘하는 며느리에게는 '참을 인' 자를 새겨넣어주면서 당신은 왜 전혀 아무것도 참지 않는가 하며. 그래서 어머님이 해주신 그 숟가락을 대하면 나도 모르게 반감이 솟아오르곤 했다. 후에 시댁에서 분가해 나오자 나는 기다렸다는 듯 수저를 바꾸어 다른 것을 사용하기 시작했다.

그러던 내가 참 이상하게도 나이 들어가자 차츰 어머님의 다른 모습을 깨닫게 되었다. 아무리 이해심 많고 따뜻하기로 이름난 분이라 해도 며느리와 함께 살 때 딸을 만나면 이런저런 속상한 이야기를 하는 걸 보며, 나는 처음으로 시어머님의 대범하던 모습을 떠올리게 되었나 보다. 어머님은 나 외에도 며느리가 넷이나 더 있지만 단 한 번도 며느리들에 대해 남에게 좋지 않게 얘기한 적이 없었다. 특히 일도 할 줄 모르고 세상 물정에 어두운 나를 보며 답답하고 마음에 안 들 때가 오죽 많았을까. 그래도 어머니는 불평은커녕 오히려 누구에게든지 며느리가 다 잘한다고 하며 칭찬하셨다.

당신 아들들에게도 마찬가지였다. 돌아가실 때까지 몇 년을 당뇨로 고생하시던 어머니를 남편은 집이 아주 가까웠지만 바쁘다는 구실로 한 달 넘게 찾아뵙지 못한 적이 여러 번 있었다. 그럴 때도 어머님은 언제나 반갑게, 오랜만에 보게 되는 아들의 손을 잡으며 "오, 너 왔냐?" 하시곤 아들에게 대접할 걸 가져오게 하셨다.

그럴 경우 다른 어머니들이 흔히 하듯 "너는 내가 죽어도 모르겠구나"라든지, "뭐가 그렇게 바빠서 엎어지면 코 닿을 데인데도 못 오느냐?"라는 원망 같은 걸 나는 한 번도 들어본 적이 없었다.

그저 무심히 보아 넘겼던 이런 모습들이 이제 내가 며느리를 볼 때가 되어서일까, 요즈음 새삼 생각나 가슴에 찌잉하게 박혀든다. 그렇게 철저하고 또 그렇게 불 같으신 분이 어떻게 그처럼 불만의 한 마디도 내비치지 않을 수 있었을까…… 나는 이다음 내 며느리에게 어떤 모습을 보이게 될까…….

문득 오랫동안 잊고 있었던 '인(忍)' 자 수저가 생각났다. 나는 부엌 서랍 한구석에서 까맣게 녹슨 채 잡동사니 틈에 아무렇게나 끼어 있던 숟가락을 찾아내어 깨끗이 닦았다.

내가 그렇게 보기 싫어했던 숟가락의 '참을 인' 자를 한참 들여다보았다. 글자와 함께 어머님의 모습이 가슴을 가득 채워왔다. 눈물이 났다. 어머님은 내게 참으라고 하신 게 아니라 자식들에게 당신이 참으신 거로구나…… 그 '참음' 은 바로 '큰사랑' 이었구나…… 하고. '참을 인' 자 뒤에 가만히 숨어 있는 '사랑' 이 보이는 것만 같았다.

수저는 이제 전혀 새로운 느낌으로 내게 다정하게 다가왔다. 생각해보면, 이 은수저뿐만 아니라 우리 식구들의 지난날들이 함께 녹아 있기 때문일까, 별것 아닌 살림살이 어느 것 하나 다정한 이야기가 실려 있지 않은 것이 없는 것 같다.

아마 나는 이 다음 나이가 아주 많아진 후에도 외롭지 않을는지 모른다. 영화 속에서 그녀가 무도회의 수첩을 넘기며 추억해보던 것보다도 훨씬 많은 추억거리가 내 오래된 살림살이 하나하나에 가득가득 쌓여 있을 테니까.

기 도

김초혜

이 세상 모든 사람들이 종교를 가졌건 안 가졌건 한평생 몇 차례씩의 진정하고 순수한 기도를 해보게 될 것입니다.

왜냐하면 우리들의 인생살이는 우리의 힘으로는 도저히 어찌할 도리가 없는 불가항력적인 어려운 처지에 빠지는 경우가 허다하기 때문입니다.

자기의 힘으로는 도저히 해결할 수 없는 비극적이고 절망적인 상황에 처했을 때, 우리 인간들은 자기도 모르는 사이에 두 손을 가슴에 모아 잡고 하늘을 우러르거나 고개를 숙이게 됩니다. 그때 마음속에 절실하게 갈구하는 것, 그것이 바로 가장 순수한 기도일 것입니다.

자식의 절망스러운 병 앞에서 어머니가 손을 모아 잡는 모습, 부모의 절망적 비극 앞에서 자식이 손을 모아 잡는 모습,

이 두 가지가 기도의 가장 기본적인 형태이면서 지고한 순수를 지닌 것이라 할 수 있습니다.

그리고 인간들이 집단적으로 죽음의 위기에 직면했을 때 손을 모으는 모습들이 아마도 두 번째 단계의 기도가 아닐까 합니다.

그리고 세 번째의 기도는 자기가 아닌 다수의 타인을 위하여 자기를 버리면서 드리는 기도라고 할 수 있습니다. 이 세 가지의 기도가 기도로서의 가장 바람직한 형태이고 또한 순수한 가치라고 여겨집니다.

그때 그 대상이 누구이냐는 상관이 없습니다. 비록 우리가 신앙을 가지고 있지 않더라도 누구에겐가 기도를 드린다는 것은 참으로 마음을 편안하게 하는 일입니다. 그러므로 대상이 누구냐가 상관없듯이 종교 또한 상관이 없습니다.

기도는 무엇을 해결하고자 하는 인간의 욕구가 아니고 자기를 이겨내고자 하는 마음의 각오를 나타낸 것이라고 생각합니다. 사실 기도로써 안 될 일이 된 경우는 없습니다. 기도가 무슨 일을 결코 해결하지는 못합니다. 누군가 말했듯이 기도는 어떤 객관적인 효과를 가지는 것이 아니고 오직 직관적인 반응을, 즉 마음의 안정과 위안을 얻을 수 있을 뿐이라는 것입니다. 우리가 기도를 하는 것은 우리 속에 감추어져 있는 힘을 재생해내는 계기를 마련해내는 것뿐입니다. 그 힘은 우리 마음속의 괴로움을 가볍게 하고 영혼을 즐겁게 해줍니다.

그러나 이런 기도 말고 다른 형태의 기도들도 있습니다. 그 다른 형태의 기도라고 하는 것은 나 자신만의 욕심을 채우고, 나 자신만을 위하고자 하는 이기적인 기도입니다.

자기의 힘으로 해결할 수 없는 이기적인 큰 욕심을 앞에 놓고 그것을 해결하게 해달라고 어느 대상에겐가 매달리며 애걸합니다. 그러나 이러한 이기적인 기도는 해결될 리가 없는 것입니다. 그 욕심을 이루어달라고 기도드릴 것이 아니라 그런 욕심을 내지 않게 해달라고 기도드려야 합니다.

그러나 우리들이 대체로 하고 있는 기도는 이렇게 어리석고 파렴치하고 이기적인 기도가 아닌가를 반성해볼 필요가 있습니다. 시험에 붙게 해달라거나, 부자가 되게 해달라거나, 출세를 하게 해달라거나 그런 식의 일방적 기도가 어찌하여 기도로써 이루어지겠습니까?

기도를 자기 수련의 교육이라고 생각하면서 자기반성을 한다면 새로운 느낌과 새로운 의미로 성실한 삶을 꾸려나갈 수 있을 것입니다.

한 가지 예로 간디는 회의를 하다가도 바닥에 꿇어앉아 기도를 했답니다. 그는 밥 먹는 것을 잊어버리는 일은 있어도 하루에 두 번씩의 기도를 잊어버리는 일은 절대로 없었다는 것입니다. 아침 기도는 혼자 하지만 저녁 기도는 공개적인 의식과 같은 성격을 띤다고 합니다. 왜냐하면 마을 사람들과 집안 식구들이 참가하기 때문입니다. 그러나 어떤 공식 절차에 의해서 기도회를 갖는 것이 아니라 30분 동안 눈을 감고 그냥 앉아 있는 것입니다. 아마 그때 그들은 그들의 부질없는 욕망을 이루어달라고 기도한 것이 아니라 그 욕망을 정복하게 해달라고 기도를 했을 것입니다.

그런데도 우리는 사회 도처에서 행해지고 있는 어리석고 부질없는 기도들을 수없이 목격하게 됩니다.

만약에 그러한 기도를 드리는 사람들이 어떤 특정 종교인이라면 그 사람들은 인간의 어리석고 추한 이기심만을 노출시키는 것이 아니라 그 종교까지도 모독하며 더럽히는 행위가 됩니다.

이 세상에 있는 그 어떠한 종교라도 그런 이기적인 기도를 들어준다고 하는 종교는 단 하나도 없습니다. 그러한 행위는 성스러운 종교를 미신으로 전락시키는 행위입니다.

앞에서 말한 바람직스러운 세 가지의 기도 중에서 가장 의미 깊고 소중한 기도는, 그것은 더 말할 것 없이 수많은 사람들의 삶을 위해서 자기 자신을 희생시키는 기도일 것입니다.

역사에 수많은 사람들의 이름이 기록되어 있습니다. 그 사람들의 이름을 두 가지로 구분하면 악인과 성인입니다.

악인에 대해서는 굳이 말할 것도 없고 성인이란 사람들은

바로 다같이 자기를 버리는 기도를 철저하게 행동으로 실행함
으로써 역사 위에 그 이름을 빛으로 남기게 된 것입니다.

　이 엄연한 사실 앞에서 우리는 일상적으로, 의례적으로, 습
관적으로 돌이켜볼 필요가 있다고 생각합니다.

　기도는 해결의 방법이 아니고 자기 극복의 방법이며 삶의
모색의 방법이어야 합니다.

엮은이 **이태동** 李泰東

1939년생. 경북 청도에서 태어나 청도와 대구에서 성장하였다.
경북사대부속 중·고등학교를 졸업했으며, 한때 신장염으로 사경死境을
헤매기도 했다. 한국외국어대학 영어과를 졸업하고, 육군 중위(연락장교)로
예편하였다. 미국 노스캐롤라이나(채플힐) 대학원 영문과를 졸업(1970)하고,
서울대학교 인문대 영문과에서 박사학위를 취득(1988)했다.
미국 하버드대학 엔칭연구소 초빙 연구원(1978~1979)과 스탠퍼드 및
듀크대학교 폴브라이트 교환교수(1989~1990)로 있었으며,
1972년부터 2004년까지 서강대 영문과 교수로 재직하고
대학 출판부장·문과대학장 등을 역임하였다.
현재는 서강대 명예교수로 가르치고 있다.
1976년 〈문학사상〉의 이어령 교수 추천으로 평단에 등단하였다.
평론집으로는 《부조리와 인간의식》, 《한국문학의 현실과 이상》,
《현실과 문학적 상상력》, 《나목의 꿈》 등이 있고
그 밖에 다수의 번역서와 수필집 《살아 있는 날의 축복》, 《마음의 섬》
그리고 두 권의 신문 칼럼집이 있다.

아름다운 우리 수필 1

1판 1쇄 발행 2005년 3월 25일
1판 21쇄 발행 2023년 7월 10일

엮은이 이태동
펴낸곳 (주)문예출판사 ｜ **펴낸이** 전준배
출판등록 2004. 02. 12. 제 2013-000360호 (1966. 12. 2. 제 1-134호)
주 소 04001 서울시 마포구 월드컵북로 21
전 화 393-5681 ｜ 팩스 393-5685
홈페이지 www.moonye.com ｜ 블로그 blog.naver.com/imoonye
페이스북 www.facebook.com/moonyepublishing ｜ 이메일 info@moonye.com

ISBN 978-89-310-0489-2 03810